[Awarded Novels 长青藤国际大奖小说书系]

THE CURIOUS WORLD OF CALPURNIA TATE

达尔文女孩又出发

〔美〕杰奎琳·凯利 著
蔡鑫 译

云南出版集团　晨光出版社

我心怀爱意与感激，谨将此书献给

格温·欧文——感谢你三十年来的

鼓励、支持与欢笑。谢谢你，格温。

前言 PREFACE

一个女孩的进化之路

有的女孩像花，美丽动人；有的女孩似水，温柔静雅；然而我们的主人公——卡莉·薇——既不像妆点他人生活的鲜花，也不像让他人聊以慰藉的清水，而更像是一只渴望天空的飞鸟或一条向往大海的游鱼。

《达尔文女孩》中的卡莉生活在上个世纪初，那个年代似乎离我们十分遥远：美国有些地方还没有通电，汽车并非随处可见。那时的年轻女性以做淑女、嫁个好人家为目标——这也是妈妈为卡莉绘制的成长蓝图。淑女要会烹饪，会做针线活，要谨言慎行，要"甘于奉献"——哪怕付出了辛苦和努力，也不可计较报酬。在这样的时代背景下，聪慧倔强的卡莉堪称另类，她小心翼翼却毅然决然地走上了一条非淑女的道路。

因为《物种起源》这本书，卡莉和爷爷成了好朋友。爷爷帮助卡莉打开科学的大门，鼓励卡莉保持好奇心，对自然现象寻根究底。通过爷爷的言传身教，卡莉明白了科学工作者应该尊重事实，客观而精准地描述自然现象，避免主观臆测；通过实验验证猜想，以此得出合理结论。这些良好的科学思维及行为习惯，让她远远走在了同龄人的前面，也让她越来越清楚自己想要走怎样的道路，想要成为怎样的人。可以说，在大自然中自由探索、汲取科学知识的过程，就是卡莉的成长之旅、蜕变之旅。

像小说里的主人公卡莉一样，本书作者杰奎琳·凯利也是从小就十分热爱大自然，对科学情有独钟。她在家族农场度过了快乐的童年，《达尔文女孩》的灵感就来源于她儿时生活过的农场。她在一次读者问答活动中说，希望自己的作品能让那些喜欢探索自然，喜欢独立思考，敢于与众不同的孩子们产生共鸣，并为他们带来慰藉。《达尔文女孩》在出版后反响极为热烈，读者一再希望能够读到卡莉后来的故事。于是，时隔六年后，作者杰奎琳又写了续篇——《达尔文女孩又出发》，它延续了《达尔文女孩》中贯穿始终的求索精神、幽默笔法，以及随处可见的温情。就这样，长大了一岁的卡莉又鲜活地出现在读者面前，她的成长顿悟与烦恼也一览无余地跃然纸上。

在这本书里，卡莉一如既往地跟着爷爷在科学的道路上大步迈进。不仅如此，这一年她和弟弟特拉维斯一起养犰狳，照顾蓝鸦，帮一头小浣熊走上了独立的道路，还和一条狼狗结下了深厚的情谊。当然，一心希望女儿成为社交名媛的妈妈自然不会对她放任自流，依然逼着她练钢琴、学编织，爸爸也开始站到妈妈的阵营中。卡莉越是要挣脱禁锢自己的重重枷锁，就越觉得被孤立，被不公平地对待。而正当她茫然四顾，不知道何去何从时，表姐阿吉和普利茨克医生走进了她的生活，让她又燃起了希望。在人生的岔路口，她开始自己规划未来——要上大学，要自由，要独立，走自己的路。

女性的自由与经济独立密不可分，卡莉年纪虽小，却已对此深有体会。"赚钱"不可避免地成了《达尔文女孩又出发》这本书的主题之一。书中有这样一个情节：一位学校老师请卡莉的表姐阿吉做义务教员，这在当时大众的认知中是一件荣耀的事情，没有薪酬也无所谓。但阿吉不仅要求学校支付薪酬，而且还讨价还价。这让卡莉极为佩服，因为阿吉这一番斗智斗勇，既增加了自己的储蓄，得以和心爱的人过更好的生活，也是在力求公平，维护女性的尊严。

卡莉在表姐的启发下，也开始思考如何赚钱，如何为自己的能力做投资，为未来做打算。就这样，她在自己的进化之路上越走越远。

也许在当时人们的眼中，卡莉并不可爱：相貌平平、冲动鲁莽、野心勃勃，对"本分"嗤之以鼻。然而，卡莉的理想也绝非做一个循规蹈矩的人。她不断地问自己，问父母：为什么男女不平等？为什么自己的理想不能被理解和支持？为什么自己一定要被培养成淑女？这些问题没有标准答案，但在探索大自然的广阔天地中，她已闯出了一条属于自己的路——这条路或许崎岖不平，但一定能看到更多的风景。

愿天下的"卡莉"都能如愿以偿，成为自己想要成为的人。

蔡鑫

目录
CONTENTS

一 阿曼德还是迪丽 1

二 犰狳危机 17

三 气压计 26

四 恶魔鸟 35

五 怪鸟 43

六 被淹没的城市 57

七 入住我家的两栖动物和爬行动物 62

八 生日宴之争 74

九 神秘动物 85

十 重聚 94

十一 阿加莎的劫难 103

十二 盗盗传奇 124

十三 普利茨克医生的诊所 139

十四 金钱风波　152

十五 感恩节　165

十六 世界上最邋遢的狗　175

十七 伊达贝尔和其他生物的难题　184

十八 蚱蜢的五脏六腑　195

十九 航海星盘与定盘星　202

二十 巨款　220

二十一 秘密和耻辱　232

二十二 学习的价值　248

二十三 我的第一场手术　256

二十四 狗，幸运的和不幸的　264

二十五 某人专属的河豚鱼　277

鸣谢　284

一 阿曼德还是迪丽

一天傍晚，我们行至距圣布拉斯湾十英里[1]处，目之所及，全是成群结队、数不胜数的蝴蝶。即使透过望远镜望去，也难得找到一片没有蝴蝶落脚的地方。水手大声喊道："下蝴蝶了！"从眼前的景观看来，的确如此。[2]

1900年的第一天，我目睹了生命中的第一场雪，大为讶异。你们可能会不以为然，但在得克萨斯州中部，雪景绝对难得一见。哈，就在昨天晚上，我许下的新年愿望是长大后要亲眼看一看雪，还怀疑是否能如愿以偿。仅仅几个小时后，这个心愿就变成了现实——我们这个原本并不起眼的小镇变成了一片纯净绝美的仙境。我披着睡袍，穿着拖鞋，钻进了鸦雀无声的树丛，为洁白无瑕的雪地，为青灰色的天空，为银装素裹的树木啧啧称奇，直到后来被凛冽的寒意赶回家去。在为这个突如其来的大事件大惊小怪、兴高采烈的同时，我领悟到自己正置身于一个崭新世纪的精彩开端，觉得自己人生中的第十三个年头一定会神奇无比。

然而现在，冬去春来，时光从我身边匆匆流过，将我推给了没完没了、枯燥至极的琐事——上学、做家务、学钢琴。身为家中唯一的女孩子，我还时不时地被六个哥哥弟弟轮流捉弄烦扰！看来，这个新年跟我开了个大大的玩笑。

---

[1] 1英里约为1609米。（本书若无特殊说明，皆为编者注）

[2] 本书每一章开头这部分文字，皆引自查尔斯·达尔文的《物种起源》。

我的全名是卡尔普妮娅·弗吉尼娅·塔特，不过大家都叫我卡莉·薇，除了发火时的妈妈和从来不叫人小名的爷爷。

我唯一的慰藉来自于爷爷给我上的自然课。爷爷叫沃尔特·塔特，做过陆军上尉。我们芬特雷斯镇的好多人都误以为他是个脾气乖戾、不善言辞的老古董。他靠种棉花、养牲畜起家，内战时在南方军中服过役，最后决定将余生献给自然科学研究。我是他科研之路上的伙伴，以跟他为伴的时光为生活动力，总会拼命挤出时间来，扛着捕虫网，挎着小皮包，手拿"科研专用笔记本"和削尖的铅笔跟在他身后，把我们观察到的林林总总记录在案。

天气不好时，我们要么在实验室（一间以前用作奴隶宿舍的小木屋）里研究标本，要么在书房中看书——就是在那里，在爷爷的指导下，我一点一点地翻阅消化着达尔文先生的《物种起源》。风和日丽时，我俩便钻过灌木丛，沿着众多鹿道之中的一条穿过野地，向圣马科斯河进发。在普通人眼里，我们的世界或许无甚乐趣，但只要知道应该往哪里看，就会发现生活之中处处有精彩。对了，爷爷也教过我，还得知道怎样去看。我俩就一起发现了一株长柔毛野豌豆的全新变种，让它以"塔特双星野豌豆"之名向世人亮相。我承认，如果我们发现的是未知的动物物种，我会更加高兴，因为动物更为有趣。可是又有多少我这个年纪的孩子，多少大人能在自己的名字和一种生物之间系起永不断裂的纽带？诸位，好好想想吧。

我梦想能够追随爷爷的足迹，成为一位科学家。然而妈妈另有打算：她希望我学习各种家务技巧，在十八岁时有模有样地进入社交场，做社交名媛，抓住某位出身体面、前途光明的年轻人的眼球。她这个心愿恐怕很难得偿，原因有很多，其中的两个是：首先，我讨厌煎炒烹炸和缝缝补补；其次，我的模样也并不引人注目。

春天到了，我们家也迎来了一个有人欢天喜地、有人心惊肉跳的时节，因为我有一个小我一岁、心地善良的弟弟——特拉维斯。众所周知，春天是孕育生命的季节。一到这个时候，就有许多学飞的雏鸟、浣熊宝宝、狐狸宝宝和松鼠宝宝要么失去父母，要么身受重伤、惨遭遗弃。这些小东西越是可怜无助，越是难以活命，特拉维斯就越有可能把它们抱回家中，跟我们一起生活。虽然我觉得养一大群非比寻常的宠物挺有意思，可爸爸妈妈不这么想。不过，妈妈的质问斥责，爸爸的威胁恫吓，在特拉维斯遇到受苦受难的小动物时，统统变成了耳旁风。这群小宝贝有的恢复了生机，有的悲惨死去，但都在特拉维斯柔情满满的心中找到了一席之地。

三月里的一个清晨，我起了个大早，没想到在走廊里撞见了特拉维斯。

"去河边吗？"他问，"我跟你一起去好不好？"

平时我都是独行，省得打扰到野生动物和昆虫，影响观察。但在我所有的哥哥和弟弟中，只有特拉维斯跟我在自然生物方面最有共同语言。于是我准他同行，说："那你可别吵吵闹闹的，我要做观察。"

3

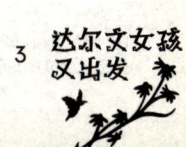

晨曦将东方的天际染上暖色时，我带特拉维斯走上了一条通往河边的鹿道。而这个弟弟似乎忘记了我的嘱咐，一路上叽叽喳喳个没完。"那个，卡莉，你有没有听说霍洛威太太家的捕鼠犬梅齐生了小狗？你说爸爸妈妈会不会准我要一条来养？"

"我看够呛。妈妈总是唠叨家里竟然养了四条狗，连三条她都嫌多。"

"可是小狗最可爱了！我要先教它捡棍子——这个兔兔可学不会。我喜欢兔兔，可它不会捡东西。"兔兔是特拉维斯养的大白兔，毛茸茸的，还得过奖。我这个弟弟对它宠爱有加，天天好吃好喝地伺候着，还给它梳毛、陪它玩，但训练兔子这个想法根本不切实际。

"等等，"我说，"你在训练兔兔捡木棍？"

"是啊。我教了它好几遍，可它就是不听话。我还扔过胡萝卜条呢，不过它一找到就吃掉了。"

"那个……特拉维斯？"

"嗯？"

"古今中外也没有哪只兔子会捡木棍，你还是别费心了。"

"哎，兔兔可聪明了。"

"在兔子里它可能还算聪明，不过你也别想太多。"

"我觉得它多练练就好。"

"是哦，要不你教小猪弹钢琴怎么样？"

"你要是能帮把手，兔兔没准还能学得快一点。"

"算了吧，特拉维斯，你简直是在做白日梦。"

我俩就这样斗着嘴走到河边，突然发现有只动物在一棵中空大树底下的霉叶堆中拱来嗅去。仔细瞧瞧，原来是一只像面包那么大的九带犰狳。虽说近年来它们在得克萨斯州愈发常见，但我还没在这一带看到过。从解剖结构来讲，它怪模怪样，长着食蚁兽的脸、骡子的耳朵和乌龟的壳。我觉得它真倒霉，生来便如此丑陋，可爷爷说过，把人类对"美"的定义生搬硬套在几百万年来奋力繁衍生息的生物身上，不仅有违科学精神，而且愚蠢至极。

特拉维斯蹲下，小声问："它在干什么呢？"

"我猜它是在找早餐。"我答道，"爷爷说它们吃昆虫、蛆一类的东西。"

特拉维斯又问："你有没有觉得它很可爱？"

"没有。"

不过我这话跟没说一样。这时，没心没肺的小犰狳做出了保证自己会被特拉维斯抱回家去的举动：它走到我这个弟弟的脚边，嗅了嗅他的袜子。

哎呀呀，得赶紧离开这里，不然特拉维斯就会说——

"咱们把它带回去吧。"

唉，太迟了。"特拉维斯，它是野生动物，咱们不该打扰它。"

可是特拉维斯没理我，自言自语起来："就叫它阿曼德吧，犰狳阿曼德。可它要是女孩呢？还是叫迪丽比较好，犰狳迪丽。你说呢？"

唉，现在阻止特拉维斯真的来不及了。爷爷经常提醒我，不要给科学研究对象取名字，否则就永远没法保持客观立场，没法逼着自己解剖它们，把它们做成标本、装入相框，没法将它们送进屠宰场，甚至连放生都舍不得——什么都做不了。

特拉维斯接着问："你看它是男是女？"

"不知道。"我从罩裙口袋中抽出科研专用笔记本，写道：**问题：怎么分辨犰狳是阿曼德还是迪丽？**

特拉维斯捧起犰狳，抱在胸前。阿曼德（我决定先这样叫它）不但没有表现出害怕的模样，还把鼻子凑近特拉维斯的领口，猛嗅一阵。特拉维斯开心地笑了，我则无奈地叹了口气。他温柔地对着新朋友低声细语，我则用木棍在附近的地上翻来挖去，想给阿曼德找点东西吃，挖着挖着，找到一条大蚯蚓。我把它小心翼翼地递到阿曼德面前，阿曼德伸出锋利的尖爪，一下子抢了过去，狼吞虎咽，蚯蚓的残渣随即飞溅开来。此情此景并不赏心悦目——简直让人毛骨悚然。犰狳竟然对餐桌礼仪一窍不通？唉，又来了，我又擅自把人类的喜恶强加在它们身上了。

就连特拉维斯都被吓了一跳。"真恶心！"他叫道。我险些也喊出声来，可我跟他不一样，我是冷静坚定的科学人士，有科学思维做铠甲。科学人士决不会大声嚷嚷"真恶心"之类的话，最多时不时地在心里想想。

阿曼德开始舔落在特拉维斯衬衫上的肉渣。特拉维斯说："这小东西只是饿了。哎呀，它可真难闻！"

没错。阿曼德似乎觉得吃相凶残还不够，于是又散发出一股怪味。

我说："把它抱回家不合适吧。妈妈会怎么说？"

"瞒着她就行了嘛。"

"我们瞒不过她。"家里的七个孩子一直都想知道为何什么都瞒不过妈妈的眼睛，但始终没有找到答案。

"可以把阿曼德养在马厩里，"特拉维斯说，"那里妈妈不怎么去。"

我已经看明白了，这场抗争注定会失败，而且其实也轮不到我来抗争。我们把阿曼德塞进我的背包，它这边抓抓，那边挠挠，想钻出去。最后我们把它安置在了马厩最里面的旧兔笼中，兔兔的旁边。这时我才发现书包的皮面多了几条深深的爪痕，恼火不已。在把它请进新家之前，我们用给兔子和家禽称重的秤为它测了测体重（五磅[1]），还量了量它从头到尾的身长（不算尾巴有十一英寸[2]）。在要不要把阿曼德的尾巴计入身长这件事上，我俩争论了一小会儿，最后还是决定把这部分省略掉，好反映这个

---

[1] 1 磅约为 0.454 千克。

[2] 1 英寸约为 2.54 厘米。

小家伙真实的身体维度。

对于我和特拉维斯的关注，阿曼德似乎既不讨厌，也不那么喜欢。它只顾着打量新家的四壁，进而又在笼子的底部刨个没完，根本不理我们。

当时我俩还不知道，阿曼德这种抓抓刨刨、对外界不理不睬的状态会一直保持下去。我们姐弟俩盯着一脸冷漠、忙着挖洞的阿曼德，一直到女仆桑胡安娜在后门门廊摇响早餐铃才离开。我们冲进厨房，煎培根和鲜肉桂卷诱人的香气扑面而来。

"洗手。"站在炉边的厨娘薇奥拉说。

我和特拉维斯转身泵出水来，在水槽中搓了搓手。阿曼德早餐的两三缕黏糊糊的残余还挂在特拉维斯的衬衫上。我冲他比画了一下，递过去一块湿洗碗布。然而他抹过之后，事态反而更加严重。

薇奥拉抬起头来。"什么味？"

我慌忙接嘴道："这肉桂卷看着就好吃。"

特拉维斯说："哪有味？"

"我闻着像是你身上的味，少爷。"

"那，那个，是兔子。你知道兔兔吗，又白又大的那只？它该洗澡了。"

我有些吃惊。谁都知道特拉维斯不会说谎，可这套假话倒是天衣无缝。最近，我除了搞自然科学研究，还在扩充词汇量。此刻"不假思索"一词猛地跃入我的脑海。以前我没找到机会来用它，不过现在这样说恰如其分：特拉维斯不假思索地撒了谎。

"哼,"薇奥拉说,"我可没听说过兔子还用洗澡。"

"唉,它脏得不得了,"我附和道,"你看看就知道了。"

"哼,"薇奥拉又哼了一声,"算了。"

她把脆皮培根高高地堆在大浅盘中,端起盘子穿过旋转门,进了餐厅。我俩跟在她身后,坐在自己的位子上。我其他的哥哥弟弟——我最年长、最喜欢的哥哥哈里,性子最安静的萨姆·休斯顿,讨厌鬼拉马尔,性格第二安静的苏尔·罗斯和只有六岁、最爱吵闹的小弟吉姆·鲍伊——已经就座。

我得说,哈里在我心中的地位正在飞速下降,因为他跟芬恩·斯皮迪交往了起来。虽说他已经十八岁了,我也明白他总有一天会结婚,可他要约会,在家里待的时间就越来越少,让我不得不疏远他。芬恩容貌可人,性格温柔,又体贴大方,哪怕看见我端着标本罐穿堂过屋都没有大惊小怪——罐子里还盛着晃来荡去、怪模怪样的标本。我基本上接受了她,但同时也为她迟早会拆散我们兄妹而心痛万分。

爸爸和爷爷进屋落座,冲我们几个点点头,一本正经地说:"早上好。"

爷爷又向我单独打了个招呼。我笑了,心中暖洋洋的——在这几个孩子里,他最喜欢我。

爸爸说:"你们的妈妈又头痛得厉害,今早就不来了。"

我松了口气:妈妈能在三十步开外的地方看出谁的衬衫上有虫眼。刚才如果是她审问特拉维斯,小家伙八成会放弃抵抗,坦白交代。而我呢,早已掌握了耍滑狡辩的一应窍门,哪怕铁证如山，我也能不假思索地用谎话顽抗到底。所以妈妈一般不会在我身上下功夫。你们瞧，被人觉得不靠谱也不完全是坏事一桩，尽管我建议大家别学我。

我们低下头，听爸爸念祈祷词，随后桑胡安娜把餐点端上了桌。妈妈不在，我们不必按照她的要求拉家常、营造温馨的用餐气氛，因而轻松了不少，可以心无旁骛地大吃大嚼。有那么一阵子，餐桌上只有刀叉的叮叮当当、含含糊糊的啧啧赞叹，以及零星几声要人递糖浆过去的请求。

放学后，我和特拉维斯跑去看阿曼德，只见它缩在笼中一角，偶尔心不在焉地抓两下铁丝，似乎有点，嗯，有点不开心。可是一只犰狳是否开心，谁又说得准？

"它怎么啦？"特拉维斯问，"好像不高兴？"

"因为它是野生动物，不该待在笼子里。也许我们应该把它放了。"

可是特拉维斯并不想同他的新宠物就此告别。"我看它是饿了。你有虫子吗？"

"没有了。"这并非实话。其实我房间里有一条硕大的蚯蚓——我从没见过那么大的，可我要留着它做初次解剖的动刀对象。爷爷建议我从环节动物入手，以后再慢慢地过渡到其他类群。我觉得解剖对象的个头越大，解剖起来就越方便，观察它的器官也越容易。

尽管如此，我还是考虑了一下阿曼德的问题。它是陆生杂食动物,也就是说,不管荤素,它什么都吃。我没闲心挖虫子,要逮够让它大吃一顿的蚂蚁又不知道得等到哪年哪月。于是我说:"咱们去食品储藏室看看吧。"

我俩穿过后门门廊,跑进厨房。薇奥拉正坐在案桌旁喝咖啡,为做下一顿饭养精神,可以进屋的猫咪伊达贝尔蜷在火炉旁的篮子里陪她。薇奥拉手捧妈妈的女性杂志翻来翻去,其实她不识字,只是喜欢观赏最新流行的帽子。图片上的帽子中,有一顶上面有一只趴在薄纱絮成的窝中、身体里塞了棉花的天堂鸟,一只鸟翅还颇有美感地搭在模特的额头上。我一方面觉得这顶帽子滑稽透顶,一方面又为它的制作者浪费了稀有漂亮的动物标本而深感惋惜。

"干吗?"薇奥拉头也不抬地问。

"呃,我们有点饿,"我说,"想去食品储藏室看看。"

"行。不过别动那几张馅饼,那是晚上要吃的。听见没?"

"听见了。"

我俩抓起离手边最近的一样东西——一只熟鸡蛋,狂奔回马厩。

阿曼德嗅嗅鸡蛋,用爪子拨了几下,啃开蛋壳,激动万分地吃起来,把整只鸡蛋吞了个干干净净。可是用完餐后,它又缩在笼子里面的角落中,摆出了那副可怜相。我望着它,琢磨了一下这种动物的生存环境。犰狳住在地下,夜间活动,所以它白天喜欢在地洞中睡大觉。然而如今阿曼德没遮没挡,周围又亮得很,难怪它会没精神。

我说:"我想它在地洞里才睡得着。"

"可是这里没有呀。"

"你要是放掉它,"我满怀希望地说,"它就能给自己挖一个了。"

"那可不行。它是我的阿曼德。我们给它挖个洞不就行了吗?"

我叹了口气。我俩开始搜罗材料,最后找到了一沓旧报纸和一张用来在马儿劳作一天后给它们擦身体用的破毯子。我们把这些东西塞进笼子,阿曼德照例嗅了嗅,然后就忙活起来:先是在报纸上抓抓挠挠,又把碎纸和毯子拖到笼子后部的角落里。片刻之间,它就给自己搭出了一个小窝。紧接着,阿曼德把毯子扯到身上,身体一个劲地扭来扭去,最后终于渐渐平静下来,从毯子下方发出了细细的鼾声。

"嘿,"特拉维斯说,"你看它多开心。卡莉·薇,你可真聪明,什么都知道。"

嗯,听见这话,我当然会有点飘飘然。说不定把阿曼德(或者迪丽)养在家里并不是个坏主意。

当晚,我们几个孩子排着队去爸爸那里领零花钱。我们按照年龄大小站在他卧室门外,他叫谁,谁就进去。哥哥们每人可以拿到十美分,发给我和弟弟们的,则是五美分的镍币。我知道这种差距背后的缘由何在——算是知道吧,但还是盼着自己赶紧长到能领十美分的年纪。这场小小的仪式进入尾声时,爸爸会叮嘱我们别把钱一下子花光。没错,我们之中的大多数人都会在芬特雷斯杂货店为枣味糖、太妃糖和巧克力将口袋掏个干干净净。爸爸的本意是让我们知道存钱的意义,但我们学会的,却是计算每样商品的性价比——同样价格的东西,哪种带来的快乐更多,延续的时间更长。这里面的门道相当复杂,比如,是花一美分买五块肉桂硬糖,还是用两美分买三块奶糖?再比如,跟哥哥弟弟们做交易,几块甘草糖能换几块口香糖?解决诸如此类的问题绝非易事。

尽管如此,我还是攒下二十二美分,放在了床下的雪茄盒子里。有只老鼠似乎被那个盒子吸引,啃坏了它的一角。该向爷爷要一个新的了。我敲响了他书房的门,听见他在里面喊:"有要紧事就进来吧。"他正眯着眼,用放大镜端详什么,银白色的胡子被灯光镀上了一层淡淡的柠檬黄。

"卡尔普妮娅,再拿一盏灯过来好吗?这只好像是海滨蜻蜓——人们已知的唯一一种在咸水边生活的蜻蜓,它怎么会出现在咱们这里?"

"我也不知道,爷爷。"

"啊,你不知道很正常。我只是提出疑问,不用回答。"

"那您干吗要问?"这句话险些脱口而出。不过这么说话实在太过无礼,而我绝不能在爷爷面前失礼。

"真奇怪。"他说,"这里离咸水沼泽远着呢,一般看不到它们呀。"

我端来一盏灯,靠在爷爷的肩头,我喜欢跟他在这间屋子里共度时光。这里有趣的物件五花八门,琳琅满目:显微镜和望远镜、风干的昆虫、瓶装动物标本、脱水蜥蜴、旧地球仪、鸵鸟蛋、跟教堂跪垫一样大的骆驼鞍、一张黑熊皮地毯——它的血盆大口刚好吞得下我的一只脚。对了，还有书，一堆一堆的书，封面上包着摩洛哥皮革、印着金字、已经有些破损的学术性大部头。特制架子上摆着一个厚壁瓶，里面泡着一件乌贼标本，是爷爷挂在嘴边的伟人——查尔斯·达尔文先生——亲自送他的。瓶子标签上的字迹已经褪色，但依然清晰可辨。这件标本是爷爷的心头宝。

爷爷抬起头，嗅了嗅空气，问："你身上怎么有狐狳味？"

天下所有的事——至少所有跟自然界有关的事——都瞒不过爷爷。

"呃，"我说，"您还是别知道比较好。"

爷爷忍俊不禁。"西班牙语中，'犰狳'的意思是'身披盔甲的小东西'。早期的德国移民叫它'披甲猪'。犰狳肉有些发白，火候合适的话，味道和口感都跟猪肉差不多。以前我跟士兵们要是捉到犰狳，就能准备一顿大餐。打那场仗时，它们还是稀罕物，最近几年才从南部迁徙到了这里。达尔文对犰狳着了迷，说它们是'可爱的小动物'，可是从来没有养过。犰狳不咬人，但并不适合做宠物。成年之后，它们独来独往，离群索居。也许就是因为这样，它们才对人类的陪伴嗤之以鼻。"

爷爷偶尔会提起南北战争——只是偶尔。这样或许再好不过，因为我们镇上还住着几个南方军的老兵，那场战争，或者说那场战争的结果，给他们留下了难以愈合的创伤。我想，爷爷刚才说自己吃过阿曼德的祖辈，觉得味道不错，这话还是别转告给特拉维斯为妙。

"爷爷，"我说，"我想再要一个雪茄盒子。您要是有多余的，就送我吧，求您了。我还想借本书，了解了解犰狳这种少见的动物。"

爷爷笑着递过来一个盒子，又指了指《戈德温的得克萨斯州哺乳动物介绍》，说："某些动物似乎不适合家养，其确切原因仍然不为人所知。这样的动物，不仅是犰狳，还包括海狸、斑马、河马，等等。许多人养过，但他们的尝试最终都以失败告终，其后果往往很严重，有时还无可挽回。"

我完全想象得出妈妈看见特拉维斯牵着一头小河马进家门时会作何反应，并且由衷地感谢上苍让我们一家住在没有河马出没的郡中。我翻开爷爷给我的参考书，在令人心安的静谧中读了起来，爷爷则继续搞他的研究。

睡觉之前，我跟特拉维斯又去看了看阿曼德。虽说现在仍然没法判断它是雌是雄，但我俩还是决定叫它阿曼德。小东西仍然在抓抓挖挖，对我们不理不睬，所以我们也没有管它。

第二天早上，特拉维斯又给阿曼德带了一只煮蛋。它吃完东西，抛下我们钻回了窝。

特拉维斯说："我想跟它做好朋友。喏，我一直喂它，肯定能跟它交上朋友。"

"就算交上，也不过是'酒肉朋友'。看你带好吃的来才高兴——这样的宠物，你喜欢？"

我把爷爷教我的关于犰狳的知识讲给特拉维斯听。他只是耸耸肩，未置一词。看来只能等他自己醒悟了。有些东西，不吃点苦头就学不会。

二 犰狳危机

> 我曾在冲积平原的沉积层中发现一套巨大的骨甲——它的主人似乎是一只巨型犰狳。在其内部的泥土被清除干净之后,这套骨甲酷似一个庞大的坩埚。

两天后,出现在早餐餐桌旁的特拉维斯脸上挂着两个大大的黑眼圈,身上还有一股刺鼻的味道。

妈妈似乎察觉到了什么,问:"你没事吧?身上怎么这么难闻?"

"没……没事。"他支支吾吾地说,"是兔子,早上我喂兔子来着。"

"嗯?"妈妈说,"你是不是该喝一勺鱼肝——"

"不用,我没事!"特拉维斯嚷嚷起来,"我上学去了!"话音未落,他便冲出了餐厅。

特拉维斯险些被灌下一勺鱼肝油——妈妈用来给孩子们治病的万灵药,人类所知的最最难喝的东西。哪怕没有生病,你喝完一勺以后也会萎靡不振;小孩子就算病得奄奄一息,只要听说得喝这玩意儿——哪怕只喝一点点,马上就会从病榻上一跃而起,生龙活虎、精神百倍地飞奔着去学校,去教堂,去干他分内的苦活累活。

上学路上,我问特拉维斯到底怎么回事。

他答道:"昨晚我把它带进去了。"

"嗯?"

"昨天晚上它是在我房间里睡的。"

我盯着他,说:"开什么玩笑?你把它的笼子抱进屋了?"

"不,只有它。"

我盯得更狠了。"你是说,它可以在你房间里到处跑?"

"是啊,你真该听听它闹出的动静。"

我一下子怔住了。特拉维斯接着说:"它不睡觉,于是我就偷偷下楼去食品储藏室给它拿了个鸡蛋。可它还是不肯老实下来,不是在墙角那里挖,就是把甲壳往我床腿上蹭,乒乒乓乓吱吱嘎嘎地闹了一晚上。"

"不会吧,"我说,"那他俩呢?"特拉维斯跟两个弟弟——苏尔·罗斯和吉姆·鲍伊共用一间卧室。

"他俩倒是睡得挺安稳,"特拉维斯恨恨地说,"什么都不知道。"

"告诉你,犰狳不该在家里养。"我想郑重其事地给他上堂课,把不能养犰狳的诸多原因说个明白。然而这时我的好朋友卢拉·盖茨过来了,她有时会跟我和特拉维斯一起去上学。我家有几个男孩子对她有好感,特拉维斯就是其中之一。卢拉金银相间的长发上扎着一条崭新的丝带,眼睛也被映衬得绿莹莹的。特拉维斯说过,卢拉长着美人鱼的眼睛。小家伙看见她,脸上的疲劳一扫而空。在这里有必要提一句,在表达快乐这方面,特拉维斯简直天赋异禀。很少有人像他这样,一笑起来脸上便洋溢着阳光,浑身上下似乎都涌动着喜悦。每到这时,世界除了报以微笑,别无他法。

"嘿,卢拉。"他说,"你猜我捉到了什么?一只犰狳宝宝!"

"真的?"

"来我家看看吧,它可以直接吃你手里的东西。你要是喜欢,我就让你喂喂它。好吗?"

"哎呀,你养的东西都这么有意思!我去我去!"

就这样,或许是历史上第一回,一只九带犰狳沦为了跟女孩子拉关系的道具。

卢拉第二天真的来了,特拉维斯喜出望外。看得出来,在追求卢拉这条路上,他遥遥领先。特拉维斯将阿曼德抱出笼子,给了它一只鸡蛋,阿曼德像往常那样狼吞虎咽地吃了起来。卢拉趣味十足地看着,当特拉维斯问她要不要抱抱阿曼德时,娇弱如花的她婉言拒绝了。当时我们还不知道,卢拉做出这样的选择堪称幸运。

星期天,特拉维斯在马厩里陪了阿曼德半天,想把它变成自己的宠物。他把阿曼德抱在怀中,亲手喂它东西吃,还用软布抹拭它的硬甲。然而一切都是徒劳,阿曼德不为所动。

有一天吃晚餐时,特拉维斯一反常态,主动跟爷爷拉起了话,让我大为意外。平日里他就算向爷爷开过口,次数也少之又少。

"爷爷?"

爷爷没有反应。

"那个,爷爷?"

爷爷猛地从沉思中回过神来，环视餐桌，想看看是谁在说话，目光最后落在特拉维斯身上。

"啊，什么事……小伙子？"

爷爷好奇地直视着特拉维斯，小家伙畏畏缩缩、结结巴巴地说："我，我想问，那个，您知不知道犰狳能活多久，爷爷？"

爷爷捻着胡须说："野生的一般能活五年，人工驯养的有活到十五年的。"

特拉维斯和我沮丧万分地对视了一眼。爷爷看见了，会心一笑，什么都没说。

我俩每天喂阿曼德两次，它的体重飞速增长着。不用说，这是不必东奔西跑觅食的缘故。阿曼德允许特拉维斯抱着自己，但也仅此而已。尽管我俩每天都带煮蛋来，但它从来不摆出迎接的姿态。阿曼德毫不懈怠地在笼子角落中挖来挖去，最后我们不得不用木板在外面加固了一层。但是，特拉维斯对所有小动物都毫无由来地宠爱有加，依然不愿意放它走。

一天早上，我去食品储藏室，一只煮蛋都没找到。薇奥拉正坐在案桌边给堆成山的土豆削皮。看来我那几个正在长身体的哥哥弟弟要靠吃土豆度日了。"鸡蛋怎么没有了？"我问。

"哦，原来是你干的。"她说，"我还纳闷鸡蛋怎么都没影了。那么多鸡蛋，你拿去干什么了？"

"没干什么。"我嘴硬得很。

"吃了？自己吃的？"

"嗯。"

"我可不信,丫头,是不是拿去给河边的流浪汉打牙祭了?你妈妈会不高兴的。"

"那你别告诉她不就行了?"我的语气似乎过于强硬了。

"别那么跟我说话,丫头。"

"对不起。"我坐下,跟她一起干活。她的手指是那样灵巧,让我惊讶不已。我刮出一只坑坑洼洼的土豆时,她已经削出光光溜溜的两只了。我俩一声不响地忙活了一会儿,然后我说:"不是流浪汉,是别的东西。你要是保证不告诉别人,我就说实话。"

这个"别人"当然是指妈妈。

"少跟我来这一套,你心里有数。"

我叹道:"是哦,对不起。"

"你确实挺对不起那堆鸡蛋的。"

"哈哈,真好笑。你要是想知道的话,我跟你说,那是做实验用的——"

"别告诉我,我不想知道。"

"好像人人都跟我这么说。"

"嗯。"

我发现火炉旁的篮子中没有伊达贝尔的身影。不用说,这也是薇奥拉心气不顺的原因之一。每当常伴她左右的猫咪伙伴兼助手出门捕鼠,或者懒洋洋地躺在楼上晒太阳时,薇奥拉就会烦躁不安。伊达贝尔负责捉食品储藏室中的老鼠,干得还不错。到了冬天,它就是绝佳的暖床器。我们还有几只专门照管后门门廊和屋外设施的猫,它们都不能进门,偶尔会溜进马厩盯着阿曼德瞧。当然,后者永远对它们视而不见。

土豆削完了。我在出门之前吻了吻薇奥拉的脸颊,她一把推开了我。

黄昏时分,爷爷把我叫进书房,示意我坐在老位置——那副骆驼鞍上,举起一本杂志,说:"卡尔普妮娅,我这儿有本新出的《西南生物学期刊》,里面有篇报告,作者是路易斯安那州的博物学家。他说自己得了汉森氏病,怀疑病媒是一只犰狳。"

"啊?真的?"

"所以我建议,如果你凑巧养了只犰狳——我说的是如果,还是尽快把它放归野外比较好。"

"呃……好的。什么是汉森氏病?"

"一种奇怪而又可怕的疾病,目前无药可医。它的俗名是'麻风病'。"

我像蹿出灌木丛的野鸡一样跃身而起,跑出书房,思绪纷乱,心如鼓擂。不,不,特拉维斯!不要让他的脸和手因为生满肉瘤而扭曲变形,不要让他孤苦伶仃、无依无靠,被隔离在麻风病房的铁丝网后度过余生。倘若我这个心思纤弱的弟弟被流放到诅咒之地,后果简直不堪设想!

我猛地将上半身探入马厩,惊得马匹纷纷后退,吓得猫咪四散奔逃。

特拉维斯正站在马厩中,怀里还抱着阿曼德。我冲上前去,尖声高喊:"放下,快放下!"

特拉维斯后退两步，愣住了。"什么？"

"把它放下，危险！"

特拉维斯傻傻地望着我。

我伸出胳膊去抢阿曼德，紧接着又把手缩了回来，我根本不敢碰它。

"把它放下，"我气喘吁吁地嚷嚷道，"它们会传播疾病，爷爷说的！"我掀起罩裙的裙摆，隔着它抓过犰狳，往地上一扔。

"嘿！"特拉维斯不高兴了，"别把它摔伤了。传播什么病？它哪有病啊，卡莉，你看它多精神！"

他蹲下去抱阿曼德。

"麻风病。"我喘着粗气说。

他怔住了。"什么？"

"爷爷说它们会传播麻风病。你要是中了招，就得住进麻风病房，再也看不见我们了！"

特拉维斯脸色煞白，站起身来后退一步。

阿曼德满不在乎地嗅着一束干草，我们提心吊胆地瞧着它，仿佛它是一枚随时会爆炸的炸弹。我屏住呼吸，拍拍特拉维斯的胳膊。"说不定没事的，"我说，"说不定它不带病呢。"

特拉维斯抖如筛糠。阿曼德不住地吸着鼻子，在马厩中溜达了好一会儿。

"要不，你去洗洗手吧？"

他眼睛瞪得溜圆，哑着喉咙问："有用吗？"

我别无他法，只好咬紧牙关撒谎："当然有用啦！"

我俩飞奔到饮马槽前,我使尽全身力气扳压着水泵把手,特拉维斯疯狂地搓起手来,牙齿直打架。

我俩转回身时,刚好看见阿曼德正在慢慢地朝着马厩旁的灌木丛拱。我真不明白,这种对周围一切响动都毫无察觉的生物是怎么在野外生存的。我暗自拿他跟爸爸得过奖的捕鸟犬阿贾克斯比较了一下——后者总是好奇心满满地在自己的地盘上这边找找、那边看看,一点点声响都能激起它的戒备,一丝丝气味都会让它追着嗅上许久。它强烈的警惕心是一种高度协调的生存机制,而这种机制,阿曼德似乎并不具备。

要记在笔记本上的问题:**阿曼德的坚甲是否助长了它漠然的态度?** 也许如果你背着硬壳,又可以在眨眼之间缩在里面,那么你也不必时刻留心周围的动静。难道就是因为这样,阿曼德才对周遭的一切不闻不问?还是说,其实它跟自己的世界相得益彰,使身为人类的我们无法容身其中?

我们目送着它钻入愈来愈浓的夜色。

特拉维斯伤心地挥着手。"再见,阿曼德——没准你应该叫迪丽。你是我最喜欢的犰狳,希望你别生病。"

阿曼德(或者迪丽)依然我行我素,没有理他。

接下来的一个星期里,特拉维斯把时间都花在了洗手上,恨不得把皮洗掉一层。妈妈看到了,表扬他讲卫生。"我家终于有个男孩子知道保持手部清洁的重要性了,我可真高兴。你是怎么想到应该经常洗手的?"

"呃,我听说阿——"

"不是的，不是的，"我赶紧插嘴，"是哈波特尔小姐在学校里讲的。哈哈，现在我们都没事就洗手。嘿嘿。"

妈妈眯起眼睛，但什么都没说。

唉，特拉维斯啊，特拉维斯，我心无城府、弱如雏鸟的弟弟，我实在搞不懂，你是如何做到在生活的车轮那日复一日的碾压下保全性命的。过了一会儿，我对他说："告诉你，阿曼德的事要是被妈妈知道了，你以后就别再想往家里抱小动物了，什么都不行，一只都不行。你想这样吗？"

"我猜不想吧。"

"我还以为你就想这样呢。"

他说："我觉得有点痒，肚子不舒服，头晕，啊，连汗毛都在痛。你说我是不是得了麻风病？"

我不知道，于是翻开爷爷的《人类传染病与热带疾病》，查找麻风病的症状。这本书里全是骇人的图片——密密麻麻的疹子、腐烂的肢体等等，最好不要直视。如果管得住自己，最好看都不看。

书上说麻风病的早期症状包括眼眉脱落、膝盖等体温较低的部位感觉丧失，等等。每天，特拉维斯要照一百回镜子，看眉毛还在不在。使劲掐他的膝盖也变成了我每日至少一次的功课，我一上手，他就会嗷地大叫一声，紧接着如释重负地松一口气。当时特拉维斯还穿着短裤到处转，膝盖上青一块紫一块，刺眼得很。不知妈妈有没有发现，反正她始终未置一词。

三 气压计

　　我们睡觉的地方气压比较低，因此比起地势没那么高的区域来，水烧开的温度要低一些。

　　春季慢慢退去，随夏日而来的，除了让人难以招架的滚滚热浪，还有我们止不住的牢骚。薇奥拉说天太热，连母鸡下的蛋都是熟的。我的怨气倒没这么冲，因为中午她们在合着百叶窗的房间里汗流浃背、烦躁难安地打盹时，我总会溜去河边。没有泳衣，我就穿着衬裙仰面躺在柔波中，端详着空中姿态万千的云彩：这边矗立着一顶印第安帐篷，那边有一只腾空跳起的金花鼠，旁边还站着一条喷火龙。

　　云朵时聚时散，变幻莫测。我发现浓厚蓬松的积云是发挥想象力的绝佳素材，而稀薄疏散的卷云毫无用处。记在笔记本上的问题：不同形状的云是怎样形成的？八成跟空气中的水分有关。那鱼鳞天又是怎么回事？这些问题得向爷爷请教请教。

　　我听见同镇的几个野小子在下游的桥边嬉闹玩水，嫉妒得要命，也想跟他们一起荡着绳索往河里跳。可是不行，因为我只穿着一条衬裙。享受过片刻清凉之后，我便用早先藏在一棵空心树中、裹在棕色纸袋里的梳子和毛巾将头发尽量擦干梳好，穿戴整齐，再悄悄地溜回自己的房间。

　　那天晚些时候，我向爷爷道出了心中的问题。他说有科学家曾经乘坐巨大的热气球,升到离地两英里高的空中,发现低处蓬松的云朵由小水滴构成,组成高处疏云的,是细微的冰晶,而鱼鳞云较为罕见,介于二者之间。做第一个飞上天的人需要多大的勇气?我思忖着这个问题,对那人钦佩不已。

我从风向入手,开始学习天气现象。这倒不难,因为我家屋顶尖上有根风向标,就立在避雷针旁边。它用铁皮剪成,形状是一头头顶长角的公牛,会自动指向风吹来的方向,傻瓜都能看得明明白白。经过几天的观察,我注意到风从西方吹来时,好天气一般就会接踵而至。我把这个发现记在了笔记本中。

为了测量风速,我把四个硬纸板卷成的圆锥体粘在一起,做了个风速仪。可是我选的材料不过关,大风一起,它就支离破碎,弄得前院草地上到处都是纸片。

"这也是你的'科学仪器'?"拉马尔在前门门廊中问,身旁站着苏尔·罗斯。

真恶毒。我还嘴道:"拉马尔,哪怕生活在鱼群里,你也是最笨的那条。"

听闻此言,苏尔·罗斯不禁哈哈大笑。拉马尔气急败坏,擂了他一拳,可一时词穷,无法还击。哼,跟我比头脑,拉马尔根本毫无招架之力。

我去找爷爷,说:"我的风速仪散架了。"

"真可惜。"爷爷说,"自制的风速仪就是不结实,不过你至少掌握了它的原理。"

接下来的课程跟一种叫作"气压"的东西有关,要用到气压计。家里没有风速仪,所以我得自己做。而气压计,我们——或者说爷爷——正好有一个,因此我以为可以用那个现成的。可我想错了。

爷爷说:"我们需要罐子、气球、橡胶带、吸管、缝衣针、尺子和胶水。"

这个组合倒是新奇有趣,可我看不出它们能派上什么用场。

"拿它们干什么用?"

"自己做气压计。"

我指了指挂在书房墙上、精巧雅致的铜壳仪器,说:"这个坏掉了?"

"没有。据我所知没有。"

"噢,我明白了,这次我还得从头学起,对不对?"

"没错。"爷爷说着,舔舔食指,翻了一页书,"我在这里等你。"

我琢磨了一下爷爷列出的清单。我手上没有气球,哥哥弟弟们肯定也没有。于是我跑到杂货店,花五美分买了一只。要是在往常,这么昂贵的东西肯定会让我知难而退,不过现在是为了科学,花多少钱都值得。紧接着,我又在冷饮柜台上偷了根纸吸管。

随后,我跑进实验室,从一大堆试管、烧瓶和几百个装着浑浊棕色液体的小瓶子中翻出一把尺子、一个空罐子和一瓶胶水。多年以来,爷爷一直在研究怎样从山核桃中提炼出威士忌,几个架子上堆满了他的失败品。

我返回书房,把所需的一应物品摆在他的书桌上。

"好。"爷爷说,"在开始动手之前,你得先明白我们要测量什么东西。人们直到1643年才真正了解'气压'这一概念。那一年,一位名叫托里拆利的意大利科学家做出了世界上第一个气压计。他有句名言,'我们生活在空气海洋之底'。"

爷爷接下来的话让我大吃一惊,他说尽管空气看不到、摸不着,但它是有重量的,压在我们身上的空气层很厚,也很重。他让我想想,我在河里游泳,下潜到鲶鱼生活的深度时,耳朵是不是会发胀?那就是压在我身上的河水越来越重,影响到鼓膜的结果。同样,由于气压的存在,人体要承受的单位重量高达每平方英寸14.7磅。好在我们受得住——其实根本没有感觉,因为空气同时从里里外外、四面八方挤压着我们,而且人类的身体够结实,禁受得了。

我觉得这个知识点让人胆战心惊,不过它是宇宙中的真相,根本无法回避。

爷爷接着说:"我们要做的气压计跟托里拆利的不一样,因为他们那个时代还没有橡胶气球这种东西。不过,测量气压这个理念的确是他的一大贡献。托里拆利的部分灵感源于他的好友和同事,如今被誉为'现代科学之父'的伽利略。因为被扣上'散布异端邪说'的罪名,伽利略在监狱中度过了一生。托里拆利也不得不将自己做出的第一个气压计藏起来,省得被邻居看到指控他搞巫术。啊,你看,科学家要为知识开疆拓土,就得奋不顾身。好了,历史课上完了,咱们开始吧。其实气压计的构造并不复杂。"

我在爷爷的指导下将气球嘴切掉,把剩余的橡胶膜套在罐口,又用橡胶带固定好。随后我在吸管的一端点上胶水,把它平行粘在橡胶膜的中央,最后将缝衣针粘在吸管悬空的那端。

我退后一步,打量着自己的作品。这么不起眼的玩意儿能用吗?

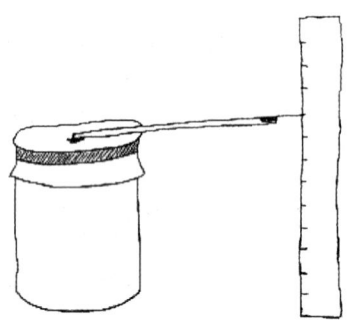

爷爷似乎猜透了我的心思,说:"这个模型虽然简陋,但很好用。现在,量一下缝衣针离桌面有多高,记下来。"

我竖起尺子,记下了缝衣针所指的刻度。

"气压升高时,空气会把气球往下推,挤压罐内的空气,让吸管悬空的那端和缝衣针翘起来;反过来,气压如果下降,气球就会向外膨胀,吸管则会下垂。你如果每天这样测量几次,就会发现缝衣针翘起预示着好天气的到来,下落则说明风雨即将降临。这儿还有罐熊油,你也可以试试用它来预测天气。不过我对它的准确度表示怀疑。"

"您有罐什么?"我以为自己听错了。

"几年前,波登·坡蒂特给了我一罐熊的脂肪。他九岁时,在弗雷德里克斯堡外被科曼奇族印第安人掳走,而我是骑兵队的一员，跟同伴们一起穿过得克萨斯州，追寻劫掠者和他的踪迹。说来话长，现在我不想细说。总之几年后我们把波登·坡蒂特救出来送回到父母身边——他那时已经变得跟印第安人差不多了。后来他改名为波登·白羽，过着半现代、半土著的生活，不论在哪里都不开心。他给了我一罐熊油，说土著人教过他如何通过观察油脂状态的改变来预测天气。我觉得他所描述的种种现象跟气压的变化有关。"

"呃，我还是用气压计吧。"我们刚刚迈入崭新的纪元，熊油未免太过复古。我把简易气压计捧到前门门廊最里面的角落中，放在妈妈的盆栽后面，省得被人踢到。

翌日清晨，天色晦暗，阴云密布。我照常坐在前门台阶上观察各种动植物，在笔记本上写道：**针明明翘起来了，说明气压升高了，今天是个大晴天才对。气压计是不是不准？不然下次拿熊油试试？**

然而没过多久，乌云便一消而散，太阳在碧蓝的天空中露出了笑脸。没错，气压计就是这么说的。

学校每年一次、我们心心念念的野餐会定在这个星期五下午举行。当天早上六点一刻，我瞧了瞧气压计，心里一沉：指针下垂——要变天了。我到学校时，天上还没有一丝云彩。尽管如此，我还是去找哈波特尔小姐，告诉她野餐时可能会下雨。

她不屑地冲天挥挥手，叹道："卡尔普妮娅·塔特，你怎么知道？"

"气压计告诉我的,哈波特尔小姐。"

"哈,那我建议你用老天给你的眼睛好好看看。你的眼睛没出毛病吧?"

"应该没有,哈波特尔小姐。"

"谢天谢地。行了,你进教室吧,别耽误时间。"

我的两个同学一边咪咪地偷笑,一边时不时地互相用胳膊肘顶对方。其中一个是我最厌烦的多维·麦德林,一个目空一切、只因为姐姐做了接线员就自认为沾了光的傻瓜。这个讨厌鬼不管对谁都颐指气使,就连有全新物种以本人的名字命名,在她眼中也并非什么了不得的大事!哼!

可是第一阵雷声轰隆隆地响起时,多维便大惊失色,张圆了嘴巴。哈波特尔小姐怒冲冲地瞪着我,好像野餐会泡汤是我造成的。真可笑!我志得意满,憋着笑,努力摆出若无其事的模样。

过了这么久,特拉维斯竟然还在因为与他的犰狳朋友离别而郁郁寡欢。他一有空就抱着依然没有学会拾木棍的兔兔,给它刷毛,跟马厩里的猫咪玩——特拉维斯把杰西·詹姆斯、女贼斯塔尔等不法之徒的名字安在了它们身上,然而这么一点点慰藉似乎远远不够。为了哄他高兴,我提议去看看霍洛威家的小狗。我俩沿着洛克哈特公路走了半英里,来到霍洛威家简陋的农舍,霍洛威太太身穿脏兮兮的围裙打开了脱漆的门。梅齐——一条中等大小、棕白相间的捕鼠犬在她脚边哀嚎。

"下午好,霍洛威太太。"我说。

"你好啊,梅齐。"特拉维斯说,"它怎么了?怎么叫得这么惨?"

"它生了小狗,"霍洛威太太说,"现在全没了。"

"没了?哪儿去了?"特拉维斯问。

霍洛威太太似乎很难过。"那几条小狗,你们不知道?我们能想到的是,梅齐发情的时候有匹土狼翻过了栅栏,然后它就生下了七条丑八怪。七条,你想想!天底下没有这么难看的狗了!天哪,我们送都送不出去。"

"给我一条吧。"特拉维斯马上接嘴道。

我惊慌失措,瞄了他一眼。这件事我们还没有跟爸爸妈妈商量过。

"两条!"他说。

我冲特拉维斯皱了皱眉。

"三条吧!"他又说。

我瞪着他,悄悄踢了他两下。

"哎呀,孩子。"霍洛威太太又露出了难过的神色,"你们来晚了。它们吵个没完,霍洛威先生实在受不了,十分钟前用麻袋装着它们去河边了。"

"不会吧?"

"你们跑着去说不定还追得上,不过我劝你们别管了。跟你们说,它们丑得要命。"

特拉维斯发疯似的转身就跑。我勉强向霍洛威太太道了别,奋力飞奔,跟在他的身后。

"站住,特拉维斯,别去了!"

他跑得更快了。我起初还跟得上他,后来突然感到侧肋一阵剧痛,便慢下脚步,小跑了一百码[1]。远方,有人骑着马过来了,原来是霍洛威先生从桥那边回来了。前面,特拉维斯喊着什么,但我没有听清。霍洛威先生摇摇头,又用拇指越过肩膀冲身后的桥指了指。特拉维斯继续向前狂奔。

我从霍洛威先生身边跑过时,他说:"土狼串种,你们不会想要的。"

我赶紧跟了上去。特拉维斯站在桥上,疯狂地张望着缓缓流动的河水,寻觅生命的迹象。然而河面上空无一物。没有麻袋,没有小狗,连气泡都没有。我竟然替特拉维斯感到了一丝庆幸。

"它们走了。"我说。

我俩在桥上待了一会儿。特拉维斯一言未发,我搂着他朝家的方向走去。直到几个月之后,我们才又谈起这件事。

---

[1] 1 码约为 91.4 厘米。

四 恶魔鸟

[鸟类]同陆生动物一样,也经过了驯化……
有一天,我躺下时,一只嘲鸫落在了我手中的海龟壳水罐上,静静地喝起水来。

两三个星期后,我同薇奥拉在厨房里逗伊达贝尔时,特拉维斯从后门闯了进来。他喜气洋洋,手里捧着一顶盖着大手帕的旧草帽,手帕下发出窸窸窣窣的响声。我俩拦下了他。

"嘿,你们肯定猜不着我捡到了什么东西!"

薇奥拉猛地抬起头来。"不管是什么东西,都别放在我的厨房里。"

"到底是什么呢?"我半是好奇半是害怕地问。

特拉维斯把手帕一掀,两只小蓝鸦现了身。它俩细瘦纤弱,毛还没有长全,大张着粉红色的小嘴,丑得能让鲜牛奶立马变酸。两个小东西颤巍巍地伸着脖子,发出了刺耳的尖叫,想要东西吃。

现在这个时节,碰巧看到一只落出巢外或者被抛弃的小鸟并不是新鲜事。可一下子捡到两只?实在是太……可疑了。

"真是你捡到的?"

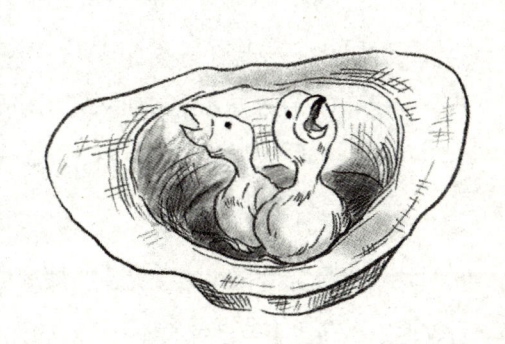

在哪里捡的？"

特拉维斯不敢看我的眼睛。"轧棉厂附近。"

薇奥拉说："我可不管你是在哪儿捡的，赶紧把这两个恶心的东西弄出去。它们是魔鬼鸟。"

仿佛是为了印证薇奥拉的说法，两只小鸟仰起脑袋，像……呃，像魔鬼一样尖啸起来。与细细的脖子相比，它俩的头简直大得过分。你肯定想不到，看起来如此瘦弱的东西竟然能叫得这么响，但它们就是这样向爸爸妈妈求喂的。

薇奥拉扯起了嗓门，喊道："把它们弄出去！"

在去马厩的路上，特拉维斯唠叨个不停："我听人说，这种小鸟做宠物很合适。你知道吗？他们说这种鸟可聪明了，学得会各种小把戏。它俩的名字我都想好了，一只叫小蓝，一只叫鸦鸦，你说怎么样？喏，小蓝是这边这只小的；鸦鸦呢，个头大一点，不过翅膀好像不对头，但愿没事——这样也好，一眼就能看出它俩谁是谁。不知道它们上次吃东西是什么时候。你说喂它们吃鸡食行吗？要不咱俩去挖虫子？"

"特拉维斯，你知道爸爸妈妈是怎么看待野生动物的。"

"可是它俩不是野生动物，是鸟，卡莉，两码事嘛。"

"鸟类属于脊椎动物，也是动物王国的一员。"

"嗯？我听不懂。哎呀，它们可真吵。"

啊，没错，它们的确很吵。它俩的叫声介乎于唧唧和嘎嘎之间，比我的调门高六个八度，让人心烦意乱。我跟着他走进马厩，看着他给小鸟找了个栖身的地方。然而几只猫咪被它们凄厉的叫声吸引,耷拉着尾巴围了上来,眼中凶光直冒。

"得把它们放到鸡舍里去,"我说,"只有那里才安全。"鸡舍的屋顶很结实,猫、浣熊和鹰只能望而却步。我们从白雪公主——妈妈最喜欢的母羊身上梳了些毛下来,盛在木匣中,又把小鸟放进了新家。它俩一直在拼命叫着要吃的,酷似直接长在袖珍身体上的两张大嘴,被塞了几口软烂的鸡饲料后才收声一小会儿,高兴地拍拍翅膀。

"你说,用不用再喂点水?"特拉维斯问。

"喂点吧,应该呛不着。"

特拉维斯把手放在鸡的水盆中沾沾,又在鸟喙上方甩甩手指,滴了几滴水进去。它们很满意——至少我觉得如此。

被吓到的母鸡挤在鸡舍最里面,惊愕地咯咯叫着。最后,特拉维斯为了安抚那两个小家伙,将手帕盖在盒子上面,它俩这才在他营造出的一片漆黑中安静下来。

然而第二天早上,不幸降临了。我俩发现小蓝——比较小的那只鸟断了气。它的同胞对身旁的死尸视而不见,仍然铆着劲喊着要吃早餐。单单看特拉维斯的反应,你会以为我家出了天大的事。

"都怪我。"特拉维斯忍着泪说,"我应该陪着它的,可怜的小蓝,是我害死了它。"

"才不是呢。"但不管我怎样安慰他都是徒劳,"小动物死掉又不是稀罕事,谁都没有办法,适者生存嘛。这是大自然妈妈定下的规矩。"

唉，没办法，我们只好办了葬礼，把"可怜的小蓝"埋在熏肉房后。那里已经变成一片小小的墓地，葬着几年来没有被特拉维斯养活的不幸生灵。我宁肯把小蓝的尸体交给蚂蚁和甲虫，让它们啃出一副完完整整、干干净净的骨架做研究用。可是特拉维斯此刻悲痛欲绝，因此我没忍心开口。

我们把小蓝装进塞了碎报纸的雪茄盒中。盒子是我的，五彩斑斓，上面还绘有一位穿红裙、披披肩、翩翩起舞的女子。特拉维斯的哀伤是那样令人动容，让我险些为没有找到一具像样的棺材而向他道歉。他在黑土地上挖了个坑，将绚丽的小木棺小心地放了进去。

"卡莉，想不想说点什么？"

我被吓了一跳。"呃，你来吧，你比我更了解它。"

"那好吧。小蓝是一只好小鸟。"特拉维斯有些哽咽，"它爱吃糊糊。它努力要活下去，还没学会飞。我们会想你的，小蓝，安息吧。"

"安息吧。"其实我根本不知道人能不能为死鸟祈祷，只是想找点话说。

他填好坑，还用铲子背面拍了拍。我以为完事了，转身想走。

特拉维斯说："等等，做个墓碑吧。"

我们找到一块光滑的鹅卵石，特拉维斯踌躇了半天，想把小鸟的名字刻在上面。这时，早餐铃响了。我说："一会儿再回来吧。"我把自己的手帕递过去，搂住他的肩膀，同他一起迈着沉重的步子走进房门。

餐桌上，妈妈瞧了瞧特拉维斯又红又肿的眼睛，柔声问道："宝贝，怎么了？"

"昨天晚上，我有只小蓝鸦死掉了。"他盯着盘子小声说。

"你有只什么？"妈妈仰起头来，目光灼灼地盯着特拉维斯。她这副模样活像一只鸟，逗得我差点笑出声来。

"我捡到两只小蓝鸦，昨晚死掉一只。"

"哦，"妈妈说，"蓝鸦，我听到了。我只是不敢相信自己的耳朵。这种事咱们说过多少回了？"

"啊。"爷爷开了口。他以前都会在吃饭时静默沉思，这时却一反常态。"北美蓝鸦，又叫冠蓝鸦，跟乌鸦和渡鸦同属鸦科。不过严格来讲，蓝鸦是原产新大陆的鸟类。它们头脑聪明，好奇心浓厚，模仿能力也很强，因此人们常常教它们说话。某些专家认为它们的智商同鹦鹉不相上下。许多印第安部族视蓝鸦为狡黠淘气、贪得无厌的鸟类，但同时又承认它们目达耳通、机敏聪颖。你说你有一只蓝鸦，孩子？"

特拉维斯似乎受到了鼓舞，说："嗯，爷爷，不过它还小呢。"

"那它会黏上你的。你得做好养它一辈子的准备——一般有十几年那么长。没错，蓝鸦是长寿的鸟。"说完，爷爷继续埋头吃炒蛋，陷入沉思。

妈妈简直都要冲爷爷掷刀子了，不过最后还是把矛头对准了特拉维斯。

"你不是答应过我不会再把野生动物带回家吗？"

"我答应过，妈妈。"

"那你这是？"

"我……"

我插嘴替他说话："只是两只小鸟，妈妈，要是没有被特拉维斯捡回家来，肯定活不成。起码有一只得救了嘛。"

"卡尔普妮娅，这里没有你的事。"妈妈说，"特拉维斯自己有嘴。"

"就是，卡尔普妮娅。"拉马尔偷笑着说，"让那小毛头自己说。不过我看他马上就要哭起来了。"

"还有你。"妈妈转身对拉马尔说，"你能不能说点有用的？不能吧？我看也是。"

啊，拉马尔，你是怎么变成讨厌鬼的？为什么偏要这样刻薄不可？最最重要的是，你还有救吗？

特拉维斯似乎想好了该怎么应对妈妈。"我把它养在鸡舍，妈——它不会惹麻烦的，我保证。"

是不是只有我注意到他叫了声"妈——"？这孩子自从过了八岁生日，就没再这么称呼过我们的母亲。妈妈果然心软了："可是，宝贝，这些小东西，不惹麻烦才怪呢。"

"这次绝对不会，我向您保证。"

"你每次都这么说。"妈妈揉起了太阳穴。于是我知道，此刻喜气洋洋的特拉维斯再次取得了胜利。

没错，鸦鸦没过多久就黏上了自己的主人。它湛蓝的羽毛丰满了，鲜亮了，好看多了，但它右边的翅膀的确有毛病。每次特拉维斯和我要给它上夹板，它都会在我们手中缩成一个蓝色的毛球，一边发狂似地拍打翅膀一边大声惨叫，就好像我们想要杀掉它一样。哈！不过，经常被我们逼得扇动翅膀似乎是件好事：鸦鸦的右翼渐渐地结实起来。即便如此，它会飞之后也总是在半空中绕圈——它的左翅力气要大一些，因此不好掌握平衡。

鸦鸦一般都待在鸡舍里，特拉维斯有时会带它出来"散步"，让它栖在肩膀上，或者看它在树木之间起落。鸦鸦的模仿能力真的很强，不仅学会了"咯咯哒"，还能"喔喔喔"，惊得李将军——平日里趾高气扬的公鸡——老是在院子里心神不安地东张西望，徒劳地寻找着隐身的宿敌。

鸦鸦的羽毛愈发美丽，叫声却没有变得动听。每每跟自己奉若神明的男主人分开，它便愤怒地凄厉尖啸，叫得连天都要塌下来了。有时，我们即使坐在离鸡舍足足有五十码远的餐厅中，也听得到它刺耳的鸣叫，不过大家都会摆出一副若无其事的样子。

现在，特拉维斯开始每个星期给鸦鸦洗一次澡，打来一锅温水让它在里面兴高采烈地扑腾。他俩在鸡舍外腻在一起的时间越来越长，我们已经对特拉维斯肩膀上一条条白色的鸟粪污渍习以为常，女仆桑胡安娜却恼怒不已。他甚至带鸦鸦去学校上展示活动课，一下子变成了焦点人物——尽管那只鸟一叫、一扑扇翅膀，哈波特尔小姐就会因为怕自己的黑裙子和高耸的发髻被弄脏弄乱而连连后退。她绝非杞人忧天。

鸦鸦特别喜欢逗猫玩。不知为什么，它尤其对伊达贝尔情有独钟。伊达贝尔每次出门去晒太阳，鸦鸦便会向它俯冲，大喊大叫。因此薇奥拉不止一次警告特拉维斯："让你的魔鬼鸟离我的猫远点!"

接下来,恐怖的、灾难性的、而且是完全可以预见的后果终于发生了。一天,伊达贝尔蹿出后门,嘴里叼着一团软塌塌的蓝色毛球。

猫咪吃鸟,这能怪它吗?为这个骂它未免有失公道,因为这是自然法则。这场葬礼上,要埋在地下的东西所剩无几:只有一只翅膀和几根尾羽。

我从来没有参加过真正的葬礼——我指的是人的葬礼,以前一直想开开眼界。可是自打鸦鸦丧命后,我便打消了这个念头:特拉维斯的悲痛实在是让人难以承受。此外,我有一个不甚厚道、也永远不会说出口的想法:鸦鸦不在了,家里的其他人似乎都松了口气。

五 怪鸟

> 美洲虎经常吼叫。它们在夜晚降临时会连连长啸,在天气不好时更会咆哮个没完。

清早醒来时,我发觉有几丝喜悦与期待在血管中流淌。我思索了好一会儿,终于恍然大悟:今天是给新的科学专用笔记本拆封的日子。旧的那本已经写满了大大小小的问题、寥寥几条答案、丰富多彩的观察记录,还画了几张草图。在过去的一年中,它是我忠实的伙伴,我跟爷爷一起发现长柔毛野豌豆的全新变种后,把那株植物——塔特双星野豌豆成长的点点滴滴也记在了里面。或许有一天这个本子会成为科学史上的文物,这种事谁说得准?

不过现在该跟旧本子告别,满心欢喜地用爷爷送的红封皮新笔记本迎接崭新的开始了。我翻开它,深吸了一口新鲜皮革与纸张的芬芳。还有什么能比一张白纸更具潜质,更令人满怀期待、心满意足的呢?没错,新本子马上就会填满丑丑的字迹。我总是管不住自己,写出的一行行字老往右下角歪;我会把墨点溅在纸上;我画出来的画跟头脑中的影像有天壤之别,不过这一切都不要紧。重要的是希望。人可以依靠希望而活,至少暂时可以。

我蹑手蹑脚地溜下楼梯,绕开第七级台阶的中央部位——那里被人踩到时会发出枪响一般的噪声。房子里已经有人开始活动了,我要是动作快一些,就还能挤出一点独处的时间。我推开前门,踏进早晨的一片清新之中,准备记笔记。

这时，我惊讶地发现前院草地上站着一只灰白相间的鸟。它个头跟鸡差不多，但模样大相径庭。这只鸟的羽毛油光锃亮，发红的弯喙有点吓人；腿是黄色的，爪子竟然带蹼。那么它既会飞也会凫水。还有，比起摘果子、捉昆虫，它的喙似乎更适合撕肉。所以说这是一只猛禽？一只吃肉的鸭子？我坐在门廊上，小心翼翼、屏气敛声，免得吓到它。我打开新笔记本，写道：1900年，9月8日，星期六。多云，西南风。草地上有只怪鸟，是这个样子的——

我想在观察对象飞走之前画好草图，急匆匆地勾描起来。快画完时，前门开了，哈里走了出来。"宝贝妹妹，"他说，"该吃早餐了。"

受惊的鸟儿起身朝草地边上的槲树飞去，落在地上。我心生讶异，琢磨起来。当然，它不属于雀形目——这个目的鸟没有蹼。

"哈里，看见那只鸟了吗？那是什么鸟呀？"

可是哈里已经进屋去了。

在进门之前，我瞧了眼气压计，发现气压下降了好多。是不是坏了？我用指甲敲了敲，但指针纹丝未动。唔，看来得经常换气球，免得它老化失灵。

我刚进屋，风便在身后带上了门，发出一声巨响。但我根本没有把这件事放在心上。

今天是星期六。我吃完早餐，完成练琴半个小时的任务，去书房找爷爷。我拍拍门，听见他在里面说："有要紧事就进来吧。"他正坐在桌前读《北美原生植物》。我得承认，真菌并非我的心头所爱，但爷爷经常提醒我，说生物世界错综复杂，不能忽视其中任何一个方面，厚此薄彼是知识浅薄、学问简陋的表现。

"爷爷，"我说，"给我看看鸟类图鉴呗？"

"你应该这么问：'请给我看看鸟类图鉴，好吗？'当然可以。拿去看吧，我的书就是你的书。"

我没再打扰他，自己从书架上抽出分量十足的《汤普森实用鸟类指南》，翻了翻，为绚丽夺目的孔雀和怪模怪样的火烈鸟分了一会儿神，最后读到了以前未曾浏览过的章节："墨西哥湾海鸟。"对于一个从来没有去过海边的女孩来讲，这部分内容简直精彩至极。

"啊呀。"我盯着书页说。

"卡尔普妮娅，我知道你即使不说俗语，也能表达自己的想法。使用俗语的人往往想象力匮乏、怠于思考。"

"知道了，爷爷。"我低声说，不过把他的话当成了耳旁风——眼前插图中的，正是我在草地上看到的那只鸟。"我的乖乖！"

"卡尔普妮娅。"

"嗯？啊，抱歉，爷爷。您看这只鸟，今早我看见了一只一模一样的。"

他起身站在我身后，盯着那幅插图说："真的？"他皱起眉头。

我翻开笔记本，给他看我画的图。"完全一样，对吧？"

爷爷比对着两幅画，用凹凸不平的指甲这边点点，那边画画，最后嘀咕起来："轮廓倒是没错，主翼羽和副翼羽的模样也对。这块黑色的区域，从翅膀上端到尖端的这一片，你肯定没有画错？"

"嗯，爷爷。"

"这里不是白色的？"

"不是，爷爷。反正我记得不是。"

"那么，这是笑鸥，也叫红嘴鸥。奇怪。海鸥一般在距离海洋不超过二十五英里的范围内出没，这竟然出现了一只——这里离海岸有二百英里远呢。"他往后一仰，双手指尖抵在一起，眉头紧锁，望着天花板，陷入了沉思。书房中一片寂静，只有壁炉架上的时钟在嘀嗒作响，我连大气都不敢出。过了一会儿，爷爷站起身来，望了望墙上他自己的气压计，表情肃穆，似乎出了神。

我问："您的气压计是不是哪里不对？我的也坏了。"

"不，不是气压计的问题。咱们得去提醒提醒他们，现在应该还不算太晚。"

一阵恐惧掠过我的心田。"提醒谁？什么晚不晚的？"

爷爷若有所思，没有回答我。他穿上外套，戴上帽子，抓起手杖，向门口走去。这是怎么了？我心惊胆战地跟了上去。爷爷急匆匆地走着,还焦虑地望望天空,嘟囔着说:"但愿来得及。"

"来得及干什么?"

"大风暴即将降临。"他说,"我担心会发生最糟糕的情况,咱们得告诉海边的人一声。你妈妈有亲戚住在加尔维斯顿,对吧?"

"格斯姨夫、索菲罗妮娅姨妈和他们的女儿阿加莎——我表姐,不过我没见过她。"

"你妈妈应该马上给他们打电话。"

"打电话?往加尔维斯顿打?"我诧异不已。我们从来都没做过这么荒唐的事,不仅费用高昂,而且麻烦得要命。我眺望着天边——尽管积云密布,但似乎并没有不祥的征兆。在我看来,那一团团云再普通不过了。

我们路过轧棉厂——它以前是爷爷的产业,现在已经被转交给我爸爸。参加过内战的老兵和昔日的印第安战士在厂外坐成一排,嚼着口烟,伸着脖子为曾经的成败荣辱争得面红耳赤,还时不时地倾身吐痰。他们周围的地上落满了脏兮兮、亮闪闪的黏液,看上去就像趴着一条条棕色的死鼻涕虫。说起吐痰,尽管威利·麦德林年纪最大、身体最弱,但他最有准头——也许是熟能生巧吧。他用力"呸"一下,击得中十英尺开外的蟑螂——它们的学名是美洲大蠊,这让我的哥哥弟弟们钦佩不已。这群老人家看到爷爷,纷纷向他致意,因为爷爷曾是他们的战友。可是爷爷就像没听见一样,未做任何表示。

我俩快步走进报社和电话机房旁边的西部联盟办事处。挂在门上的铃铛叮叮当当地响了一阵,告知里面的人有客人到了。电报员弗莱明先生出来迎接我们。

看到爷爷,他马上挺胸立正,干净利落地敬了个军礼。"塔特上尉。"

"下午好,弗莱明先生。不用敬礼,咱俩年纪都不小了,早就不打仗了。"

弗莱明先生转为稍息姿势,说:"北部始终野心勃勃,上尉。战争尚未平息,南方终将崛起!"

"弗莱明先生,别对过去的事情耿耿于怀,还是向前看吧。"

他俩这样谈话,以前我也听到过。弗莱明先生是个急脾气,一提起北方人就会吐出刻薄的话语。一般情况下,听他发牢骚还挺有意思的,不过今天情况并不一般。

爷爷继续说道:"咱们得抓紧时间。我要马上发三封电报。"

"好的,把您要说的话写在这里,我尽快帮您发出去。请问电报是发给谁的?"

"加尔维斯顿、休斯顿和科珀斯克里斯蒂三座城市的市长。不过我不知道他们的名字。"

"没关系,只要尊称他们为'市长阁下'就行了。各个城市的报务主管我都认识,电报一定能够顺利送达。"

爷爷写好电报,递给弗莱明先生。后者眯起眼睛透过半月框眼镜盯着纸张读出了声:"海鸥出现在距海岸两百英里的地方,句号。这是风暴将至的征兆,句号。或许需要疏散民众,句号。"他将眼镜推到额头上,皱起眉头问,"没错吧,上尉?"

"没错,谢谢。加尔维斯顿岛没有防波堤,最容易受灾,麻烦你先往那里发。"

"这件事非同小可。您真的认为他们因为您看到了一只鸟就应该去逃难?"

"弗莱明先生,你在考德威尔郡见过笑鸥吗?"

"呃,没有,应该没有吧。不过您那么说,还是吓了我一大跳。我觉得海鸥嘛,到处飞飞,应该没什么稀奇的。"

"这次不一样,弗莱明先生,恐怕一场大灾迫在眉睫了。"

"您真的看见了一只海鸥?"

"我孙女今早看见的。"

弗莱明先生斜眼瞄了我一下,我缩缩脖子,知道他在想什么。大概就是:"凭一个小姑娘的话,就要得克萨斯州最大城市的居民撤离,疯了吧?"

爷爷继续说道:"有证据显示,在感知自然灾害方面,动物拥有人类所没有的能力。相关的轶事很多,据说巴达维亚的大象可以预报潮汐波,曼德勒的蝙蝠能预知地震。"

弗莱明先生慢吞吞地说:"那个……现在线路都忙。今天棉花的行情看涨,有好多商贸电报来来往往。在你们来之前,我手上已经积了一大堆订单了。你们可能得等几个小时。"

我从来没有听爷爷大吼大叫过,此刻他也没有失态,但目光和声音都变得又冷又硬。他靠在柜台上,两道剑眉下蓝色的双眼直勾勾地瞪着弗莱明先生。"弗莱明先生,事关生死,十万火急。订单什么的就先放一放吧。"

事态紧急，再说，不问清楚的话，我的心总是悬得高高的。

"怎么？"

我索性问道："动物真的能预测灾害吗？"

"我觉得可以。在新几内亚时，我看见一大群蛇倾巢而出，一个小时后就地震了。"

我稍稍放下心来，冲出办公室，回头喊道："多谢了！"一下子跑出老远。

我回到电报局，刚巧赶上弗莱明先生用电键咔哒咔哒地拍出自己的呼号，输入第一条讯息。我趴在柜台上伸长脖子仔细看，对他这种神奇的能力着了迷——他能随时同几百英里之外的人"讲话"！弗莱明先生的手上下跃动，拍出了点点横横，以高达每分钟四十个字的速度通过电线向对方传输着字字句句。这台机器太棒了，我也想要一台。以后也许我们人人都会拥有自己的电报机，能给亲友发电报。这一天可能遥不可及，但女孩子做做梦也没什么大不了的。

三分钟后，弗莱明先生说："好了。这是您的收据，上尉。"

"弗莱明先生，谢谢你的帮助。"

弗莱明先生跳起立正，又行了个军礼。"不用谢，上尉。"

我俩往轧棉厂走时，爷爷又默默地沉思起来。然后他走进爸爸的办公室，在玻璃幕墙后跟爸爸说了几句。爸爸起先大惑不解，而后忧心忡忡。几分钟后，爷爷出了门，我俩一起向家走去。

我惴惴不安地问："咱们这儿安全吗？咱们是不是也得避一避？"

"啊？哦，不用。这里可能会刮大风，下大雨，但人应该没事。这是内陆地区。"

"真的，您怎么知道？"

"那只海鸥完全可以飞到更远的丘陵地带去，却在这里落了脚。它身上有伤吗？"

"没有，爷爷。"

"所以说它在这里落脚并不是由于飞不动，而是因为觉得芬特雷斯足够安全。飓风向内陆移动时，威力会迅速减弱。我相信那只海鸥，你呢？"

尽管奥弗拉纳根先生给我吃了颗定心丸，但我仍然无法回答这个问题。我在为自己掀起的波澜而担忧惶恐：三座大城市可能会陷入恐慌，只因为卡尔普妮娅·弗吉尼娅·塔特看见了一只不认识的鸟。我，一个小地方的小人物，我都做了什么呀？我紧张得脖子上冒出了荨麻疹。

"爷爷，"我的声音颤颤的，"万一……万一那是别的鸟怎么办，万一我弄错了怎么办？"荨麻疹蔓延到了我的前胸。

"卡尔普妮娅，你对自己的观察能力有没有信心？"

"唔……有，可是……"

"可是什么？"

"我……得知道，您对我有信心吗？"

"我什么都没教过你是不是？"

"不不不，爷爷，您教了我好多好多好多，只是……"

"只是什么？"

我强忍眼泪,被心上的石头压得透不过气来。就在绝望感即将把我吞没的时候,我俩转了个弯——那只海鸥正站在我家的车道上。我和爷爷停下脚步,海鸥张开嘴,冲我们大笑起来:"哈——哈——哈哈!"这笑声充斥着不屑与鄙夷,刺耳至极,怪异绝伦,比鸦鸦的尖叫还难听。然后,它拍拍翅膀,拖着笨重的身体飞走了。我抬头望着爷爷,心乱跳个不停。

爷爷说:"现在你知道它为什么叫作'笑鸥'了吧?这个叫声只要听过一次,一辈子都忘不了。"

我心里的石头终于落了地。我把手滑入他粗糙宽阔的掌心,倍感踏实温暖。"知道了,"我颤颤巍巍地说,"真的知道了。"

风变大了,风向也逐渐转东,尽管带来了几丝清新,但倘若我的感觉没有错,空气还是黏稠的,真奇怪。

我们走进书房,爷爷又瞧了一眼气压计。"水银柱还在下降。得'未雨关舱'了。"

"咱们家还有船舱?"

"这是海事用语,我只是打个比方。暴风雨要来的时候,海员就会关紧舱门,做好准备。"

"噢。"

"以后咱们再讨论天气问题,现在不是时候。"爷爷穿过走廊,迈入客厅,妈妈正在里面做针线活。

我溜到客厅的门边——这不算是偷听吧?喏,他俩说话要是不想被别人听到,就会关上门,对不对?

妈妈提高嗓门说:"鸟?您让半个州的人心提吊胆,就因为看见了一只鸟?"

荨麻疹复发了。我拼命地抓着脖子。

爷爷依然不慌不忙。"玛格丽特,海鸥的出现和气压计的指数都值得重视,置之不理的话,恐怕会铸成大错。"

这时,苏尔·罗斯和吉姆·鲍伊闯进前门,我一跃而起,宛若一只淋到沸水的猫。我跑入楼上自己的房间,省得他俩缠着我问为什么鬼鬼祟祟地躲在门外、听到了什么,从而被里面的人发现。

吃午餐时,妈妈一言未发,时不时地看看爷爷,望望窗外,又瞄瞄爷爷,又瞧瞧窗外,神色忧虑。随后她听从爷爷的吩咐,去了电话局,前所未有地花了三美元巨款给加尔维斯顿打了个长途电话。这通电话转了四道,她的话,四个转接员一定都听到了。虽说线路不佳,但她还是跟自己的姐姐索菲罗妮娅·芬奇对上了话,这也算是一个小小的奇迹。索菲罗妮娅姨妈在电话那头大声喊着说,没错,她们那儿刮起了狂风,不过不要紧,她们已经习以为常了,格斯姨夫正穿着雨靴在外面钉护窗板。还有,气象局里政府的专家都没有做特别预警。

晚餐后,我们坐在门廊中寻找萤火虫,但一无所获。或许它们的活动季节已经结束,又或许它们正缩在高草中"未雨关舱"。空气凝滞压抑,可弟弟们在草地上时而你跑我追,翻着跟头,摔作一团,打打闹闹;时而又纷纷起身,重新划分阵营,刚才的盟友顷刻间就变成了敌手。

我坐在爷爷脚边,爷爷慢条斯理地摇着藤条摇椅,抽着雪茄。雪茄尖端在黑暗中闪着光,酷似一只个头最大、发着红光的萤火虫。他说:"气压还在下降。我有直觉。"

"接下来会怎样?"

爷爷还没答话,妈妈就叫道:"该睡觉了。"

我小声说:"晚安,爷爷。"吻了他一下。爷爷没有任何反应,只是缓缓地摇着摇椅,望着东方。他的脸渐渐隐没在阴影之中。

当晚,伊达贝尔在楼梯上转来转去,喵喵叫个没完,让人烦得不得了。我把它抱到床上,一边爱抚它,一边说着暖心的话,终于让它安静下来。伊达贝尔的躁动是否也是一个信号?要记在笔记本上的问题:**猫是不是对暴风雨什么的特别敏感?它们的皮毛和胡须是不是能感知到反常振动之类的东西?**我要是也有这样的毛,这样的胡须,一定能预感到远方无数件大事的发生。我睡着了,梦见自己变成了一只猫。

午夜,我醒了一回。气温大幅下降,伊达贝尔不知所踪。瓢泼大雨冲刷着窗子,玻璃在窗框中战栗不已,咯咯嗒嗒的声响让我毛骨悚然。我扯起被子,在惶恐中勉强睡去。这次出现在我梦中的是奇怪的鸟和不断呼啸的风。

第二天,爸爸说加尔维斯顿同外界断绝了联系:外面的消息进不去,里面的消息也出不来。

六 被淹没的城市

> 昨晚的冰雹有小苹果那么大,而且势头特别猛烈,导致大批野生动物丧生。

第二天一整天都刮着狂风,下着断断续续的雨。报纸上讲加尔维斯顿市那边什么动静都没有,不过一场凶猛的风暴席卷了海岸,据几位逃到内陆的幸存者所述,那里遭受了灾难性的破坏。

我们手举滴着雨水的黑伞来到了卫理公会教堂,巴克先生为身在加尔维斯顿的人们致了一段特殊的祈祷词。大家要么有亲友住在那里,要么认识有亲友住在那里的人。几个大人大声啜泣着,其他人则萎靡憔悴,窃窃私语。泪珠从妈妈的脸上滚落,爸爸紧紧地搂住了她的肩膀。

到家后,妈妈服下头痛粉和莉迪亚·平卡姆蔬菜什锦精华,回房休息,忘了逼我去练琴。而细心体贴的我也没有提醒她——妈妈要担忧的事情已经够多了。

一天后,流言纷纷,说加尔维斯顿街道上的积水有六英尺深,说家家户户都惨遭水淹,说整座城市都要被冲跑了。人们穿着颜色暗沉的衣服,这说明镇子中的愁云惨雾仍未散去。几个男人的胳膊上箍着黑臂纱,几个女人戴起了黑面纱。整个镇子,不,整个州都屏住呼吸,等待着中断的电报与电话线路恢复畅通。这时,从布朗斯维尔到新奥尔良的所有轮船都满载着食物、饮用水、帐篷和工具,驶向那座被水淹没的城市。装在船上的,还有棺材。

我去找哈里,最后在马厩附近的仓库中看见了他。他正在清点库存。

"干吗呢,哈里?"

"嘘!七桶,八桶,九桶面粉。"哈里在清单上打了个对号。

"哈里。"

"走开。豆子,咖啡,糖。嗯,我看看,还有培根、猪油和奶粉。"

"告诉我嘛,哈里。"

"沙丁鱼。走开。"

"哈里!"

"咳,我们要去加尔维斯顿,不过爸爸说不许告诉别人。"

"都有谁去?为什么不能说?还有,我不是'别人',是你的宝贝妹妹!"

"好了,别再啰唆了,走吧走吧。"

我没再啰唆,走了。

我没精打采地四处闲逛,最后脑海中灵光一闪,想到该去翻翻《芬特雷斯指南报》——我家订的日报。一般情况下,那份报纸只有哈里可以读,其余的几个孩子就算了——大人认为我们尚且年幼,"情感稚嫩"。食品储藏室中有一沓旧报纸,是薇奥拉存起来盖菜地用的。我一把抓起最新一期报纸,向后门门廊跑去。报上满是"加尔维斯顿的悲剧""毁灭性大洪水""得克萨斯州之骄傲被飓风席卷""美国历史上最为致命的自然灾害""几千人失踪"一类的新闻标题。

几千人！几千人！这可怕的几个字在我的脑海中跳个不停。我感到一股透骨的寒意，膝盖直发软。我从心底里不愿意相信，可又明白惨剧真的已经发生。姨妈他们——芬奇一家是否在这几千人当中？他们是我们的亲人，同我们血脉相连。还有，加尔维斯顿——得克萨斯州最美好的城市，我们的文化之都，连同它豪华雅致的歌剧院和气派壮丽的大厦楼宇一同遭受了灭顶之灾。

我丢下报纸，冲进自己的房间，往高高的铜床上一扑，感觉像是生了重病一般。我哭啊，哭啊，后来妈妈走上楼来，先是喂我喝了点蔬菜什锦精华，又给我灌了勺鱼肝油。然而，前者让我头晕目眩，后者让我恶心连连。最后我爬下床，去实验室找爷爷。爷爷把我抱上实验台旁的高脚凳，往常我就坐在这里给他帮忙。他拍拍我的头，说："好啦，好啦，在自然界，这种事情时有发生，这不是你的错。你是个好姑娘，而且很勇敢。"

勇敢。平时我听到爷爷这样夸我，总会扬扬得意，此刻却没有。

"他们怎么不听劝呢？"我抽噎着问。

"人之常情。你可以把明证摆在他们眼前，但不能逼他们相信自己不愿意相信的事。"

爷爷拿起一个盛有浑浊棕色液体的小瓶子，打开木塞，举了举，说："敬曾经和未来的加尔维斯顿。"他啜饮一口，龇牙咧嘴地说："哎呀，真难喝！你也来一点？啊，我忘了，你不喝酒。也好。这东西太难喝了，我都想放弃这方面的研究了。"

我心里一惊,停止了哭泣。

"放弃?"据我所知,爷爷什么都没有放弃过,甚至包括我。就连那次我忘记记下是在哪里找到了塔特双星野豌豆——我们发现的长柔毛野豌豆新变种,活该被鄙薄孤立时,他都对我不离不弃。

"可是,爷爷,您都努力这么久了。"我望着架子和实验台上不计其数、标着制出日期和蒸馏方法的瓶瓶罐罐——他付出了这么多,难道说放弃就放弃?

"也不算是完全放弃,只是改个研究方向而已。现在我觉得山核桃更适合做餐后利口酒一类的甜饮,再说我的努力不会白费的。记住,卡尔普妮娅,一次失败能教给你的,要比十次成功多得多。失败得越惨,教训就越深刻。"

"您是说我不管做什么都应该奔着惨败去?妈妈肯定不这么想。我只要出一点小问题,她就会发愁半天。"

"我没让你追求惨败,只是说你该从中汲取教训。"

"噢。"

"努力在每一次失败的基础上做出改善,还有……"

"嗯?"

"失败不过是引导你学习的工具,一旦掌握了其中的全部要领,就应该将它们全部丢弃。"

"我好像是明白了。"

"很好。现在我来检查一下最后几瓶实验品,你要是愿意,就帮我做笔记吧。"

我从实验台上崩了口的剃须杯中抽出一支铅笔,削了削。也许一切尚未恢复如常,但我们至少踏上了通往生活常态的路。

星期三,爸爸、哈里和我家的雇工阿尔贝托将毯子、工具和一桶桶食物高高地堆在了长板马车上。妈妈泪眼婆娑地抱了抱爸爸,爸爸则轻声细语地安慰了她几句。随后,爸爸跟爷爷,还有我们几个孩子握了握手,又挨个吻了吻我们的脸颊。

"好好照顾妈妈。"他说,目光似乎在我身上停留得最久。哼,这不公平。

阿尔贝托害羞地吻了吻妻子桑胡安娜,道了别。

爸爸和阿尔贝托登上马车,爸爸驾车。哈里骑上了亚瑟王——我家大马中的一匹。这匹马凹胸宽背,骑着跑远路并不舒服,但它力气大,是清路障、拉木头的好手。他们打算去卢灵,视情况而定,将马车装上开往海岸的汽轮或者火车。据说全州的救援人员与物资都已赶往加尔维斯顿,我家也决意出一份力。还有,得找到格斯姨夫、索菲罗妮娅姨妈和阿加莎表姐。

爸爸啪地一甩缰绳,说:"出发!"马儿四蹄发力,向前挪步。慢慢地,慢慢地,马车吱嘎一声动了。特拉维斯扯着阿贾克斯的项圈——这条狗不习惯同我爸爸分开,又跳又扭,狂吠不停。妈妈转身跑进房门,哥哥、弟弟和我陪着马车走到街头,挥手告别。几分钟后,马车便消失在大路的转弯处。

当时我们既不知道他们要离家两个月,也没有预感到他们回来以后家里会发生怎样的变化。

七 入住我家的两栖动物和爬行动物

> 蛇的面部表情狰狞凶恶。其瞳孔是斑驳铜色虹膜上的一条垂直窄缝,上下颚基部宽得出奇,鼻子尖端突出,呈三角形。我想,除了某几种吸血蝙蝠之外,我见过的动物中要数它们最为丑陋。

爸爸和哈里的椅子静静地立在餐厅中。餐桌末端的空位实在让人心情压抑,因此妈妈请爷爷坐了过去——那是爸爸的位子。爷爷听了她的话,权当帮她的忙,但并未侃侃而谈,在大多数时间里都呆呆地凝视着前方。妈妈每每跟他搭话,他都会说:"嗯?什么?"别的人也许会认为爷爷粗鲁痴傻,但我知道,在他安然的外表下藏着一颗不甘沉寂、牵挂着"宇宙奥秘"的心。正因如此,我才对他敬爱有加。

几天后,妈妈收到了爸爸的来信。她在晚餐时给我们读了读,可我发现她是跳着念的。随后妈妈勉强笑笑,说了几句"你们的爸爸挂念着咱们呢""艰难时刻,咱们要各司其职"之类的话。

紧接着又来了一封电报,但发报方并非赶路的爸爸,而是加尔维斯顿。

当时我正在楼上读鲁德亚德·吉卜林先生写的《丛林之书》,沉浸在"人类幼崽"莫格里的精彩冒险之中。确切地讲,这本书其实是萨姆·休斯顿的,我见他没看就借了来。他并不喜欢读书,因此我始终想不通,为什么得到这份生日礼物的人是他而不是我。

我听见砾石车道上嘎吱嘎吱的响声,跳起来,看见弗莱明先生摇摇晃晃地骑着自行车过来了。他走进客厅时,我已经召集了能找到的几个哥哥弟弟,跟妈妈、薇奥拉和桑胡安娜一起肃立着恭候他的光临。弗莱明先生深鞠一躬,说:"塔特太太,这里有一封加尔维斯顿发来的电报。我……我知道您一直在等,就亲自送来了。"

妈妈张了张嘴,但最后只能点头致谢。我们一同屏住呼吸,望着她用颤抖的双手打开电报。片刻之后,妈妈哭出声来。"谢天谢地!"她泪如雨下,纸张从她的手中飘落在地。薇奥拉扶她落座,还用一张乐谱给她扇起了风。

我拾起了那封字句断断续续、行文别别扭扭的电报。

"念念吧,卡莉。"苏尔·罗斯说。

"上面说:'上天垂怜,都活着,句号。房子塌了,句号。住海边帐篷,句号。爱你们的格斯索菲罗妮娅阿加莎,句号。'"

我们面面相觑。妈妈用手帕捂着脸啜泣着,一句话都说不出来。薇奥拉拿来一瓶蔬菜什锦精华和一只汤匙,说:"塔特太太,喝一口吧,您太激动了。"

尽管收到了好消息,妈妈却仍然脸色苍白、神色焦虑,苦苦等待着自己童年好友的音讯。我们其他人倒是无所顾虑,恢复了往常的生活节奏。

我经常跟爷爷去野外散步，探索自然，还播下了几枚野豌豆的种子。另外，我在排水沟中发现了一只黑斑蝾螈，给它起名为"艾萨克·牛顿爵士"，让它在梳妆台上盖着铁丝网的玻璃烤盘里安了家。我的梳妆台上还摆着装有蜂鸟巢的玻璃匣、各色各样的羽毛、化石和小骨头，愈发地拥挤。我得好好看着艾萨克·牛顿爵士，虽说我每天都喂它吃肥美的苍蝇，可它还是总往外拱。一天早上，我发现它溜进床下最里面的角落里，浑身沾满了尘土，只好把它带下楼，放在厨房的水泵下面冲。

薇奥拉看了一眼，尖叫起来。"这是什么东西？"

"别发火啊。这是黑斑蝾螈，学名叫黑斑鞘趾虎。别怕，它不咬人。其实这种蝾螈吃苍蝇一类的害虫，对人类有益，所以——"

"我不管它是什么，反正你给我把它从水槽里拿出来！"

"我只是——"

"你妈妈要是看见了，我就别想再在这儿干活了。"

"什么？别傻了。"妈妈会解雇薇奥拉？简直荒唐！在我出生之前，在哈里出生之前，她就一直在我们家里。如果没有她，我们整个家都会垮掉。

"说什么都没用！把它拿走，快点！"

我生着闷气将艾萨克·牛顿爵士带出厨房，放入饮马槽。它噼里啪啦地划着水，似乎很开心。

还有，我同鹦哥的友谊终于开始生根发芽——那天我带去一只桃子，供它享用，它高兴地咯咯叫个不停。就连我送的石头，它都很喜欢，总在上面磨嘴。

不知鹦哥是否需要雌性鹦鹉的陪伴，如果它需要，我们又该去哪儿找合适的鹦鹉女士？爷爷说过，鹦哥说不定能活到一百岁。虽说它有奥弗拉纳根先生的悉心照料，可是一想到它要孤独终老，我就心酸不已。天气暖和时，奥弗拉纳根先生经常带鹦哥出门放风，还用水管往它身上淋水；鹦哥则会在享受沐浴的同时展开翅膀，欣喜若狂地原地转圈。随后，奥弗拉纳根先生就会把它安置在轧棉厂前的栖木上晒太阳，那附近每天都聚着一群老兵回忆、讨论自己在内战中的经历。他们一看到鹦哥，就会停止唠叨，转而逗它讲话，教它说"南方将再度崛起"。然而鹦哥总是对他们不理不睬，它心里只有奥弗拉纳根先生，容不下别人。我发现这只鸟现在说起话来都带爱尔兰口音了。它足有一英尺长的鲜红尾羽要是有脱落的，奥弗拉纳根先生就会收集起来给我留着。这可真是宝贝呀！有了它们的装点以后，我敢说我的梳妆台在全州绝对独一无二。

一天晚上，吃过甜点后，妈妈从胸口抽出一封信，说："爸爸和哈里终于到达海岸了。明天他们要乘布拉泽利亚号前往加尔维斯顿。我知道，我们的思念与祝福会常伴他们左右。"

餐桌上肃穆无声，只有小不点吉姆·鲍伊插嘴道："爸爸要坐船？我能不能去？"

妈妈勉强笑笑，说："不行，小伙子，这次不行。"

"可是我想去，妈妈，我想去。"

拉马尔嘀咕道："哈，又来了。"

我狠狠地瞪了他一眼,抱起大哭大嚷的吉姆·鲍伊,带他出了门,说:"行啦,吉姆,我给你讲个故事好不好?"

吉姆·鲍伊憋住哭声,问:"故事里有船吗?"说完,又抽泣起来。

"你喜欢的话就有。"

"我喜欢,卡莉。"涕泪横流的他露出了天使般的微笑。

据我所知,吉姆·鲍伊并没有见过船,但我还是说:"我知道你喜欢,宝贝,咱们先洗洗脸,然后就讲一个有好多好多船的故事。你想有多少就有多少。"而后我接着问:"谁是你最喜欢的姐姐呀?"

他咯咯笑着说:"你呀,卡莉。"这是我俩的暗号,每次我这样逗他,他都没有让我失望过。

晚上刷牙时,我开始想象芬奇一家住着的海滩是什么样子。我从来没有亲眼见过海洋,只知道书上说大海令人生畏、神秘莫测。涛声好不好听?海水是香是臭?

当然,我对自己那条亲爱的河流熟悉无比。然而一想到潮汐波涛,一想到广阔无边、变幻无穷的海洋,我就心潮澎湃、如痴如醉。1899年的日历换到1900年的那天,我许下一大堆新年愿望,其中之一便是瞧一瞧大海(看雪也在里面)。我去过的最远的地方,就是距此地仅有四十五英里远的奥斯汀。尽管我本人被困在了方寸之地,但还是经常在书籍、图册和地球仪的帮助下,神游到异国他乡。一般这样就足以让我心满意足。

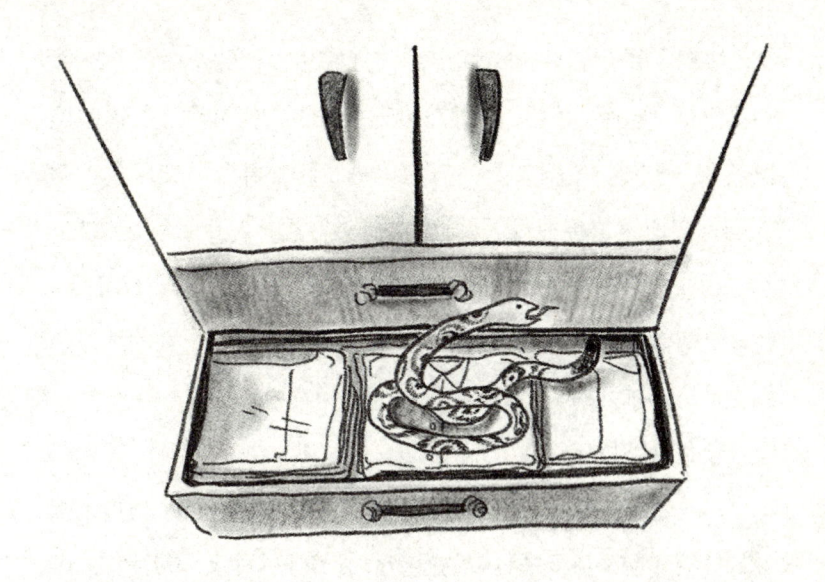

我拖着自己起了床。距日出还有半个小时，但我急着赶在哥哥弟弟们粉碎清晨的静谧之前做每日一次的观察记录。我打开衣柜最下层的抽屉，伸手进去。可是，幽暗中映入眼帘的不是一件件被叠得整整齐齐的衬衫，而是一团盘起来的怪东西。衣柜抽屉里可不该有怪东西，而且是盘起来的怪东西。我的大脑大喊一声："蛇！"双腿连连后退。蛇也缩了缩身子，张开大嘴，露出寒光闪闪的牙齿和发白的上颚。在蛇家族中，这一条个头并不算大，不过如果与你对峙的是一条毒蛇，那么它的大小长短其实并不重要。它身上有红、黑、黄三色的环形条纹，这说明它要么是致命的珊瑚蛇，要么是无毒的王蛇：前者可以置我于死地，后者则是无害的冒牌货。我在脑海中疯狂地搜寻着那句讲它俩区别的俗语。老话是怎么说的？不速之客在我眼前张着嘴，而我的手离它只有几英寸远。到底是怎么讲的？

哎呀，卡尔普妮娅，快点想，好好想，你的小命就系在那句话上面了。喔，对了。关键在于三种颜色的排列顺序。嗯，"黑压黄"——不，等等，不对，应该是"红压黄"。"红压黄，杀人狂；红压黑，毒性没。"到底对不对？拜托，千万别出错！

我在黑暗中瞪大眼睛仔细观察：黄——红——黑。红压黑。我又借着微弱的光线看了看蛇身的其余部位。没错，别的地方条纹也是这样排列的。

哈！冒牌货！

这是一条无毒蛇，只是在漫长的进化过程中获得了与毒蛇相似的样貌，借以免受捕食者的侵袭。爷爷告诉过我，某种美味可口的蝴蝶进化得与味道苦涩、无法入口的同类极为相像，这种现象叫"拟态"——一种物种有意从其他物种那里借光。这算不算说谎？要记在笔记本上的问题：**大自然会不会说谎？**这事应该好好琢磨琢磨。

我松了口气，对面前的蛇生出一些好感。它用舌头品味着空气，似乎也放松了防备。它是怎么长途跋涉、离开大自然的怀抱、溜到我衣柜的抽屉里来的？这可怜的小东西现在一定不知所措。我得把它放归野外，找棵倒地的腐树，让它在下面安身，捕捉老鼠和其他不走运的小动物填肚子。我伸出手，它冲我咝咝地叫了起来，吓得我把手又缩回胳膊里。就算它没有长着巨齿，就算它没有毒，被它咬一口也不值得。

我在房间里四处搜寻，想找布袋、麻袋一类的东西来装蛇，最后把枕套扯了下来。我刚转身，就看见它的尾巴尖消失在屋角护壁板的缝隙中。

哈,太好了。真希望它能自己找到办法出去——就算我不怕它,它也不是我理想中的室友。

第二天晚上,我在迷迷糊糊地将睡未睡时,听见一阵细微的窸窣声。我睁开眼,只见那条蛇从落在地上的月光中游过,嘴里还叼着个一动不动的小毛团,或许是只被吓呆了的老鼠。我起初心生怜悯,想要救老鼠一命,然而后来又想到蛇毕竟是蛇,跟我们一样,觅食吃饭天经地义。爷爷经常提到著名作家阿尔弗雷德·丁尼生先生的一句话:"自然,血红的利齿和尖爪",而眼前就是这句话活生生的例证。动物们都在生死轮盘上奔跑,要么捕食猎物,要么沦为猎物,人类对此无可奈何。

这一点很快在我的学习研究中得到了证实。爷爷将我叫进书房,说是时候给我上第一堂解剖课了。我的第一个解剖对象,便是我专门为这一时刻珍藏起来的大蚯蚓。爷爷说:"盖伦等早期的自然哲学家认为,只通过考察动物的样貌便可以了解其身体结构、掌握自然哲学原理。这一观点毫无道理,却存续了几个世纪之久。直到16世纪,安德雷亚斯·维萨里[1]才得以向世人证明,动物的内部结构与外部形态同等重要、有趣。他早期的人体解剖实验如今仍然是艺术与科学史上的非凡之举。你把解剖素材带来了吗?"

我举起盛有一英寸厚的湿土和一条大蚯蚓的罐头瓶。我虽然尽力逼自己保持客观冷静,可要杀掉这条壮实的大虫子,心中还

---

[1] 16世纪比利时的一名解剖学家,医生。

是有些愧疚。我住在农庄里，自然已经对拔光毛的火鸡、剥掉皮的兔子和开了膛的猪司空见惯，但动刀的人一般都是阿尔贝托。它们被杀，是因为我们要吃东西，因为我们要生存。还有，尽管要丧命的只是一条行动迟缓的蚯蚓，尽管这么多年以来，被我无意踩死踩残的虫子可能有几百条，可要为了满足好奇心而故意杀生，我还是深感抱歉。

"对不起，虫虫，"我说，"一切都是为了科学，你懂的。"

蚯蚓未置可否，一声不吭。

爷爷开口道："没有必要太残忍。以尽可能人道、但又不会破坏它身体结构的方式处决它就好。"

"怎么弄？"

"把它放在浓度为10%的酒精里泡几分钟，还需要一个烧杯。去实验室找找看吧。等一切就绪，咱们就可以做解剖盘了。"

我把蚯蚓带进实验室，找到瓶装酒精和水，将两种液体以1：9的比例倒进烧杯，又把蚯蚓丢进去。蚯蚓只是扭了扭身体，便缓缓沉到杯底。过了一会儿，爷爷也来了。他从实验台下方扯出一个金属浅盘和一包蜡，一点一点地教我把蜡烧融，掺入黑煤灰，再把蜡液倒进浅盘。这样盘子就有了黑底，可以将盛于其中的解剖素材映衬得更为鲜明。

爷爷坐在他破旧的扶手椅上，开始读《波斯纳的所见所闻——大西南爬行动物》，等待蜡液冷却，椅垫中的填充物落得到处都是。我也找了张凳子坐好，看起了一本名叫《环节动物解剖指南》的手册。

蜡液终于凝固了，可以开始了。爷爷把一罐大头针、一把放大镜和他的小折刀递给我，说："要用到这些东西。"

我把蚯蚓放在盘中，刚要动刀，便被爷爷拦住了。"等等，先好好观察一下。你看到了什么？"

"呃，一条蚯蚓……"

"那倒是，"爷爷笑了，"但描述得不够详细。它的前端和后端，正面和反面，完全相同吗？"

"这头和那头不一样，"我指了指，又轻轻地把蚯蚓翻了个面，"这面要比那面平。"

"没错。前端有口前叶，后端有肛门；较圆的那面是背部，较平的那面是腹面。好了，现在拿起放大镜，照照它的腹面。"

我眯起眼睛，看到许多短小的硬毛。

"这是刚毛，协助蚯蚓运动用的。"爷爷说，"摸一摸。"我用指腹来回抚了抚，有种粗糙的感觉。

"好。现在把背部划开。"

我按照爷爷的吩咐，一刀从头划到尾，又把刀口两侧拨开，用大头针钉在蜡盘底。

我们从头部开始，观察起它的咽、嗉囊和砂囊。

"蚯蚓没有牙，因此在进食之后，会将食物储藏在这里——嗉囊。砂囊紧挨着嗉囊，里面装着细沙粒，磨碎食物用的。随后食物便会进入肠道。你的解剖对象风干了，快喷点水。"

我依令而行，随后问道："这条蚯蚓是雌的还是雄的？"

"都是。"

我讶异地抬起头来。"真的?"

"一种生物兼具雌性与雄性器官,这种现象称为'雌雄同体'。雌雄同体现象在开花植物、软体动物、蛞蝓、蜗牛和其他无脊椎动物身上十分常见。"

爷爷指导我完成了接下来的解剖过程,将充当心脏的五个主动脉弓、生殖器官、神经索和肠指给我看。于是我了解到,实际上一条蚯蚓就是一根长长的肠子,可以将土壤、腐叶和粪便化作肥料排泄出来,对植物的生长大有益处。

爷爷说:"它们不声不响、勤勤恳恳地耕耘着,对我们有极大的恩德。达尔文先生曾经把它们奉为世界史上最为重要的动物之一——千真万确。地球上的大多数植物都受惠于蚯蚓,而我们又要依靠植物来生存。想想看,今天早餐你吃了多少植物?"

今天的早餐是糖浆煎饼,里面没有植物——我刚要这么说,就看到了爷爷满含期待的表情,于是意识到这种想法也许不对。

我闭紧嘴巴,想了又想。煎饼。啊,煎饼是用面粉做的,面粉是用小麦磨出来的。一种。糖浆呢,产自新英格兰的枫树,里面还掺了出自我家山核桃树的香精调味。又多了两种。

"我早上吃的东西都是用植物做的。"我说,"除了黄油,黄油是牛身上的,不是用植物挤出来的。"

爷爷说:"总之,如果没有环节动物,我们的世界一定会每况愈下。"

解剖课上完了。我跑去找特拉维斯,将"作品"拿给他看。"你瞧,"我说,"你知不知道蚯蚓有五个心脏?这边淡粉色的小东西是它的主血管。多有意思啊！"

他看了看。"呃……是啊。"

"这是它的大脑，就是嘴旁边的这个小灰点。看见了吗？"

我得承认这条蚯蚓已经变干，模样算不上好看，可能还有点难闻，可怎么都没想到，特拉维斯竟然被吓白了脸，往后退了几步。

我说："你就不想好好看一看吗？喏，这几条小灰线是神经。多好玩啊，嗯？"

他的脸更白了。"呃，我好像忘了喂兔兔了。"话音刚落，他扭头就跑。

八 生日宴之争

> 小海獭的数量相当可观。这种动物并不单单以鱼类为食,而是同海豹相似,会大量捕食一种在海边浅滩中游动的小红蟹。

十月——极其重要的"生日月"即将来临。之所以这样叫它,是因为萨姆·休斯顿、拉马尔、苏尔·罗斯和我都在这个月过生日。我们都在敛声静气、满怀期待地盼望它的到来。

去年,我们四个的生日是一起过的,那场盛大的生日聚会热闹非凡,气派无比。整个镇子的人都收到了请柬,有各种口味的馅饼和冰激凌,再加上麦根沙士供人享用;大家可以骑马、打槌球、掷马蹄铁、玩套麻袋赛跑,赢家还有奖品拿;高高的生日蛋糕上插着四十九支蜡烛(我们年龄的总和);人人都戴着生日帽,到处都挂着皱纹纸彩带;黄昏时竟然还放起了烟花——这一切让人怎么忘得了?不论怎么讲,那一天都精彩纷呈,完美无缺。

然而,现在爸爸和哈里还是没有要回家的意思。他们来信说自己每天像奴隶一样从凌晨忙活到深夜,清理道路上的瓦砾,日子漫长而枯燥,人和马都累得精疲力竭。他们同志愿者一起劳作,还雇佣了从南部各地涌来的劳工,努力使这座城市稍微整洁一些。据说政府打算修建防波堤,以防洪水再次来袭。还有人说,当地计划用十英尺高的立柱将尚未倒塌的房屋撑起——

在全得克萨斯州,这可是史无前例的工程壮举。

我悄悄地浏览过报纸上各条新闻的标题:"偷抢事件减少""重建工作仍在继续""失踪者仍数以千计""海葬"。

算了,还是不要读下去了。

尽管姨妈一家安然无恙,我家还是笼罩在一片愁云当中,让我不禁担心今年的生日聚会可能会泡汤。倘若今年我们打破常规,不过生日,那万圣节呢?感恩节呢?还有,啊,天哪——圣诞节呢?怎么可以不过圣诞节?不过圣诞节算不算违法?唉,一想到这里我就烦忧心焦。

尽管如此,我还是好好地考虑了一下,又把萨姆·休斯顿、拉马尔和苏尔·罗斯召集到前门门廊中开了个小会。

拉马尔来晚了,还蛮横地说:"你想干吗?还让不让人看书?"

他看的"书"都是廉价小说,粗印滥制,情节夸张庸俗,一看开头就猜得到结尾:英勇强壮的年轻人为驿马快递解了燃眉之急;英勇健壮的年轻人为得州游骑兵解了燃眉之急;英勇魁梧的年轻人为平克顿警探解了燃眉之急;诸如此类。我这个哥哥接连不断地被这样的故事洗脑,哪怕浑身都是毛病,异想天开也绝对不在其中。

"别假正经了,拉马尔。"我转头向其他两人说道,"你们有没有想过,今年咱们可能不办生日聚会了?"

这个问题激起的怨气令我猝不及防。

"什么?"

"为什么不办?"

"你说什么?"

"你们就没想到?"我为他们三人的迟钝惊讶不已。是所有的男孩子都这样,还是我实在倒霉,偏偏跟几个笨蛋生活在一起,要被他们拖累?"妈妈说爸爸和哈里不在家,格斯姨夫和索菲罗妮娅姨妈无家可归,她的朋友也失踪了。全镇的人都在哀悼。"

萨姆·休斯顿接嘴道:"嗯,妈妈现在喝补品比以前喝得还勤,经常偷偷地灌上几口,还以为别人看不见呢。"

"可是这跟办不办生日聚会有什么关系?"拉马尔说。

"因为不能在别人哀悼时搞庆祝。因为要办聚会,妈妈、薇奥拉和咱们大伙就得做好多好多事情。"我说,"你去年只顾着玩,把大家的辛苦都忘了吧?"

一阵沉默。我知道我们想的是同一件事,只是没人愿意把它讲出来。

讨厌鬼终于开口道:"那该怎么办呢?我们要怎么做才能保住生日聚会?"

"还有生日礼物?"萨姆·休斯顿说。

"还有生日蛋糕?"苏尔·罗斯说。他快九岁了,但一有生日蛋糕吃就会把自己撑得肚子疼。

他们死死地盯着我,好像我才是毁掉生日聚会的罪魁祸首。

"这又不怪我,"我说,"我只是提醒你们一下。"

"咱们该怎么办?"萨姆·休斯顿问。又是一阵沉默。

最后我说:"我也不知道还有没有补救的方法。"

苏尔·罗斯难过地说:"你就不能跟妈妈说说吗,卡莉?她是女的,你也是女的,没准你劝得动她。"

拉马尔哼了一声,说:"可是你别忘了,卡莉是个蠢丫头,而且妈妈从来都不听她的。干吗求她?我去!"

"不行!"我嚷嚷道,"你只会帮倒忙!"

"那好啊,你聪明,你去。别帮倒忙,不然我就把你丢到碧冬茄的猪圈里去!"

"你动我一下试试看!"

我虽然嘴硬,但一点都不怀疑他会说到做到。拉马尔做事很少考虑后果,肯定不会对因为扔我进猪圈而要付出的惨重代价心怀顾虑。

我们商量好一个小时以后碰头。我回到自己的房间,思考对付妈妈的办法,最后决定使出撒手锏:说哥哥弟弟们多么想念爸爸和哈里(其实这话根本无据可依),既然有人过生日,就应该好好庆祝一下,让大家高兴高兴。这虽然并非彻头彻尾的谎言,但也不全是真的。而且我越想就越觉得这套说辞中真实的成分寥寥无几,它虚假的因子正在强横地侵入我的良知,将阴沉的灰霾注入其中。

振作起来,卡尔普妮娅,得坚定目标才是。

我慢吞吞地走下楼梯,路过餐厅时,看到了爸爸妈妈二十年前的结婚照,竟然颇感陌生。以前我从未对这张照片多加留意,只是觉得当时的服装样式同现在的迥然不同,尤其是妈妈身上带裙撑的大裙子,现在早已过时,看起来有些夸张可笑。

我在画像前停下脚步,细细端详起来。爸爸西装革履,玉树临风，意气风发；妈妈身穿布鲁塞尔蕾丝长裙，头戴蜡制花冠，长长的婚纱如瀑布般垂到地上，衬托得她更加美丽动人。也许由于一动不动地摆姿势摆得太久，他俩表情有些生硬，但目光中仍然透露出几分对未来的期望与对携手走向幸福新生活的憧憬。

他们一直都很幸福，对不对？喏，看看他们付出了怎样的努力，成了怎样的人：社会栋梁，七个（好吧，六个，得把拉马尔刨除在外）出色子女的父母，生意兴隆的轧棉厂和镇中最大宅院的所有人，备受尊重的成功人士。他俩找到了获得幸福的秘诀，幸福生活也与他俩相得益彰，对不对？

我走进客厅。妈妈坐在椅子上睡着了，脚边摆着针线篮，腿上放着破了口的衬衫，发髻歪到一旁，让她显得十分邋遢。对于一个平日里将头发梳得油光水滑、将每粒扣子都系得一丝不苟的女人来讲，这实在不同寻常。我望着她脸上愈来愈深的皱纹和头上新添的灰发，心酸不已。妈妈是从何时开始显出这副憔悴相的？她疲惫不堪，满面忧虑，着实让我心疼。

妈妈深吸一口气，醒来眨了眨眼。"哎？卡尔普妮娅啊。我打了个盹，你练你的琴吧，别怕吵到我。"

"等会儿再练。"我说，"我……我想跟您商量商量大家过生日的事。"

妈妈的脸阴沉下来，我觉得她不想再听我说下去了，一点都不想，可我还是鲁莽地把早就编好的话赶出了嘴巴。

"您看啊，哥哥弟弟们都挺想爸爸和哈里的，我想……说不定……那个……我们想，嗯，搞个生日聚会，场面大一点，高兴高兴。"

妈妈皱起眉头。我不管不顾地说了下去:"这样我们就能振作振作,您说呢?我们可以——"

"卡尔普妮娅。"

"可以只请最好的朋友来,不用像去年一样给全镇的人发请柬——那可太累了,我知道。我们还可以——"

"卡尔普妮娅。"

妈妈的声音低沉、微弱、暗哑,打断了我的思路。

"怎么了,妈妈?"

"那么多人丢了性命,你觉得这时候庆祝生日合适吗?你现在就告诉我,合适吗?"

"呃……"

"太不像话了!"

"呃,那个……"

"那么多人死去了,还有那么多人在受苦受难,你可怜的格斯姨夫、索菲罗妮娅姨妈和阿加莎表姐失去了一切。他们的日子有多难熬,你想都想不到。再想想你爸爸和你哥哥,他俩现在有多辛苦?简直是一场噩梦啊,太惨了。"

妈妈并没有扯着嗓门说话——没有这个必要。由内疚引发的荨麻疹已经布满我的脖子。"您说得对,妈妈,说得对。"

妈妈拾起针线,表示这场谈话结束了。我灰溜溜地走出去,感觉自己是那样地渺小,只有三英寸高。我抓抓脖子上奇痒难忍的疹子,去门廊跟哥哥弟弟们碰头。

拉马尔瞧了我一眼。"你帮了个彻彻底底的倒忙吧？我看出来了。"

"我尽力了。"

"那是你的气力不够用？"

"拉马尔，刚才我真该拉你一起去找妈妈，让你也看看她的表情。"

"'她的表情'？就是她的表情让你打了退堂鼓？我看是你嘴笨。让蠢丫头干男人该干的事，只会是这个结果。下次我自己去说！"拉马尔清清喉咙，往尘土中啐了口痰。

他太刻薄了！我真想给他一耳光。可是还没等我动手，拉马尔就转身迈开大步走了。萨姆·休斯顿和苏尔·罗斯不知所措地看看我，又瞧瞧他，最后跟在了他的后面。

我大喊道："她说这时候办聚会太不像话了！"

他们没有理我。更糟糕的是，我整个人已经变成了一颗会走路的大疹子。我在饮马槽前泵出凉水，浸湿罩裙，让它紧敷在身上，而后又来来回回地踱步，做了几次深呼吸，想让自己冷静下来，然而我的火气和荨麻疹只是稍稍退了些。我别无他法，决定求助于最后一道良方：去找爷爷。

爷爷正在实验室里忙活。遮窗用的麻袋布被掀开，钉在了窗框上，好让光线和新鲜空气流入屋子。

他向我打招呼。"又起荨麻疹了？这次是因为什么？"

我望着爷爷说："我是不是什么事情都瞒不住？"

"一般情况下不是，泄露天机的是你的皮肤。"

"唉，别说啦。我真想离家出走。"我努力咧开嘴，想告诉他这只是一句玩笑话。两分真八分假的玩笑话。

听我这样说，爷爷倒是没有大惊小怪。"是吗？那你打算去哪里呢？怎么赚钱糊口呢？这些问题你考虑过吗？"

"我已经攒下二十七美分了。"

"恐怕二十七美分并不足以支撑你独立生活。"

"是呀。"我叹道，"简直少得可怜，连买去奥斯汀的火车票都不够。等我攒够了钱，您跟我一起走好不好？没有您我哪儿都去不了。"我吻了吻爷爷的额头，接着说，"不过到时您可能得自己出路费。"

"你邀我同行，这倒是件好事。这些年来，我一般都是在书房里神游四方。只要有一台地球仪、一本地图册，足不出户就可以远走高飞。我到了这个年纪，只在显微镜和望远镜中的世界里遨游探索便已心满意足，而且对我来讲，书房中的标本和书籍所构成的天地已足够广阔。"

我琢磨着这番话，突然想到自己也是一名探险家。难道我不曾跟狄更斯先生一起远渡重洋、前往英国？难道我不曾同哈克贝利[1]一起沿着大密西西比河顺流而下？每次翻开书籍时，我不也在享受时空旅行吗？

爷爷说："我能不能问一问，你为什么突然打算离开这里？"

"我惹妈妈生气了。不过不全是我的错，是哥哥弟弟们鼓动我去的。"

---

[1] 马克·吐恩《哈克贝利·费恩历险记》中的主人公。

"男孩子就爱煽风点火。"爷爷严肃起来,听我诉苦,跟我达成了共识:人生本不公平。随后他问我过完生日就多大了。

"十三岁。"

"十三岁?哟,马上就要变成淑女了。"

"哎呀,您可别这么说。"

"为什么?"

"因为女孩子在这个世界上能做的事本来就不多,在我看来,留给淑女做的事情就更少了。"

"嗯,有道理,我也不明白为什么会这样。我觉得小姑娘也好,淑女也罢,只要头脑正常,都应该有发挥能力、实现自我的机会。"

"您这样想,我可真高兴,不过有些人跟您的想法不一样,特别是这一带的人。"

"说到过生日和旅行,我书房里有件东西,我想你可能会喜欢。跟我来。"

我牵着他的手,跟他一起向主宅门口走去。好在一个女孩子不管长到多大都可以牵她爷爷的手。

爷爷掏出钥匙,打开书房的门,拉开深绿色的窗帘,好让屋子里亮一些。随后他从橱柜上取下一本书,说:"达尔文在写《物种起源》之前,曾经乘坐小猎犬号舰艇花了五年时间周游世界。整整五年,他都在搜集标本,探索偏远之地。"爷爷目光炯炯地注视着远方。岁月留下的痕迹似乎于刹那间神奇地消失了,在我眼前的,仿佛是那个以前的他,一个神采奕奕的小伙子。

"简直是史诗之旅啊,你想想看!如果能回到从前,陪着他去巴塔哥尼亚追踪美洲狮和秃鹰,去阿根廷观察吸血蝙蝠,去马达加斯加采兰花,我愿意付出一切代价!喏,看那边,架子上。"

爷爷指着一个厚玻璃瓶说。瓶中盛着多年前达尔文先生亲自送给他的标本。

"这只乌贼是他在好望角附近捉到的。达尔文先生在那次航行中缺衣少食,吃尽了苦头,有好几次还险些送命。然而这一切都让他更加执着地热爱自然,促使他开始思考物种进化问题。我想,比起《物种起源》来,这本书你读起来可能会更容易一些。"

他递给我一本皮面精装书——《小猎犬号航海记》,说:"生日快乐,一帆风顺。"

啊,一本新书能带给我多少欢乐、多少惊喜、多少期望呀!我用拥抱致以谢意,吻了吻爷爷满是胡须的脸颊,把书藏在罩裙下方,跑回自己的房间——谁知道拉马尔要是怒气攻心、发起火来,会不会暴殄天物?

我读这本书一直读到深夜,陪伴达尔文先生造访了加拉帕戈斯群岛、马达加斯加、加纳利群岛和澳大利亚。我跟他一起为听到菲罗尼纳凤蝶发出咔哒咔哒的响声惊叹不已,在此之前,全世界都认为这种昆虫根本不出声。我们目睹抹香鲸几乎跃离水面的场景,耳闻如炮火般响亮的拍水声。河豚令我们深感诧异,这种鱼身上有刺,一遇到危险就会膨胀成一个球,让敌人无从下口(尽管达尔文先生将这一古怪场景描绘得惟妙惟肖,但我还是希望能够亲眼一见)。我俩共同躲避黑豹和海盗的侵袭,跟野人、西班牙大公和食人族一起用餐——尽管我希望菜肴中没有人肉。

后来,整整一晚,我都在梦中聆听着索具的吱吱呀呀,体验着甲板的左摇右晃,感受着扑面的大风。对于一个从未见过大海的女孩来讲,这足以让她心满意足。没错,这次出航的确一帆风顺。

九 神秘动物

> 我在智利北部获赠了一枚玛瑙箭头,其形状与火地岛人现今使用的箭簇一般无二。

最后我们还是决定搞一场庆祝,但不会办拉马尔和我梦寐以求的盛大聚会。薇奥拉做了果汁潘趣酒[1],我又帮她烤了个山核桃蛋糕。可惜我不等蛋糕冷透便往上面撒了糖霜,以至于熔化的糖先汇集在蛋糕顶部,又从侧面淌了下来,难看得要命。薇奥拉在蛋糕上面稀稀拉拉地插了几支小蜡烛,简直寒酸得可怜。与去年的豪华大蛋糕相比,这个实在是相形见绌。妈妈强作欢颜,简单地讲了几句话,说大家都应该为难民出一份力,不能只是缩在后面,袖手旁观。听到这番言语,我们羞愧万分,只好勉强笑着,装出一副知足的样子,就连平日里口无遮拦的拉马尔也不例外。

这场庆祝仪式的确了无趣味,可我在自己生日那天收到了一份珍贵无比的礼物:河上泛舟。爷爷带我在轧棉厂下方的小码头放下船,出发了。与我们同行的是野餐篮、捕虫网和我的笔记本。我俩轮流划桨,水流平缓,无需花多大力气。小船一远离轧棉厂的喧嚣,便被笼罩在一片静谧之中。我们漂浮在下游的幽寂里,悄声讨论着一路上看见的动植物。河水如玻璃般清澈透明。

我和爷爷看到银光闪闪的鲭鱼和活泼灵动的鲈鱼在随波

---

[1] 用水、果汁、香料及葡萄酒或其他酒类勾兑成的冷或热的饮料。

摇摆的星草与野稻中穿梭；还有一条凶巴巴的大鲶鱼潜伏在堤岸下方。

在通往大草原城的河道中段，我俩登上一片细窄的沙洲，吃三明治，记笔记。这里的沙砾和石头久经流水冲刷，都变得圆润光滑，唯独有一块棱角分明，与众不同，吸引了我的目光。我拾起它来，只见它呈三角形，两条边缘比中央薄得多——这是一枚地地道道的印第安箭簇。

"您看，爷爷，"我叫道，"一枚科曼奇人打仗留下来的箭头。"哥哥弟弟们都收藏了一两枚，我还是头一回发现这东西。

爷爷把箭簇放在粗糙的掌心中，郑重其事地端详了一会儿，说："我觉得它的年头可能要更久一些，可以追溯到早期的通卡瓦印第安人。普拉姆河战役中，他们是我们的侦察兵。"

"当时您在场吗？"我问，"看见他们打仗的场面了吗？"普拉姆河市是洛克哈特以前的名字，也是一场大战的战场——敌方是科曼奇人，离我们只有十四英里远。没想到我有亲属参加过那场战役。

爷爷望着我，温和的目光中透出几分惊讶。"是啊，激战正酣时，我恰好在那里。我没跟你讲过？"

"没有，您从来都没说过。"

"哦，我没提过，可能是因为那段经历不甚愉快——虽然民众都将我们誉为共和国英雄。对科曼奇人来讲，或许也不好过。1840年8月，巴费洛·哈普酋长和他的战士们对一大片拓荒者定居点发动了突袭，沿着海岸烧杀抢掠，缴获近两千匹马和骡子，准备将牲畜赶回科曼奇利亚——他们在得克萨斯州西北部的野牛猎场。骡背上驮满了铁——众所周知，这种金属适合铸造箭簇，还有从维多利亚附近的仓库抢来的干货。不过马匹才是他们真正的战利品。"

如今的洛克哈特是郡政府所在地，那里有图书馆，有大大小小的商店，甚至还通了电，是我们的文化中心。"可是，"我问，"当时您为什么会去那里？"

"游骑兵队队长本·麦卡洛克已经跟踪了他们好几天，知道他们必将渡过普拉姆河。于是，他派出几个人去召集附近的农民和定居者——每一个身强力壮、有马有枪的人。那天，我正在跟父亲一起犁地，一个民兵骑着马赶了过来，让我们尽快武装自己，准备战斗。当时我只有十六岁，但与所有居于边境的同龄人一样，会骑马，能开枪。年龄并不是问题。"

"那您……您射中过印第安人吗？"

"可能射中过吧。"

我没有听明白。爷爷接着说："烟尘漫天，到处都是一片混乱，我也看不清有没有打中。我们这边大概有两百人，而敌方至少有五百名印第安战士，可巴费洛·哈普酋长起初似乎并不想同我们交战。后来我们看出来了，他们是在拖延时间，好掩护大队牲畜顺利通过——他们无论如何也不舍弃马匹，还把劫掠来的红布扯成长条，编入战马的尾鬃做装饰。这群印第安人有的戴着礼帽，有的撑着雨伞，场面十分怪异。后来麦卡洛克队长下令出击，我们便纷纷开枪，陷入了混战。马匹受到惊吓，四散奔逃；不堪重负的骡子则寸步难行，被两千匹惊马撞翻踩踏。科曼奇人受被他们奉为珍宝的骡马拖累，被踩伤踩死的不在少数，想趁乱逃跑的则中枪倒地，最终全军覆没。尽管巴费洛·哈普酋长负隅顽抗，又强撑了一天。自从马匹成为科曼奇人的软肋，这就已经预示了他们末日的降临。"

"您受伤了吗？"

"没有，我父亲也没有。我方几乎没有伤亡。州防卫队队长拉马尔简直大喜过望。"

"然后你们就回家了？"

"几天后，我们返回到农庄和家园，不过那是分完战利品以后的事了——它们原来的主人已经不知所踪。父亲和我牵着一头骡子回到家，骡背上还驮着一大匹印花红布与一桶白兰地。母亲欣喜若狂，我记得一连好多年，我们的衬衫、裤子、被面什么的都是用那匹布料做的。"

我猛地想起，我的拼花冬被上也有几块褪色的红色印花面料。

"等等，"我说，"那匹布是不是也用在我的被子上了？"

"大概吧。"

我当即下定决心善待那床被子——这样的念头以前从未在我的脑海中出现过。天哪，原来我一直盖着印第安人的战利品睡觉，还对此一无所知！

"啊，那就是我所经历的时代。"爷爷说，"你可能不知道，卡尔普妮娅，我出生在二十英里开外的地方时，这一带还是墨西哥的地盘。我长到你这么大时，得克萨斯才赢得独立，成为共和国。我曾见过被俘的墨西哥独裁者桑塔·安纳将军戴着手铐脚镣游街。五年后，我们开始同科曼奇人作战。然后，又过了仅仅四年，我们变成了美国的一部分，但要通过战争让墨西哥接受事实。十四年后，我们又想脱离美国，由此导致了最为残酷可怕的，也是唯一一场让我们尝到败果的战争。我们不能分裂联邦。现在嘛，我这个打了四场仗还侥幸活着的老头子又见证了汽车时代的降临。"

他站起身来，说："往事回忆得够多了，咱们接着划船吧。"

我俩收拾好吃剩的食物，回到小船上。几分钟后，爷爷突然把一只手的食指竖在唇边，另一只手指向我背后的高岸。一张毛茸茸、上宽下窄的脸正在暗处悄悄地眺望我们。它有点像猫，又有些像狗，神情警觉，又掺杂着几分好奇。难道是一头小黑熊？这里的确是美洲黑熊的活动范围，但随着它们的栖息地被文明渐渐蚕食，这种动物也日渐稀少起来。我们端详着它，它也打量着我们，仿佛我们对它多感兴趣，它就对我们有多好奇——没准它的好奇心比我们的还要强烈。待它走进斑驳的阳光中，我发现它的鼻子比黑熊的短。原来是一只水獭。我听说过这种生物，但从未有幸亲眼一观。

这时，水獭表演了一个小节目，为我庆祝生日：它把头一低，沿着泥泞的窄道冲下陡峭的河堤，转瞬间钻入水中，没有激起一朵水花。它入水的地方离我们只有几英尺远。

我被它吓了一跳，险些掉下船去。"啊，您看见了吗？"我哑着喉咙低声问。

水獭冒出头来，仰躺在水面上，专注地凝视着我们，让我们也有机会把它明亮的眼睛、丝滑的毛发和粗硬的胡须看个够。不论怎么看，它都可爱至极。它看腻我们之后，扎了个猛子，消失得无影无踪，只留下一串小小的气泡，证明刚才的一切并非我俩的幻觉。

"北美水獭。"爷爷说，"上次在这一带看到这种动物，还是好几年以前的事，我以为它们都迁徙去别处了。它们以河中的软体动物和小鱼为生。把刚才那一幕记在笔记本上，卡尔普妮娅。今天可真是个好日子。"

我听从爷爷的吩咐，写了几行字，最后还加了一句：**看见它，我好高兴呀！**——尽管这话很主观，没有科学价值。

特拉维斯听说我跟水獭有过一面之缘以后，也心心念念地想要见见它。他没完没了地央求我，一刻都不放松，最后我们终于带上火腿饼干和一瓶柠檬水登上了小船。我们把水瓶用绳子拴好，浸在水中，好让饮料始终冰爽可口。

我们转了个弯，惊起一只巨大的蓝鹭。双腿颀长的它原本正在浅湾中用酷似匕首的喙刺来往的鲦鱼。蓝鹭发出一声与它美丽的羽毛极不协调的刺耳大叫，弯着长颈飞走了。

到达那片狭长的沙洲后，我把爷爷跟印第安人打仗的故事讲给特拉维斯。小家伙简直入了迷，说："这么好玩的事，他怎么只讲给你一个人听，从来不告诉我们？"

这倒是真的。爷爷从来不跟我的哥哥弟弟们主动说话，我怀疑他老人家根本分不清他们谁是谁。特拉维斯的问题让我有些忧心。我爱爷爷，全心全意，对他毫无质疑。我知道他也爱我，我还知道，在某种程度上，我们对彼此的感情以对科学和自然的热爱为根基。也就是说，我的哪个哥哥弟弟要是想博得爷爷的好感——不论出于何种目的，并非毫无章法可循。虽然说目前他们谁都没有表现出这方面的意图，而且平日里还对爷爷退避三舍，可是万一呢？要是有人跟我抢，我可受不了。爷爷是我的，我一个人的。

"卡莉？"

"嗯？"

"你没事吧？"特拉维斯盯着我，平时总是爽朗欢乐的他忧心忡忡地皱起了眉头。

"我……嗯，没事。"

"你说,爷爷怎么从来不跟我们讲跟印第安人打仗的事呢?"

我考虑了一下照实回答他的后果,叹了口气。"你让他给你讲,他也不会拒绝。"

"真的?我挺怕他的。你不怕他吗?"

"以前怕。现在不了。"

好在特拉维斯很快就把爷爷忘在脑后,转而把另外一个人挂在嘴边——卢拉·盖茨,让我放下心来。他唠唠叨叨地细数卢拉的可爱之处,我实在听不下去了,于是催他赶紧收拾东西回家。

"可是咱们还没看见水獭呢。"他说。

"它要是不想露面,咱们也没办法。我又不是魔术师,没法从帽子里变出一只水獭来。"

我俩把船往回划,黄昏时回到了小码头。我们刚把船系在河坝下方,远处的灌木丛中便发出一阵响动。一只诡异的生物注视着我们,我们也诚惶诚恐望着它。它的模样简直惨不忍睹:一只眼睛眼睑低垂,透出哀伤;两只耳朵一只直立着,一只耷拉着;红棕色的毛皮上血痂斑斑,侧胸肋骨条条毕现,酷似一张洗衣板。

特拉维斯小声问道:"是它吗?你可没说过它是这个样子的。水獭应该很可爱吧,它这是怎么了?"

"我敢肯定这不是一只水獭。"

"那它是什么东西?"

"土狼,也可能是狐狸。"

我俩一齐打量着这只神秘的动物。我觉得它更像狐狸——它们生性怕人,应该伤不到我们。不过狐狸几乎不在白天活动。

"它好像不对头。"

"看样子是饿了好久,还打过一架。不管它是什么。"

我用余光瞄着特拉维斯,等待旧幕重演,然而这一回他终于遇到了对手——一只难看得让他无法下手抱回家的动物。尽管如此,我还是说:"别过去,它没准有狂犬病呢。"

"可是它的嘴边没有白沫。"

我当然比他博学。"那也不说明任何问题。动物在患病早期根本不会吐白沫。"

我话音刚落,那只动物便隐没在了灌木丛中。特拉维斯和我走上回家的路,一声不吭,各怀心事。

十 重聚

> 倘若有人于远航之前询问我的意见，我会根据他对不同领域知识的偏好给出答案，好让他在旅途中增长相关的见闻……即使在库克船长所处的时代，离家远行的人也会受尽苦难。

爸爸和哈里已经离家整整一个月了。这天，妈妈突然打起了精神，在吃晚餐时神采奕奕地说："我这儿有条好消息。一切顺利的话，你们的爸爸和哈里星期四就到家了。"

我们兴高采烈地交头接耳起来。萨姆·休斯顿——现在家里最大的孩子，领着我们一起欢呼了三声。妈妈灿烂地笑着，破例没有阻止我们在餐桌上嬉闹。她说："希望大家都洗好澡，梳好头发，打扮得漂漂亮亮的。拉马尔和苏尔，你们去烧水，再弄点柴火来。卡莉，你格斯姨夫在修房子，你阿加莎表姐要来咱们家住一段时间。"

"真的？"这倒挺有意思，"住多久？"

"大概几个月吧。"

"那她睡在哪里？"

"当然是你的房间里啊。她睡你的床，你打地铺。"

"可是——"

"我想，我女儿应该不会在她表姐遭难的时候袖手旁观吧。"妈妈凌厉的目光刺向我，"何况这位表姐失去了那么多，现在正需要安定的生活和体贴关怀。我的女儿哪会这么狠心不管她。你说呢?"

我觉得妈妈的话多少有些刻薄,但无法反驳。我低头盯着盘子,低声说:"是啊,妈妈。"

"很好,我也这么想。"妈妈叹了口气,脸上又浮现出头痛发作的苦相,"阿加莎需要我们的理解和同情。你会好好招待她的,对吧?"

我的声音更小了。"对,妈妈。"

"很好,我也这么想。"

当晚家里一直有响动。半夜,我被走廊中的脚步声惊醒,不知是谁在楼梯上来回踱步,还总把不甚结实的第七级台阶踩出巨响。我们几个孩子谁都不会犯这样的错误,所以在那里折腾的,一定是妈妈。她如此反常,八成是因为爸爸和哈里终于要回家了,心中激动难耐。

一天早上,我发现有只漂亮的蝴蝶——长尾弄蝶——正伏在翼叶山牵牛上吸花蜜。我往前凑了几步,它应声而飞。它蓝色的身体闪闪发亮,两条长长的条翼飘逸轻盈,我真想把它做成标本。然而这种蝴蝶十分难捉,而且容易在装框时损坏。尽管如此,今天仍然别具意义,什么都无法破坏我的好心情。

萨姆·休斯顿砍柴,就连一向把苦活累活当作瘟疫、唯恐避之不及的拉马尔也烧了一整天的水。大家轮流洗澡。妈妈换上了爸爸最喜欢的天蓝色长裙,这条裙子把她的蓝眼睛映衬得更美,让她似乎年轻了十岁。爷爷为这个特殊时刻开了瓶商店里买的波旁威士忌。我们几个孩子谁都坐不住，总跑到窗前往外看。最后拉马尔嚷嚷起来："来了来了！到了！"

我们蜂拥而出，去迎接他们。哈里骑马，爸爸驾车，有个吊着胳膊、怪模怪样的人坐在他身边。马车后面的车板上坐着阿尔贝托和一个十七岁左右的女孩子，物资已经全然不见。那个女孩有点像……呃，我。这倒不足为奇——她一定就是那位阿加莎·芬奇表姐，共同的祖先在我们脸上刻下了相似的痕迹。再过几年，我会不会长得跟她一模一样？得好好琢磨琢磨。

她身穿褪色过时、小得离谱的印花连衣裙，瘦骨嶙峋的手腕和苍白细弱的小腿毫无遮掩地露在外面。她怎么穿得这样寒酸？哦，对了，风暴过后，她什么都没有了，妈妈告诉过我。可直到看见她身上这件别人捐赠的衣服，我才真切地了解到受灾的人多么可怜。卡尔普妮娅·弗吉尼娅·塔特，你可真是个傻瓜，而且没有一丁点慈悲心肠。

那个奇怪的人又是谁？他们几个怎么都无精打采、垂头丧气的？回家了，大家应该兴致勃勃、喜笑颜开才对呀！我们一家团圆了，餐桌又可以坐满了。

爸爸爬下马车，他脸上的皱纹和僵硬的步态让我心中一惊。爸爸抱了抱妈妈，捧起她的脸，两人低声细语了几句。

哈里从亚瑟王背上跳下，满身污泥，衣衫褴褛，面黄肌瘦。我不由得跑过去抱住了他。

"啊，哈里。"

"宝贝妹妹。"他轻声说，"看见你可真高兴。小心点，别把衣服弄脏了。"

"我才不管呢。"我拼命抱紧了他,"我可想你了。那边怎么样?惨吗?他们说死了好多人,是真的吗?那是阿加莎,没错吧?她人怎么样?跟你们一起回来的人是谁?"

我俩的对话被一阵表示欢迎的吵闹声打断了。几条狗,尤其是阿贾克斯,冲着大家又跳又扑,让人不胜其烦。我们挨个被爸爸抱了抱、亲了亲。轮到我时,我竟然不好意思起来,但马上释然了:他虽然模样跟以前不一样,但身上的味道没有变,还是爸爸的气味。

陌生人费了好大劲才下车。这人有铁匠的大块头、厚胸脯、宽肩膀,年纪不算轻。他蓬头垢面,得好好理个发。他的右臂用肮脏的绷带吊在胸前,右手别别扭扭地蜷曲着。虽然满面疲惫,他还是微笑着拉起妈妈的手,深深地鞠了一躬。

阿加莎被人扶下马车,跟她一起下来的,还有她的行李:一个粗布麻袋,还有一个帽盒大小、模样怪异的铁盒——里面装的是乐器吗?是六角手风琴还是风笛?说不定我俩可以合奏。然而不等我开口问,她便被托付给了桑胡安娜。我家的女仆一边为她掸尘一边专心地听着妈妈郑重其事的吩咐:带阿加莎去吃点东西,给她洗澡,领她去睡觉。

睡在我的床上。不过我不介意。

男人们洗漱完毕,大家落座用餐。随后爸爸愿上天保佑加尔维斯顿的民众,还为自己能够平安返回家人的怀抱而深表感激。这时,他的脸上掠过一片阴影。"真的,"爸爸说,"那么多人失去了家园和至亲,而我的妻子和孩子都安然无恙,我真是幸运至极。"他清清喉咙,勉强笑了笑,"太好了。"

我们纷纷说过"真好"之后,便开始询问加尔维斯顿那边的情况,起初还犹犹豫豫、欲言又止,而后便你一言,我一语,把问题一个接一个地抛了出来,最后逼得爸爸抬起手来,说:"够了,别问了。我们熟知的那个加尔维斯顿已经不在了。"

妈妈说:"让你们的爸爸清静清静,今晚我们不提那边的事。拉马尔,把土豆递给你爸爸。"

按理说,大家久别重逢,一起吃饭时应该兴高采烈、欢欢喜喜,可事实并非如此。爸爸和哈里都闷闷不乐,被爸爸称作普利茨克医生的陌生人明显正在遭受疼痛的折磨,却依然强打精神,朝着妈妈对她的家、她可爱的孩子和她的菜谱赞不绝口。不知为何,他被安排坐在我旁边,占去老大一块地方。他虽然身材如铁匠般魁梧,但温文尔雅,彬彬有礼,知道吃哪道菜该用哪把叉子,也没有像乡巴佬一样望着头顶的枝形吊灯出神。然而因为那条受伤的胳膊,他刀叉用得不那么顺手,怎么都切不开牛排。我用胳膊肘顶了顶他,他纳闷地看着我。我小声说:"您要是不反对,不如我帮您切吧。"

他也小声说:"麻烦您了,小姐。"

我干净利落地切着牛排,妈妈突然注意到了这边的情况,叫道:"哎呀,普利茨克医生!太抱歉了,我让薇奥拉替您切吧。"

"不用麻烦了,太太,我这里有一位得力助手。"他打量着我,"多谢,该怎样称呼您?"

"卡尔普妮娅·弗吉尼娅·塔特。"

"与您相识,十分荣幸,卡尔普妮娅·弗吉尼娅·塔特小姐。我是雅各布·普利茨克,从加尔维斯顿来。等我痊愈,咱们再好好地握个手吧。"

好奇啃噬着我的心。如果我大大咧咧地开口问,妈妈一定会因为女儿太过失礼而大为不满。所以我等她看向别处时才凑过去轻声问道:"普利茨克医生,您的手是怎么回事?"

他小声说:"水越涨越高,我爬上树逃生,没想到树上有一窝响尾蛇。"

"天哪!"我嚷出了声。

餐桌上一下子安静下来,所有人都盯着我。每一束目光都洋溢着好奇,只有一个人除外,她的目光充斥着凶狠。

"咳咳。"我咳嗽两声,"呃,骨头卡到喉咙了。不过现在没事了。谢谢大家的关心。"说完,我夸张地清了清喉咙。

吉姆·鲍伊插嘴道:"骨头?给我看看行吗?"

妈妈瞪着我,冷冰冰地说:"算了吧,宝贝。"

我低下头,等着大家继续各说各的。现在正是我应该装成乖女儿的时候。幸运的我只遇到了一条蛇,而倒霉的普利茨克医生撞见了一窝,幸运与不幸之间的差别到底有多大?

妈妈说:"卡莉,别总缠着客人。普利茨克医生,请问您的家乡在哪里?"

"俄亥俄州,太太。我是土生土长的俄亥俄人。"

"这样呀。"

温和识礼的妈妈断不会吐出粗鄙之语,但冒冒失失的拉马尔可不一样。他随即大喊一声:"北方佬!"

众人纷纷深吸一口凉气,不知是由于普利茨克医生的出身还是因为拉马尔的莽撞。妈妈冲拉马尔皱眉瞪眼,爸爸连连道歉。

"没关系,塔特先生,塔特太太。我的确参加过那场战争,在俄亥俄第九骑兵队做马夫。不过那是三十五年前的事了,希望你们不要因为往事对我冷眼相看。我近十年都住在加尔维斯顿,还想在伟大的得克萨斯州度过余生。"

爸爸提高嗓门,说道:"普利茨克医生是芝加哥兽医学院的毕业生,已经听从我的建议,决定来这里开诊。我们考德威尔郡有大群大群的牲畜,一定不会让他闲得无聊。"

大家的眼睛都放出光来,但原因各有不同。

"哈,"爷爷满意地说,"一位矗立于科学与商业交界之地的人。"

"是的,先生。您的儿子给我讲过您所从事的研究,真希望能跟您交流讨论、共同学习。"

特拉维斯和我相视而笑。一位专门给动物看病的医生!

男人们抽过雪茄、喝过白兰地之后,阿尔贝托便驾起马车,载着普利茨克医生和他的行李向埃尔西·贝尔寄宿公寓驶去。他已经在那里订好了一间房。

特拉维斯和我伴车而行,好奇心在我们胸中熊熊燃烧。

特拉维斯问:"您给哪种动物看病?"

"什么动物都可以。不过我们兽医的治疗对象一般是猪、牛、马等对人类有用的家畜。"

"那野生动物呢?"

"嗯,小伙子,偶尔也会有人带受伤的松鼠、浣熊什么的来找我,可是一般情况下,我都会拒绝。这些动物惊恐万状、痛苦万分,根本觉察不出你的善意,还是让它们早日解脱比较好。"

看得出来,这番话引起了特拉维斯的不悦。小家伙说:"我养过一只犰狳,它叫阿曼德——我们叫它阿曼德,可它应该叫迪丽也不一定。您给犰狳治过病吗?"

普利茨克医生笑道:"没有,而且我也没听说谁给犰狳治过病。"

我附和道:"这也正常,我自己也觉得犰狳做宠物不合适。"

特拉维斯又问:"看见动物死了,您会难过吗?"

"跟很多事情一样,见多了就习惯了。还有,做我们这行的,会让自己尽量别投入感情。"

"爷爷也总这么说。"我说,"您哪天给动物看病时,我们能去看看吗?"

普利茨克医生面露诧异。他想了想,说:"只要你们的妈妈不介意,我想应该没问题。"

我赶紧接嘴道:"嗯,她才不管这些呢!"又给特拉维斯递了个眼色。特拉维斯心领神会,什么都没说。

我们将普利茨克医生护送到寄宿公寓,冲他挥手告别。

回家时,特拉维斯和我兴致勃勃地聊了一路。我们有了一位专门给动物看病的医生!还有比这更好的事情吗?

有。睡自己的床。上楼后,我看见表姐面朝墙壁缩在我的床上,灯光被调得很暗。她用的枕头是我的。你也知道,陌生的枕头枕着有多不舒服。给我的枕头里面塞着棉花,凹凹凸凸;给我的垫褥里面也塞着棉花,疙疙瘩瘩。现在我跟蛇一样睡在地板上。我吹灭油灯,突然听到一阵细微的声响从对面传来。是王蛇在夜巡,还是阿加莎在悄悄地哭?

"晚安。"我小声说。但是她没有应声。

加尔维斯顿的大洪水把两个难民冲到了我家。一个无疑是上天的赏赐,另一个呢?嗯,她还是一个问号。

十一 阿加莎的劫难

> 住在瓦尔迪维亚附近的一位老人向我展示了许多他拿苹果做的有用之物,以说明他所信奉的格言:"需要乃发明之母"。

第二天早上我醒来时,发现问号小姐正坐在床沿上,抱着我的枕头望着我,直勾勾地望着我。她坐在那里多久了?她为什么要这样看着我?我说梦话了?打呼噜了?放屁了?她脸上的神色十分诡异,让我不由地怀疑她看见了那条王蛇。不要紧,她是一只受伤的小鸟,需要人来关心爱护。我会治愈她的心伤,温柔地牵着她重回生活正轨。白天,我们要去野外远足,让她接受大自然的抚慰;晚上,我会给她梳头发,梳一百下——大人说这样可以让健康和美丽常驻。我们会一起看喜欢的书。以前我没有姐姐,现在有了。

"唔,早上好。"我说。

她没出声。

"你还好吧?"

她还是没出声。

我端详起她来。阿加莎不高不矮,不胖不瘦;头发呈棕色,颜色不深不浅;相貌平平,不算漂亮,也说不上难看。总而言之,她是个普普通通的女孩子。不过我还是这样提醒自己:人不可貌相。拿我自己来说,我虽然没有倾国倾城的美貌,但也风趣聪明，对吧？还平易近人，对吧？所以现在还是不要妄下断言才好。

然而此刻的阿加莎有一点很不寻常：她眼中盈满了忧虑和恐惧，仿佛拿不准我是否咬人。

我说："对了，我叫卡尔普妮娅·弗吉尼娅·卡特，但你可以叫我卡莉·薇。你叫阿加莎，对吧？知道你们家出了事，我心里挺难受的。"

她仍然没有答话。真让人难堪，不过我还是没有放弃："呃，好吧，你要是不想说家里的事就算了，阿加莎。"

"叫我阿吉就好。家里的事，我的确不想说。"她皱眉咧嘴，泪如雨下。

"噢，阿吉，抱歉，那些事也不是非说不可。"

不用讲，我们当然没有什么非说不可的事。可我觉得自己有义务，也下定决心跟她聊点什么，因为她是我的手足，因为她遭受过美国历史上——不是得克萨斯的历史上，而是全国历史上——最为残酷的天灾。我得用温声细语哄她吐露心声，哪怕一次只说一点点也可以，免得她心酸难过。我这人最大的优点就是心细。

我从发现蛇的抽屉中翻出自己最好的蕾丝手帕，往她面前一递。

"给。"我说，"我得收拾收拾去上学了，你要一起来吗？"

"我不去。"她擤擤鼻子，"我有文凭了。"

"那你有什么打算？"

"打算？"她好像没听懂，"什么'打算'？我要等爸爸把房子修好，然后回家。"

"还要等多久？"

"他们说几个月就行。"

哈，太好了。我只需要在地板上睡几个月。

她抬起眼来，茫然地望着前方，哭得更厉害了。"可是我不想回去。我在那里看见了好多不该看见的东西。"

这句话勾起了我的好奇心。我小声问道："你看见什么了，阿吉？"

通知大家吃早餐的锣声突然响起。她猛地缩了缩脖子。"什么声音？"

"是薇奥拉在叫大家下去吃饭。"

"玛格丽特姨妈说我可以在自己的房间里吃。"

我琢磨了半天才反应过来，"玛格丽特姨妈"指的是我妈妈，她"自己的房间"实际上是我的房间。

在去学校的路上，好几个哥哥弟弟凑上前来，他们都对我们这位表亲相当好奇。

"她是跟你一样的爱哭鬼呢，"拉马尔问，"还是个正常人？"

我明知他不怀好意，但还是回答道："很难讲。她现在很难过，所以我看不出她是不是真的爱哭。没准她只是暂时心情不好。"

萨姆·休斯顿说："挺认真的嘛，卡莉。"

"谢了。"我谦虚了一下，"我也这样想。"

现在整个镇子的人都听说了阿吉的遭遇。我们的老师哈波特尔小姐拉着我问了半天,知道阿吉有文凭之后,她提了个建议:让阿吉做志愿教师,给小孩子上课。

"我可不敢打包票,哈波特尔小姐。她现在紧张兮兮,就跟热石头上的蜥蜴似的。"

"可怜的孩子,说不定工作反倒能让她走出阴影。先让她缓缓,我以后再跟你妈妈谈。"

课间玩跳房子时,卢拉·盖茨问我阿吉会不会弹钢琴。

"问这个干吗?"我跃进下一个格子,又悄悄往回跳了一小步,假装自己没有踩线——也许她没有看到。

"我觉得跟她一起弹二重奏挺棒的。"

我伤心起来。"跟我一起弹不好吗?"

"我每次找你,你不是要忙别的,就是急着跟你爷爷一起去看虫子、癞蛤蟆什么的。"

没错,卢拉说得对。钢琴合奏这事听着挺好玩,但不练不行,而我很少抽空跟她一起练琴。可卢拉是我最好的朋友,琴艺也比我好得多,理应有一个更好的搭档。于是我答应她,等阿吉心情好一点,就请她来家里做客。

到家之后,我发现阿尔贝托将一个小衣柜挪进了我的房间。我以为这是给阿吉用的,然而后来阿吉占了原来的大衣柜,把我的东西都塞进了小柜子中。太不公平了——她根本就没有几件衣服,只有一个不知装着什么东西、奇形怪状的箱子。

阿吉大部分时间都拉着窗帘躺在床上,偶尔起身慢条斯理地在盘子中挑挑拣拣，完全是一副得了痨病的样子。一有响动，她就会一惊一乍，哪怕是鸡毛蒜皮的小事也能惹得她泪水涟涟。

我小心翼翼地问过她。她说："我也不想哭，可就是忍不住。唉，我这是怎么了？我以前可不这样。"

"没事的，阿吉，你肯定会好起来的。"当然，我心里也没底，可这么劝她似乎没有错，"我帮你梳梳头吧？"

"不用了，让我自己待着就好。"

我只好让她自己待着了。

几天后，我深深地体会到了阿吉的痛苦。那天我从客厅门口经过，瞄了一眼里面的妈妈，看见她正焦眉愁眼地把什么东西往针线篮里塞——好像是一封信。过了一会儿，薇奥拉把她叫进厨房，那封信简直唾手可得。

"卡尔普妮娅，"我告诫自己，"别去。信可是私人物品。"我在心中反反复复地念叨着这句话，蹑手蹑脚地走到针线篮旁，像扒手一样鬼鬼祟祟地抽出信纸。原来是阿吉身在加尔维斯顿的妈妈寄来的，上面写道：

> 最最亲爱的妹妹玛格丽特：
> 　　我写这封信，是为了让你了解我们在上天的保佑下渡过了怎样一场劫难。我感觉阿吉的灵魂饱受摧残，真怕这孩子永远都无法恢复如初。
> 　　玛格丽特，如果我们当初听从了你的劝告该有多好！我们这里的气象局既没有预测到灾难降临，也没有采取

任何能够拯救这座城市于危难的措施。当天早上，加尔维斯顿上空笼罩着一片橙红色的光，如此奇景谁都没有见过。就在咱们通电话的时候，天色骤暗，乌云低垂，气温陡降，雨点突落。一个小时后，我望了望后院，只见地上已经积了几英寸深的水，奇怪至极的事情发生了：有几百只，不，几千只小蟾蜍趴在水中的漂浮物上。我喊格斯来看看这我们前所未见的景象，可他当时正在前院中钉护窗板，无暇理会。

　　后来风越吹越大。到吃午餐时，外面的大部分路面都已被两英尺高的污水淹没，蟾蜍却不知所踪。有鱼在水沟里游来游去，邻居家的孩子见此奇景，开心得笑个不停。到了下午两点，我们看到了被洪水从沙滩上冲来的浮木。三点钟，我们站在门廊中，惊恐万状地眼见大水在几秒内淹没了前门台阶，逃回房中。片刻之后，我们看到普利茨克医生从街对面蹚着水走了过来——更确切地说，他是游过来的。他住平房，房顶又被风掀开了大半，于是我们收留了他，跟他一起躲在客厅里避难。又过了一会儿，隔壁的亚历山大一家也来了。亚历山大先生的腰间系着一根晾衣绳，绳子的另一头拴着他的妻子和三个孩子。我们将半死不活的他们从洪流中拖了上来，洪水裹挟着碎砖瓦砾和家具用品，此情此景，我真的未曾目睹。四点钟，我们看到了第一批马尸。

　　股股洪流从前门下方涌进屋内，先是把我们逼上楼梯，又赶着我们进了卧室。五点钟，风暴潮引发的洪水淹没了整个岛屿。我们看到一个沙发、一辆手推车，甚至还有一架钢琴从窗外漂过，琴上趴着一个男人和一个孩子。窗玻璃在呼啸的狂风中粉身碎骨，我们不得不缩在床下躲避四处飞溅的碎片。大水漫过了最后一级台阶，

现在我们必须当机立断，是爬上屋顶去别处避难，还是留下来跟这栋房子一起渡劫。众人命悬一线，又要在抉择的痛苦中煎熬。就在这时，房子仿佛有了生命一般，兀自摇动起来；顶梁立柱也噼噼啪啪地纷纷断裂，让我们心惊胆寒；门廊与前门早已被洪水冲毁。格斯认为大家应该弃屋逃跑，前去乌尔苏林修道院——几个街区之外的一栋三层砖砌楼房。他劝亚历山大先生同行，可后者非但不肯，还将惊慌失措的妻子和尖叫不已的孩子绑在了阿吉奶奶的四柱床上。突然，又一阵噼啪吱嘎声响起，整栋房子分崩离析。我们一家同普利茨克医生一起落入水中，断裂的地板权作木筏，抱着它去应对狂风暴雨、惊涛骇浪。

有几扇捆在一起的窗板从我们身边漂过——那是别人的木筏,不过此刻已经无人栖身。我们设法将上半身搭在了上头。回头望去,我们家的残垣断壁渐渐沉没在浪涛之中。自那以后,我们便再也没有见过亚历山大一家。

水冰冷刺骨,四周一片漆黑,但为了求生,我们仍然紧抓着木筏不放。大风撕扯着我们的衣服,雨点带着子弹的冲劲击打在我们身上。突然,格斯嚷嚷起来,说看到远方有灯光,随后便和普利茨克医生推着筏子向那里划水行进。半途中,普利茨克医生被浪卷到了树上;不巧,有一窝毒蛇在树冠中避难,它们给医生留下的伤口如今仍未痊愈。

一轮满月在薄云中时隐时现,映亮了我们周围的废墟。格斯推着我们向远处的那点光游去,此时我们才看清,那原来是从修道院上层窗口中透出的灯光。过了一会儿,光渐渐远去,于是我们发现自己被卷入了一个满是残骸的漩涡。当我们再次旋转到距离灯光较近的那一点时,格斯拼命将木筏推出漩涡,但同时也因用尽力气,松开了抓木筏的手,被冲走了。啊,玛格丽特,我永远都无法忘记那一刻,一辈子都忘不了。我悲痛欲绝,呼喊着他的名字,几秒钟之后,才听到他的声音从黑暗中传来。他还活着!然而他的喊声愈发微弱,我心中的希望也是如此。

最后我们终于到达了修道院。修女们连同其他难民一起将我们从上层的窗子拖入了安全的庇护所。好心的修女给我们换上了干爽的衣服,但当时我已经不在意自己是生是死。我祈祷着,希望格斯能安然度过那漫长的暗夜。

第二天是星期天。早上，洪水已经退却，修道院子然矗立在残垣断壁之中。万籁俱寂，令人毛骨悚然。你或许会以为，众人遭此劫难，一定会大放悲声，然而当时无人痛哭，无人哀叹，也无人啜泣。幸存者们都已麻木，不知该如何为亡者哀悼。我们穿过堆积如山的碎石，向医学院走去。在那里，我们竟与格斯团聚，真是令人喜出望外。上天赐给了他一扇漂在水上的门，将他送到了安全之地。

　　好了，玛格丽特，我已经强忍哀痛，把自己悲惨的遭遇讲给你听。至此之后，这件事我将永不再提，我亲爱的妹妹。

　　　　　　　　永远爱你的索菲罗妮娅·芬奇

　　我将信塞回去，心怦怦乱跳。难怪阿吉什么都不说。直到这时，我才发现自己看轻了她内心的苦痛，下决心从此以后对她再好一点。我告诉自己，永远不要再去琢磨加尔维斯顿发生了什么。然而人越是提醒自己别去想什么，就越是忍不住要去想，不管愿意与否。

　　第二天，我听见爸爸妈妈忧虑重重地商量了一会儿，然后沃克医生就来了。他个头高挑，不苟言笑，总穿着丧服似的黑衣服，在我们家倍受尊敬。他一到，我们几个孩子就像被木棍捅散的蚁群一样，纷纷逃开，因为他老是要么把凉冰冰的金属器械往人的嘴里耳朵里塞，要么把冷森森的听诊器按在我们的胸前。家人说，我三岁时得过喉炎，沃克医生前来看诊，我向他借听诊器听玩具熊的心跳,遭到了他的严词拒绝。我对这件事毫无印象,所以也没有办法为自己辩护。

医生、阿吉和妈妈挤在我的房间里,把我赶了出去,还不留情面地推上了门。我没有办法,只好赖在门边,不一会儿便听见一阵沉闷的人声从钥匙孔传出来。

"张大嘴,说'啊'。"

"啊——"

"好。接下来用嘴做几个深呼吸。"

因为接受体检的对象不是自己,所以此刻我觉得这个流程比往常有意思得多。许久之后,医生啪的一声合上皮包——我溜之大吉的时候到了。

妈妈和沃克医生走下楼,进了客厅。妈妈忧心忡忡地把两只手扭在一起,根本没发现我正躲在走廊里。

"镇定,塔特太太。"医生说,"除了中度贫血,我没发现她的身体有任何问题。治疗贫血很容易,苹果插上铁钉静置几天,每天早餐吃一个,坚持六个星期即可。严重的是她的心病——神经衰弱。她遭受了严重的打击,要治愈,几个星期恐怕不够,要几个月才行。可以给她找点能够舒缓情绪的事情做,针线活什么的,稳定她的心神;让她听听轻音乐、读读轻松的书也可以。不过有必要提醒您,千万不要给她读小说,绝对不行。小说会激发人的想象力,搅起人的思绪,看这种书恐怕会适得其反。"

真的?难道就是因为这个,妈妈才总想把狄更斯和奥尔科特[1]小姐的作品从我手中夺走,换成编织和缝纫工具?

"切记。"沃克医生接着说道,"我觉得在这种情况之下,言辞平淡、意义深刻、启发心智的传记会有所帮助——越厚越好。其实此类书籍恰好是医生偏爱的读物。"说完,他做作地咳嗽了一声。过了好一会儿,我才反应过来,这刺耳的咳嗽本质上是一声笑,一个故作幽默的男人硬挤出来的笑。

他继续说:"我会开一些古柯叶和鸦片酊。古柯叶提神,早上泡茶喝;鸦片酊安神,睡前服用。千万别弄反了。好了,我要告辞了,祝您身体健康。"

妈妈陪沃克医生走到马车旁,不住地道谢。

我跑上楼,冲进自己的,不,我们的房间。阿吉已经穿戴整齐,正躺在我的,不,她的床上,一动不动地凝视着天花板。

"我是不是快死了?"她有气无力地问。

"阿吉!"我大惊失色,"才不会呢!"

"医生怎么说?"

"他说你贫血,得给你吃插过钉子的苹果;还说你受了打击,开了没意思的传记给你读。"

她用一只胳膊肘支起身子,好奇地望着我。"真的?听你这么说,我觉得他是个庸医。"

"不不不,他是镇子里最好的医生。"

"不见得吧。我敢说,你们镇子里只有这一个医生。"

"呃,没错。其实他也开了药的,说你吃了能舒服点。"

---

[1] 美国女作家,著有《小妇人》。

"噢。"她又躺了回去。

我自告奋勇,要为阿吉做铁钉苹果。妈妈知道了,十分欣慰,说我"热心助人"。我并没有告诉她真相:其实我是把这件事当作实验来看待的。我每个星期找七个苹果,往每一个上插两枚大铁钉。每天早上我都拔出一枚钉子瞧瞧:原本雪白的果肉变成了锈棕色。出于对科学的兴趣,我偷了一片来尝,感觉嘴里有舔过铁管子的味。

阿吉的病情开始慢慢好转,可是有天早上,我们险些前功尽弃。她说:"昨晚我做了噩梦,梦见屋子里有一条珊瑚蛇。"

"那不是珊瑚蛇。"哎呀,我怎么就是管不住自己的嘴?我往嘴巴上拍了一巴掌。

"嗯?"她不解地看着我。

"没,没事。"

沃克医生的药的确有效,可最佳良方是一封信。阿吉收到了一封来自加尔维斯顿的信,一夜之间变得容光焕发、神采奕奕。她没说信上说了什么,但我们猜那是她父母写的。直到几个月之后,我们才会发现自己大错特错。

阿吉收到信的第二天,我放学回家,发现她起床了,还梳了个繁复到荒唐的发型,正在东看西瞧。

"你好呀,阿吉。"我毕恭毕敬地说,"你好像精神多了。"

"那个,"她问,"是什么?"

"哪个?"

"梳妆台上的那个。"她指着梳妆台上的艾萨克·牛顿爵士说。

"哦,那个啊。那是黑斑蝾螈,你应该知道吧,它是两栖动物,蝾螈科,蝾螈属。"

"你为什么说这么一堆乱七八糟的?"

我又惊又恼。"'乱七八糟的'?这是术语,是林奈双名法!我们科学人士就是这样给自然生物分类的!"

阿吉似乎不以为然。

"你看,"我说,"我要喂它吃一只苍蝇。这个铁盒里有几只死的,我把它们串成了一串——你相信我,这可不容易。然后呢,我把苍蝇串提到它面前,吊它的胃口。喏,苍蝇要是不动,它就没有反应。"

"真恶心,快扔出去。"

哈,她变精神了,嘴也厉害起来了。"它是我的,"我说,"我正在搞研究,你最好别碰它。"

"我根本就不想碰它。"阿吉打了个冷战。

可怜的艾萨克·牛顿爵士。这个世界为何对它如此苛刻?看到此时此刻的阿吉,我真庆幸她以为那条蛇不过是梦中之物。

当晚,阿吉爬上床后,我躺在地铺上问:"衣柜里那个怪模怪样的箱子是怎么回事?"

"你最好别碰它。"

"好的。里面装的是什么?是不是六角手风琴?是乐器,对吧?"

"你懂什么啊?别说了,睡吧。"

"你不说我就不睡。"

她叹了口气。"是打字机,你最好别碰,不然我就告诉你妈妈。"

"噢。"据我所知,这种时新的设备,只有本地的《芬特雷斯指南报》报社才有一台。先把纸卷在上面,再像弹钢琴一样在键盘上敲来敲去,纸面就会现出字迹,整整齐齐的,跟书上印的一样,如奇迹一般。

"哪天让我看看好不好?"

"不好。睡吧。"

"你把它带来干吗?"

"闭嘴,睡觉。"

说实话,这番对话之后,我的好奇心有增无减。第二天,我趁她去洗澡,拉开了衣柜门,仔细观察了一下箱子所在的位置,好保证自己——足智多谋的卡尔普妮娅——一会儿能把它放回原处。我把它提了出来,它的分量让我着实吃了一惊。哎呀,这东西简直有一吨重!我满怀期望,上气不接下气地打开锁扣,掀开箱盖。这台机器虽然遭遇了一场劫难,但仍旧完好无损。黑色的机身精巧无比,闪闪发光,顶部还印着帅气的大金字:"安德伍德。"键盘按键是圆形的,字母表中的每一个字母都在上面,但并非按照正常顺序排列,简直杂乱无章。那打字时怎样才能找到自己想打出的字母?打字机上有好多金属杆和齿轮,我摸都不敢摸。阿吉为什么要带它来?这东西显然能用,而且阿吉知道怎样用。如果不是为了让它派上用场,任何一个头脑正常的人都不会拖着如此笨重的物件横跨一个州。我小心翼翼地合上盖子,将箱子放了回去。

第二天早上,阿吉跟我们坐在一起吃早餐。吉姆·鲍伊好奇地望着她,含着满满一嘴煎饼问:"这位小姐是谁呀?"

"是我们的表姐阿加莎。"我说,"嘴里含着东西的时候别说话。"

"什么叫'表姐'?"

"喏,你知道索菲罗妮娅姨妈和格斯姨夫吗?"

"不知道。"

"你知道。他俩的照片就放在钢琴上。"

吉姆·鲍伊还是一脸茫然。于是我明白了,哪怕是最简单的家谱知识,他这么小的孩子也听不懂。

"唉,算了。反正她要在我们家住一段时间。大风把她家的房子吹倒了,她没地方住了。"

吉姆突然眉飞色舞地问道:"你是说,就跟大灰狼吹小猪的家似的?"

"没有狼,吉姆,是大风,风暴。你应该知道风暴是什么东西吧。"

然而这番解释实在勾不起一个六岁孩子的兴趣。吉姆扭过头去,继续吃起了早餐。

为了庆祝平安回家,也为了弥补错过我们生日的遗憾,爸爸将我们一个一个地叫进他的房间,先是简单讲几句自己的运气有多好,家人平安、家庭圆满是多么幸福的事,而后便问起了我们在他离家时的表现。

"我不在家的时候你乖不乖,卡尔普妮娅?"

"嗯，乖的，还算乖，爸爸。"

"你有没有听妈妈的话？"

"嗯，听了，算是听了吧，爸爸。"

爸爸沉思着，仿佛在做决定。最后他说："这样的话，我要在这个特殊的时刻送你一件特殊的礼物。伸出手来。"

爸爸放入我掌心的，既不是五分镍币，也不是十分铸币，而是一个重得出奇的硬币。我眯起眼来打量着它，只见它闪着又柔又暖的光泽。这是一个五美元金币，正面是自由女神头像，背面是胸前佩盾的秃鹰。我活这么大，还没见过这么多钱！这简直是一笔财产，属于我的财产！

"别乱花。"爸爸说。

我马上想到，这下终于可以把心仪的书都买下来，再也不用硬着头皮求总拉着脸的惠普尔太太借"不适合姑娘家读"的书给我看了。

爸爸又说："拿它为自己的未来做个投资吧。"

我又想了想自己买得起的实验设备。一台三手显微镜怎么样？

"存起来，花在有意义的东西上，"他说，"比如你的嫁妆什么的。"

我的什么？床单被褥？衣服裙子？他是不是在开玩笑？我凝视着爸爸的脸，想找到几丝笑意，然而一无所获。我简直不敢相信自己的耳朵。怎么会这样？我怎么会被自己的爸爸误解至深？我是自己家里的异乡客、异族人和另类生物。

爸爸一脸茫然，正在等待我做出某种反应。

我只好言不由衷、结结巴巴地说："谢……谢了，爸爸。"

"不客气。麻烦你出去的时候叫特拉维斯进来。"我将金币塞进罩裙口袋，带着隐隐作痛的心走出房间。爸爸对他唯一女儿的了解竟然少得可怜！

特拉维斯、拉马尔和苏尔·罗斯在走廊里站成了一排。特拉维斯瞧了我一眼，轻声问："有麻烦了？"

"没有，是好事。"

"那你怎么这副模样？"

"没事。他叫你进去。"

我回到自己的卧室，心中五味杂陈。金币让我大喜过望，爸爸又让我心灰意冷。难道我是被塔特家收养的孩子？难道我的亲生父母——谁知道他们是什么人——像布谷鸟一样把自己的骨肉丢给别人抚养？啊，这个世界上还有公道吗？我只能安慰自己说，好在还有爷爷。谢天谢地，我还有爷爷。如果他不是我的爷爷，而是我的爸爸就好了——在孙女的生活问题上，爷爷的发言权总归有限。我掂量着金币——一笔真正的财富，将它包进纸巾，珍藏在床下的雪茄盒中。

一个星期后，妈妈见阿吉纾解了心结，终于放下心来，面露喜色。她提议去芬特雷斯百货店逛逛，还说要带上我。我答应了，逛商店是件好玩的事。我理智地将金币留在家中，免得忍不住花掉。她俩对五颜六色的棉布、亚麻布和印花布爱不释手，我则读起了用细链挂在柜台上的《希尔斯·罗巴克公司商品目录》，打发了半个小时。这本目录简直包罗万象,从外套到内衣,从假发到手表,从钢琴到大号,从蛇咬急救包到猎枪,应有尽有。有它在手,你可以订购胜家牌缝纫机——我家的缝纫机就是这么来的,还可以买现成的连衣裙、短裙和其他服装,省去自己飞针走线的麻烦。多好呀!窗帘、地毯、拖拉机,甚至是刚问世不久的汽车,你只要等上三个月,就会看到这些东西神奇地出现在家门口。多快呀!此外,麻袋装的面粉、白糖和豆子这类平淡无奇的东西也能用这本目录来买。对于身处平原偏远之处的新潮主妇来讲,这家公司简直是她们的救星。她们每天都在翘首以盼,看自己买的东西有没有送来。

卢拉的爸爸盖茨先生走进商店,买了些猎枪子弹,又向妈妈提帽致敬,说:"塔特太太,您得警醒点,还要告诉您丈夫,我们养的鸡总是无故失踪,不知道是浣熊、狐狸、还是别的什么东西干的。有天晚上我开了一枪,好像打中了,但鸡还是日渐减少。"

"谢了,盖茨先生,我一定会转告我丈夫的。"

我们买好了东西。店员极为麻利地将商品包在牛皮纸中,再用细绳捆好。我们刚要转身出门时,妈妈说:"哎,等等,我忘记给你买针了,卡尔普妮娅。"

"给我买什么?"

"三号针。"

"干什么用的?"

"让你给大家织圣诞礼物。"

"啊?"话题的走向让我心惊肉跳。

"别大惊小怪的。你这么嚷嚷,简直跟鹦哥一样烦人。多亏奥弗拉纳根先生接管了它。也不知道你爷爷是怎么想的,竟然送它做生日礼物。哎,不对,咱们还是说说你圣诞节要织的东西吧。今年该织手套了。"

我的心一坠千丈。去年圣诞节,妈妈就逼我学着给所有男性亲属织袜子,那段时间,我还以为家里的男人有几千人之多。有好几个星期,我都无暇去研究自然,痛苦不堪地织、织、织,那每一分、每一秒都让我厌恶不已。最后的成品疙疙瘩瘩,丑模怪样,勉强有个袜子的形状,根本没人穿。这不能怪他们。可是,今年妈妈怎么还不放过我?

"为什么非要我织不可?"我问,"用希尔斯商店的商品目录挑几双漂亮的买下来不就行了吗?"我不管不顾地大步返回柜台,拿起目录翻了翻。"喏,看这页。既然买的更好看,谁还想戴我织的呢?"我疯了似的用食指戳着书页,"您看,'款式丰富,颜色多样,规格齐全',这里还说,'包您满意'。这儿,看这儿。"

妈妈抿起嘴来,这是一个危险的预兆。"这不是重点。"

"那什么是重点?"我问。我当然知道绝不该如此无礼,但心中的理智已经被突如其来的愤怒冲刷得无影无踪。

妈妈见店员侧目过来,冲他勉强笑了笑,抓住我的胳膊肘,使劲把我拉出门外。或许说她把我拖到了大街上有些过分,但事实也相差无几。阿吉提着包裹跟在我们身后,嘴角得意地翘着。

"重点是,女儿,你得学一些家务技巧。这些事,每个女孩子都要学，必须学。重点就在这里，我说最后一遍。唉，阿加莎，我女儿真是太不懂规矩了。"

妈妈转身走进商店，一分钟后便握着一对毛衣针回来了。在回家的路上，我走在最后，假装不认识她俩，愤愤不平地发狠踢着石子土块。她俩则嘀嘀咕咕地聊着做针线活方面的事，装作不知道我在后面生闷气。

我本来想一到家就冲上楼去，可是还没抬脚就被妈妈赶进了客厅。

"坐下。"她命令道。我乖乖地坐下了。

妈妈将毛衣针、一份图样和一束海军蓝毛线递给我。

"起针。"她说。我起好针，开始织。

阿吉跪在波斯地毯上，裁剪起做衬衫和裤子裙子用的布料来。妈妈跟她商量着式样，把我撂在了一旁。我头昏脑涨地琢磨着图样，笨笨拙拙地摆弄着毛线；我嘟嘟囔囔，吹眉瞪眼，止不住地掉针，一声不吭地把自己累得精疲力竭。如果她们不在，我肯定会把织针毛线往地上一摔，高吼着跑向河边。

薇奥拉敲锣通知大家吃晚餐时，我已经快织完一只小手套了。我自豪地捧着它来回打量，妈妈望了过来，目光中满是怀疑。阿吉发出一声刺耳的讥笑，这声笑与那只海鸥的叫声一般，出奇的残忍。我眯起眼来，仔细地看着自己的作品，终于发现它好像有点不对劲。我数了数上面的指头：一，二，三，四，五……六。

你可能会以为这件东西足以让我摆脱织手套的噩梦，可是，哼,才没有呢。妈妈只是让我改织连指手套——戴在手上的袜子,这倒是比织分指手套简单得多。告诉你,分指手套难织得要命,但连指手套,哈,简直是小菜一碟。

　　我并没有跟阿吉培养出一起读书的感情——"我有更好玩的事可以做。"我也没找到在睡前给她梳一百下头的机会——"你手那么笨,别碰我好不好!"我没有姐姐,她也不想做我的姐姐。真是谢天谢地。

十二 盗盗传奇

> 居维叶[1]说过，所有容易驯化的动物都把人类视为同类群体中的一员，以满足自己的结群本能。

一天中午，特拉维斯反常地在我练琴时闯进了客厅。一般情况下，我的听众只有妈妈，可她并不热爱音乐，待在旁边只是为了看着我弹琴。不过在钢琴老师布朗小姐让我练的曲子中，肖邦的作品很合她的心意，尤其是深沉轻柔的小夜曲。布朗小姐批评我频频跑音、演奏风格"机械"，所以我没有让妈妈讨厌肖邦一辈子简直是个奇迹。如果你弹琴时指关节上方也悬着把木尺，一出错就会挨打，你的演奏风格也不会自然到哪里去。

我的强制练琴时间是半个小时。我像猎鹰一样瞄着壁炉架上的时钟，打算时间一到就起身离开，一秒钟都不多待。我将柴可夫斯基先生的《糖果仙女之舞》乱弹一气，特拉维斯乐不可支，蹦蹦跳跳，手舞足蹈。我的演奏不会有如此之强的感染力，所以他一定是有别的高兴事。曲终后，他跟妈妈客客气气地鼓了两下掌，急匆匆地示意我跟他走。我俩穿过客厅，刚出后门，他便向马厩跑去，只丢下一句："快点，来看看！"

"看什么？"我跟了上去。

"快点，我有了一只新宠物。"

---

[1] 18~19世纪著名的古生物学者。

特拉维斯的宠物总会招来一大堆麻烦，可他的欢喜和热情又总能拨动人的心弦。"是什么呢？"

"你看看就知道了，阿曼德的笼子现在归它了。"

"先告诉我好不好？让我有个心理准备。"

可他没有答话，我只好跟着他进了马厩。幽暗角落里的笼子中关着一只小浣熊。它只有小猫那么大，鼻子尖尖的，毛茸茸的尾巴上有环状条纹，两眼之间和周围是一片黑，活像一个在万圣节扮成大盗的调皮孩子。

"多可爱呀。"特拉维斯说，"我就叫它盗盗好啦。"

盗盗不高兴地嘶吼一声，用警惕的眼神盯着我俩。它的眼睛炯炯有神，不论是大小还是颜色，都跟妈妈的黑玉珠链上的珠子一般——那条珠链她只在非同寻常的时刻才戴。

"特拉维斯，"我口是心非地说，"它确实很可爱。可是你不能养浣熊当宠物，爸爸会生气的。爸爸一看见浣熊就开枪打。它们偷鸡、毁菜地，还啃树上的山核桃。"

"你看。"说着，特拉维斯将一片莴苣叶塞进笼子，小浣熊立即用前爪接住，把它放在水碗中仔细地洗了洗，然后才像野餐会的小矮人一样大吃大嚼起来。难怪它们被称作"浣"熊[1]。

"还有，"我继续说道，"就算爸爸不开枪打它，薇奥拉也会的。你也知道那片菜园是她的宝贝。"

特拉维斯轻声哄着盗盗，又喂给它一片莴苣叶。

"它们长大就有野性了，做宠物不合适。你也知道的，对吧？"

---

[1] 浣有"洗"的意思。

"我是在灌木丛里发现它的。它孤零零的,叫个没完。"

"是不是卢拉家附近?她爸爸说她家的鸡一直见少。"

特拉维斯没有吭声。

我的心头蹿起一股火。"这只浣熊,你有没有帮它找妈妈?"

"啊?呃,找……找了。"

"特拉维斯!"

"它孤零零的,都快饿死了!我能怎么办?换作是你,你也不会把它丢在那儿不管。你看它啊,卡莉,它简直就跟兔宝宝的耳朵一样可爱!"

盗盗还在享用美食,两只灵巧的小爪子捧着莴苣叶颠来倒去,乌溜溜的眼睛警惕地盯着我俩。唉,它的确很可爱——至少现在很可爱。

"再说,"特拉维斯接着说,"又不是非得告诉别人。"

"你觉得你瞒得过他们?"我深表怀疑。

"当然啦,不说就是了。"

吃晚餐时,爸爸对特拉维斯说:"小伙子,阿尔贝托告诉我,你在马厩里养了只浣熊。是真的吗?"

特拉维斯深吸一口凉气。显然他还没有编好借口,被打了个措手不及。阿尔贝托是我家的雇工,爸爸付他工钱,所以他得知这种事后当然会向爸爸报告。

爸爸说:"你知道我是怎么看待浣熊这类东西的。它们都是混蛋。"

"嗯,爸爸。"特拉维斯低下头,"对不起。"然后他又抬起头来，开始据理力争，"可它还是个小宝宝。被我发现的时候，它都快饿死了。我总不能把它丢在那儿不管啊。我保证好好照顾它，让它离鸡舍远一点，我保证。"

爸爸看看妈妈，可妈妈只是重重地叹了口气，什么都没说。不用讲，几年来，这套换汤不换药的说辞已经让她不胜其烦。

"好吧。"爸爸不情不愿地说，"不过，它要是惹了麻烦，哪怕是一点点麻烦，我就亲自把它打死，提去喂狗。明白了吗？"

"明白，明白！"特拉维斯又露出了让人无法招架的笑容，爸爸竟然也不自觉地扬了扬嘴角。这小家伙的笑就是如此威力十足。

于是盗盗在我家的冒险故事揭开了序章。盗盗的好奇心永无止境，两只小爪子也闲不下来，因此它比阿曼德和鸦鸦加在一起还要烦人。其实说那是两只手也不为过，因为它们什么都打得开。特拉维斯给它套上的狗项圈，它不用五分钟就能摘下来；就连用皮革边角料为它专做的索具，它也可以在十分钟之内解开。后来特拉维斯急中生智，将索具的皮带扣移到了它的肩胛骨之间，这样它就够不着了。然而他给盗盗拴上绳子，想带它出去散步时，它勃然大怒，像上了钩的鳟鱼一样上蹿下跳，最后累得疲惫不堪。特拉维斯试着用奶酪引诱盗盗跟着自己走，谁知它边走边吃，看

见什么就吃什么。土豆皮、残羹剩饭、垃圾、烂鱼头,它都吃得津津有味——当然,得先好好洗一洗。盗盗一丝不苟地把这些恶心的东西清理干净、塞进嘴里的模样逗得我俩乐不可支。

"它是杂食动物,"我说,"介于吃素的植食动物和吃荤的肉食动物之间。爷爷说杂食习性是一种生存机制,能够让这样的动物适应各种生活条件。土狼也一样,什么都吃,住在哪里都行。"

不仅如此。盗盗还是个越狱高手,没有一种笼子能关住它超过两天。它很快就黏上了特拉维斯,一到夜晚被关起来,就不满地吱吱唧唧叫个不停。

"我不想留它在这儿自己过夜,"特拉维斯说,"让它这么孤单,这么不高兴。"他用余光瞄着我。

"别开玩笑了。"我说,"你休想带它进屋。"

"可是……"

"绝对不行。"我说,"我研究一下,看能不能哄它安静下来。不过你得保证,一定要保证,不会把它带进屋去。"

"好的。我只是舍不得让它难过。"

"研究一下"这种说法十分高端,但实际上我只想去请教爷爷——动物王国的事情,他简直无所不知。

爷爷严肃地听我说完,开口道:"没错,浣熊的确深受喜爱。它们年幼时喜欢群居,如果这时被人捕获,尚可驯化。然而成年浣熊并不适合做宠物,而且这种动物一旦进入成熟期便会性情大变,不再需要人类的陪伴,甚至还会咬给它喂食的人。"

"也就是说,它们长大以后就会变坏。"

"确实如此。至于如何让它安安静静地待在笼子里,我建议你读一读《得克萨斯州哺乳动物介绍》。"

我取下那本书,从中了解到小浣熊是社会性生物,一旦离群便会焦躁不安,最喜欢跟兄弟姐妹挤在一起睡觉。还有,没错,这本书上也说它们长大以后会变得凶恶暴戾。

可是,我告诉特拉维斯盗盗以后可能会袭击他时,他却嗤之以鼻,说:"怎么会呢?你看它的小脸有多惹人疼。"

我俩一齐望向盗盗。它仿佛知道有人在讨论它的未来,竟然就地一蹲,昂起头,像乞讨一样伸出两只爪子。

"哟!"特拉维斯和我不禁叹道。

最后我俩决定让吉姆·鲍伊的毛绒玩具陪着盗盗睡。那是一只跟它差不多大的玩具熊,一下子就抓住了它的心。盗盗总是抱着小熊,用爪子梳来抚去,还轻柔地翻开它的毛,捉虱子和跳蚤。有这个"小伙伴"在身旁,盗盗真的没再哼哼唧唧,而且还变乖不少。它愈发地健壮贪玩,起初还与马厩中的几只猫咪紧张地互相打量彼此,后来它们混熟了,竟然一起排着队,在我们给母牛弗洛西挤奶时凑在旁边,等待温热的牛奶喷入口中,一天两次。

几个星期后,盗盗甚至不再跟特拉维斯拔河,乖乖地让他给自己系上拴绳,跟着他出去散步。有一次,慧眼如炬的阿贾克斯朝它冲了过来,它仓皇逃窜,爬上了离自己最近的东西——特拉维斯。盗盗奋力蹿上特拉维斯的头顶,趴在那里嘶吼个不停,差点把爪子插进小伙子的头皮。这一幕有点滑稽,只是特拉维斯叫得实在太惨。我飞奔过去,赶开狂躁愤怒的狗,给特拉维斯解了围。我骂了阿贾克斯几句,它委屈得不得了。是啊,这条狗始终在按照人们的指示捉小偷、赶强盗,而且捕浣熊也是它的拿手好戏。

盗盗越长越漂亮,可我们总要为加固它的笼子而费心劳神。最后,我们给笼子加了挡杆,上了门闩,还用铁丝缠得结结实实。我俩退后一步,欣赏着这个完美无缺的越狱克星。

我对特拉维斯说:"你给它起错名字了。"

"怎么,'盗盗'多好听呀!"

"你应该叫它'逃脱大师'。"

两天后,逃脱大师盗盗钻出了越狱克星,特拉维斯跑来向我求助。

"我们一定要找到它,不然它会被狗咬,被人开枪打的。"特拉维斯强忍着泪水说。我俩四处搜寻,连灌木丛都没有放过。然而我知道,它要是跑出这么远,我们就再也见不到它了。

特拉维斯变得失魂落魄。拉马尔却不顾他伤心,背着爸爸妈妈讥笑他,叫他"没断奶的小宝宝"。爸爸妈妈不在跟前也好,因为这样他们就听不到拉马尔的惨叫了——我冲他的小腿狠狠地踢了一脚。

第二天一早,特拉维斯去喂兔兔,只见盗盗正坐在它的笼子顶上等着吃早餐。我并未亲眼目睹这场感人肺腑的团聚,但听说了当时所发生的一切。阳光般的笑容又回到了特拉维斯脸上,驻足数日,直到盗盗再度失踪不见。自此之后,盗盗便开启了这种生活模式：消失几天，回来住几天；高高兴兴地跟特拉维斯相逢，吃点好东西，然后又一次溜走。几个星期过去了，跟爷爷说的一样，它离家的时间变得越来越长。

不幸的是，盗盗没有一去不返。一个星期天，特拉维斯在马厩里给兔兔梳毛时，听到鸡舍那边闹得厉害。他赶过去，只见盗盗趴伏在地，有只死鸡歪着脖子躺在它脚边的血泊中。特拉维斯一下子慌了神，知道盗盗刚刚给自己判了死刑。

阿吉出去散步了，于是我得以暂时抛下疙里疙瘩的地铺，舒舒服服地躺在自己的床上读读书换换心情。这时，特拉维斯猛地闯了进来，一反常态，连门都没敲。他张大眼睛，惊恐万状。有那么一会儿，我还以为家里的谁去世了，心一下子提了起来。

"盗盗它……"他哽咽着说，"它咬死了一只母鸡。你可得帮帮我呀！"

"怎么帮你？"我跳下床，琢磨着怎样才能力挽狂澜。

我俩跑到鸡舍，只见那里被吓破了胆的居民们正在惊慌失措、稀里糊涂地在盗盗身旁乱转。盗盗的爪子和嘴上沾满了血，眼中闪动着野性十足的光芒——它已经完全成年，不会再受人摆布。一根羽毛从它的嘴角滑稽地耷拉下来，地上的死鸡不是一只，而是两只。

"怎么办啊？"特拉维斯哭了。

"过去拦着它，特拉维斯。"我冲进马厩，找到一个结实的帆布袋。我回到鸡舍时，特拉维斯已经把盗盗和鸡群隔开，正在用颤抖的声音哄它靠近自己。现在的盗盗没有一丁点宠物的影子，完全成了一只野生动物。

我对特拉维斯小声说:"要想把它哄好,你自己得先冷静冷静。"

他按捺下情绪,改用低缓的语调安抚盗盗。我从鸡窝里拿出一只刚下的鸡蛋,往地上一磕。盗盗伸出爪子,想舀起滑溜溜的蛋清蛋黄,根本没发觉我已经悄悄地挪到它的身后。我将口袋猛地朝它罩下,它愤怒地吼叫个不停。我握紧袋口,但心里明白,这样并不能解决问题——就算扯住老虎的尾巴,也无法制服兽中之王。

特拉维斯手足无措,眼睁睁地看着我。我气喘吁吁地对他说:"拿绳子、铁丝什么的来,快点!"

听我一催,特拉维斯如梦方醒,立马急匆匆地行动起来。片刻之后,他带着一截长绳从马厩折返,跟我一起扎紧了袋口。直到这时,我俩才缓了口气。特拉维斯的双手血迹斑斑,而我沾到了黏糊糊的蛋黄。地上的帆布袋嚎叫不止,左翻右滚。

我们姐弟俩面面相觑,同时明白了一件事:我俩的麻烦其实未减反增。特拉维斯把他自己和我扯进了无法摆脱的困境!

可他悲痛欲绝地说:"他们要是知道了,盗盗就没命了。"

刹那间,我动摇了。我可以像大人一样负起责任来,把一切告诉爸爸,但这样会伤了弟弟的心。或者,我干脆站在特拉维斯的一边,跟他共渡难关?

我说:"咱们先把它弄到别人看不见的地方去。你来帮我。"

我俩提起扭来扭去的帆布袋,走进马厩,将盗盗藏在它以前住的笼子附近,歇息了半天。抬着一只三十磅重的浣熊走来走去可没你想的那么容易。

我抓过一把铁锨,说:"走,去把它的罪证埋了。"

我俩赶回鸡舍。母鸡们已经平静了许多,开始端详前室友的尸体。我起初想把死鸡就地安葬,但又想到这里正对着后门门廊,还是先把它们移到别处,以后再处理比较妥当。我铲起土,掩盖在血迹之上,让特拉维斯将死鸡丢进马厩。

他说:"我……我干不了……"

"哎呀,老天爷啊,你到这个时候还这么娇气!"我把铁锨往他手里一塞,一手倒提一只脖子软塌塌的死鸡,进了马厩。

接下来的任务是把我们自己弄干净。我俩来到饮马槽旁,把我的手帕浸湿,轮流给对方擦洗。这里没有镜子,我抹掉了他脸上的血迹——没有告诉他这是血,他擦去了我下巴上的蛋液。然后我们互相打量了一番:虽然衣服有点脏,头发有点乱,但起码不会让人看一眼就疑窦丛生。

"然后呢?"特拉维斯问。

"然后把它送走,越远越好,让它回不来。"

"咱们可以把它放在手推车上,沿着大路走,把它送到大草原去!"

尽管这并不是世界上最好的主意,但我还是松了一口气——特拉维斯终于肯考量自己的处境了。

"可以。"我说,"不过那样的话,恐怕会碰到熟人,它会跑回来也不一定。我觉得咱们应该走鹿道,沿河去下游看看。"我俩运气不错，星期天下午家里的气氛比较轻松，大人不会对我们严防死守，我想偷偷溜出去几个小时应该没问题。

"你待在这里别动，"我说，"我去告诉他们，咱们要出门散步。"

我跑进后门门廊，先喘匀了气才走入厨房。薇奥拉正在做午餐，一看见我就问："你这是怎么了？出事了？"那副关切的神色不像是装出来的，这么说我的模样并非想象中的那样自然如常。她的体贴和在我心中翻腾的波浪简直让我难以承受。要是能痛痛快快地大哭一场该有多好，可是对于此刻的我和特拉维斯而言，这根本是一种奢望。现在，那小家伙的欢喜与忧愁全都系在我一个人身上。

我抓住她的胳膊说："能不能告诉我妈妈，我和特拉维斯要出门散散步？我们不会跑远的，能按时吃晚餐。"说完，我便夺门而出，省得薇奥拉追问，也省得自己失态痛哭。

特拉维斯在轻声细语地安慰盗盗，后者却仍然时不时地大声抗议。不错，袋子是用厚帆布做的，可盗盗心灵"爪"巧，我真怕它不一会儿便破袋而出。它现在八成是在琢磨该怎样金蝉脱壳。

"走，抓紧时间。咱们去河湾那里。"我俩都没有手表，但根据太阳的高度推测，我们还有四个，最多五个小时的时间。

我提着两只死鸡，特拉维斯拎起袋子，不住地冲它嘘气低语。我俩出发了，时而在平地上阔步前行，时而在灌木丛中小步慢进。在河湾边上，我将两只惨死的鸡丢进浅水，各种各样的野生动物应该会心怀感激地接受这份馈赠。

我们继续往前走,轮流提盗盗——这个心怀不满的负担。要知道,带着一只乱叫乱吼、左扭右摆的浣熊走几英里的路绝非易事。我俩有时一左一右一起抬着帆布袋,有时又轮流像圣诞老人一样把口袋背在背上——袋子里装的是世界上最不配合的礼物。我们走走歇歇,歇歇走走,饿了没东西吃,渴了只能喝河水。有一次,特拉维斯建议打开口袋,也让盗盗喝点水,但一看见我的脸色便立马改口了。

我们咬紧牙关,费劲地走着。树枝抽着我们的脸,荆棘划着我们的腿,汗水蛰着我们的皮肤,蠓虫的叮咬更是让我们的处境雪上加霜。幸好我们没有遇见别人,别人也没有看到我们。最后我俩走不动了,瘫坐在地。我猜要是再走这么远就到大草原了。

特拉维斯上气不接下气地说:"谢了,卡莉,这次我欠你一个人情。"

"一个人情?一百万个还差不多。把袋子打开。"

他脸色一变——离别的时刻到了。

特拉维斯刚刚解开绳子,盗盗就挺着尖鼻子迫不及待地拱了出来,看来它早就做好重获自由的准备了。盗盗蹦蹦跳跳地往前蹿了几码,嗅嗅地面,闻闻空气,又转过身来朝我们这边吸了吸鼻子。紧接着,它慢悠悠地蹭到特拉维斯身边,像往常一样满眼期待地望着他,仿佛在问:"我的晚餐在哪儿呀?"

"走吧,盗盗,快走吧。"我一边说一边跺脚,但它没有理我,"特拉维斯,咱们走吧,转过身去,别看它。跟我来,快。"我走上了回家的小路。

"再见，盗盗。"特拉维斯说。听得出来，他在强忍悲伤。"乖乖的，好好活着，要乖哦。"他抹抹眼泪，跟在我身后。

盗盗也跟了上来。

"你别来！"我大声喊道，冲它挥了两下胳膊。可它看都不看我。

"特拉维斯，"我已经无计可施，"把它赶走。"

盗盗用后腿直立起来，把小爪子往特拉维斯的膝盖上一搭。特拉维斯的泪水淌下脸颊，落在它的毛上。他伸手去抱盗盗，我扯起嗓门喊道："别！你会害死它的！它回去就得挨枪子！你明明知道他们不会放过它！"

特拉维斯一愣，说："走吧，盗盗，"而后又声色俱厉地吼起来，"快走！"他把盗盗的爪子往下一推，盗盗则呆呆地望着他，脸上露出了——大惑不解的神情，真的。

"再凶一点，"我说，"把它轰走。"

他提高嗓门，也挥舞起胳膊。"快走，盗盗！"

"再大声点，"我说，"狠一点。"

特拉维斯向盗盗尖叫一声，盗盗终于警惕起来。他往前跑了两步，盗盗向后退了退。

随后，这小家伙做出了对他来讲最最艰难的事情：他拾起一把石子，一颗一颗地向盗盗掷去，边哭边尖声喊："走开，你这只傻浣熊！我不喜欢你了！"

第一颗石子嗖地从盗盗头上飞过，它扭头看了看身后。第二颗落在它的前爪边,它缩了缩身体。第三颗击中了盗盗的侧肋,发出一声闷响。那是一颗鹅卵石,个头不大,打在身上或许不疼,但我也弄不准此刻到底谁更慌张,是盗盗还是特拉维斯。盗盗颈毛根根直立,像狗一样朝之前的主人和朋友咆哮了一阵,转过身去,消失在灌木丛中。

特拉维斯哭着向家跑去。我无可奈何地紧随其后,心中充满了怜悯与钦佩。我默默地祈祷着,希望浣熊神能保佑盗盗,让我们别再看到它。

我俩来时吃尽苦头,回去时也受尽煎熬:被树枝和荆棘刮着,被太阳晒着,又累又饿,只是我背上没再背着那只浣熊,但心里却要牵挂肝肠寸断的弟弟。

歇脚时,我抱住了他,说:"你真勇敢,救了盗盗。"

特拉维斯只是啜泣着点点头。谢天谢地,我们回家时他已经将悲伤发泄殆尽,神色也几乎恢复如初。进屋前,我俩为把自己弄干净费了好大力气,但吃晚餐时,大家还是投来了狐疑的目光。拉马尔用我听得到、但躲得过妈妈耳朵的音量说:"你俩就像被人拖进仙人掌丛狠揍了一顿似的。哈哈。"

我太累了,实在是没有精力抖机灵、反唇相讥。特拉维斯和我若无其事地吃完了饭,我简直佩服起我俩来。然而我们忘记了一件事:十四只母鸡少了两只,该怎样向大人解释?我要是考虑得够周全,就该在鸡舍的墙角挖个洞,这样一切都好说了。

第二天,薇奥拉为做早餐拾鸡蛋时发现少了两只鸡。她大概猜到了我们跟这起失踪案有关,但从未说破。也许她知道,不论事情的缘由如何,我和特拉维斯都已经自食其果——不管是怎样的苦果。

一个星期后,特拉维斯心头好不容易结痂的伤口再度裂开:我俩在河岸上发现了一个荒弃的洞,那应该是盗盗在被他收留之前住的地方。洞中散发出一股恶臭,里面堆着鸡骨头、鱼内脏和几块从衬衫上撕下来的碎布——不用说,是盗盗从哪位家庭主妇的晾衣绳上偷来的。

特拉维斯惨白着脸说:"这里离咱们家太近了。它要是回来,肯定还会再去家里。"

这个发现让特拉维斯几夜未眠。不过老天保佑,我们再也没有见到那只浣熊。我始终对特拉维斯尽量给予同情,直到有一天自己也为动物心痛欲裂。

十三 普利茨克医生的诊所

> 这个国家里,许多治病的方法都荒唐可笑,而且太过恶心,不提也罢。

普利茨克医生正式开业了,还雇了薇奥拉的侄子塞缪尔做助手。他在主干道上租了一个房间做诊所,跟铁匠铺共用一座畜棚,这样的布局对他和铁匠的生意都有帮助。我们很快便有了旁观医生如何行医的机会。我家的驮马亚瑟王跛了一条腿,而且病情愈发严重。我们一共有十匹马,六匹用来驮东西拉车,四匹用来骑。其中一匹叫阳阳的设得兰矮种老马最坏,我们几个孩子要么长得太高,要么有了教训,没事谁都不去骑它。阳阳有个怪癖:谁骑它,它就冲谁的腿下嘴,还像鳖龟一样死死咬住不松口。

普利茨克医生和塞缪尔乘着马车来到我家,拉车的是一匹鹿皮色母马。塞缪尔从车上取下一个巨大的帆布袋,搬到马厩,里面的东西叮叮咣咣地响个不停。特拉维斯和我一直跟在他们身后,十分好奇一位只有一条胳膊能动的医生怎样给马治病。

"普利茨克医生,您的手好些了吗?"我问。

"有劲多了,谢谢你的关心,卡尔普妮娅。我有一个橡胶球,每天早晚各用力握十次,锻炼肌肉,你看。"他举起受伤的手,想要活动手指。

"看见了,看见了。"我仍然心怀疑虑——他的伤情似乎并未好转。

我和特拉维斯跟着他俩走进马厩幽凉的深处，亚瑟王正站在那里。亚瑟王是一匹优秀温良的克莱兹达尔灰斑花马，蹄子上方生着长毛。它与坏心眼的阳阳有天壤之别，有着跟它令人望而生畏的健壮身躯极不相符的和善性格，就算驮六个孩子都不会眨一下眼睛，更别说回头咬人了。

亚瑟王用三条腿站着，提着左前腿，低着头，双眼朦胧无神，一副病恹恹的样子。

塞缪尔和普利茨克医生各自戴上皮围裙，先后走入亚瑟王所在的隔间。塞缪尔系好马缰绳，抚抚它的额头，又摸摸它的长脸。

特拉维斯问："它怎么了，普利茨克医生？"

"看见它的站姿了吗？它不愿意让那只蹄子受力。要么是蹄叶炎，要么是化脓，但愿只是化脓而已。"

"为什么？"特拉维斯又问。

"因为蹄叶炎难治得要死——呃,很难治。治疗化脓就容易多了。"

"怎么治?"

"一会儿你就知道了。塞缪尔,别让它乱动。"

塞缪尔将缰绳绕在拴马桩上,抬起亚瑟王的左前腿,捧起那只马蹄。普利茨克医生取出一件奇形怪状、酷似中世纪刑具的工具。我已经养成了习惯,等着他像爷爷一样耐心地告诉我这是什么。然而他什么都没说,只是把那件怪东西放在马蹄底部,这边按按,那边压压。

我忍不住了,问:"那是什么?"

普利茨克医生抬头看了我一眼,似乎十分诧异。这有什么好奇怪的?难道我就应该静悄悄地杵在那里做摆设?难道我就不能学习新知识?爷爷经常说,人这一辈子,学习天南地北新知识的机会无处不在,我们应当竭尽所能,向各个领域——不论是哪一个领域的专家请教。

普利茨克医生说:"这是检蹄器。用它来按压马蹄的各个部分,就可以知道痛源在哪里。"他轻轻按了几下,亚瑟王嘶鸣几声,往后退了退,还甩了甩被缰绳拴住的头。

"应该是化脓。"他从工具包中抽出一把长弯刀,"你要不要回避一下?"

"为什么?"我问。

"呃,动手术的场面可能不适合脆弱的人观看。"

我?脆弱?开玩笑。"我只是看着脆弱,可实际上坚强得很。

真的。"

"你妈妈也许不这么想。"

"她才不管这些呢。"我说了谎。我不知道普利茨克医生要干什么,但清清楚楚地明白,只要是有趣的事情,妈妈一概不许我掺和。

"这件事应该是个例外。退后。"

我和特拉维斯往后退了一小步。

"再往后点。"

我俩又往后挪了挪。我见他似乎还不满意,于是说:"再退就看不见了。"

"别说我没提醒过你们。"他似乎在调侃我俩。我还没想到他要提醒我们什么,他便将刀尖插入马蹄底部,扭了一下。一大股黑色的臭水随即喷出,蹿出隔间,溅到对面的墙上,只差几英寸就会殃及我和特拉维斯。

"哎哟!"我从未见过如此……如此惊人、如此恶心、如此神奇的场面。我问特拉维斯:"你看到没?"

他没有答话,喘着粗气,脸都变绿了,看着还怪有意思的。

我又问普利茨克医生:"那是什么呀?"

"感染处的脓液和血。现在排出来了,它应该舒服一点了。"

"它一直拖着装满了臭水的蹄子到处走?怎么那么臭?"

"身体组织被细菌分解时,就会散发出臭味,同时产生脓液。"

还好我们没有被脓血喷到。妈妈看到我们身上有马的脓血会作何反应,我完全想象得出来。她一定会下禁足令,以后不准我走出家门——不,卧室门,关我一辈子。如果我能把想要的书都买齐,不用只读着阿吉那些干巴巴的传记度日,这样也不算太惨。

塞缪尔出去打热水,向薇奥拉要泻盐。特拉维斯软软地靠在了马厩的门边。

"没事吧?"我问。

他重重地喘了口气。"嗯,没事。"

"真的?我看你可不像是没事的样子。"

"没事。"

于是我又望向普利茨克医生,看着他用那只好手在亚瑟王身上这边翻翻,那边按按,检查它的牙齿、肩膀、距毛和腿关节。

"除了这点毛病,这匹马身体还不错,"他说,"还能耕好几年地。"

亚瑟王似乎并没有记仇,其实它已经精神了许多,好像还很喜欢这位博学的医生抚摸自己的感觉。塞缪尔提着热水回来了,他俩将水桶摆在亚瑟王面前,将受感染的马蹄泡在里面。亚瑟王伸直腿,舒舒服服地出了口气。我瞄了瞄特拉维斯,发现他的脸上多了些血色。

"高温可以让残余的脓血排出。"普利茨克医生说,"然后再给它包好,保持伤口清洁。"

"您知道吗?"我说,"我爷爷说再过不久,马就过时了,人们会用汽车犁地。我自己不敢打包票,可是这种事情,爷爷总是一说一个准。"

"嗯,我也觉得他没说错。现在有的地方已经开始使用蒸汽拖拉机了，不过我还是舍不得这些老朋友。我只代表我自己。"他喂给亚瑟王一大把谷子，又怜惜地拍了拍它的粗脖子。

"好了，"普利茨克医生说，"该包扎了。"他从袋子里取出一方羊皮，同时塞缪尔将马腿抽出水桶，又用棉布擦干马蹄。二人将羊皮包在马蹄上，最后用牛皮绳捆得结结实实。我在一旁仔仔细细地瞧着，问："为什么要包起来呢？"

"得在伤口愈合之前保持清洁，省得再有细菌进去乱闯乱撞。明天我们再来看它。"

晚上，特拉维斯跟我去马厩探望病号。看见亚瑟王正在叼着牛皮绳往下扯，羊皮已经脱落下一半，我慌了神。

"哎呀，亚瑟王，"我说，"你这匹坏马！我们该拿你怎么办才好？"

亚瑟王没有吭声，但特拉维斯开口说："我去找普利茨克医生吧？"

"我们可以去找他，也可以……"我沉思起来。

"可以怎样？"

"我再给它包上就是了。"

"你行吗？"特拉维斯似乎吃了一惊，"你知道该怎么弄？"

不能打退堂鼓。我钻进亚瑟王的隔间，说："白天他们是怎么做的，我都看见了。包上就行了，不过你得帮我。"

站立的亚瑟王有十八个巴掌那么高，大约两千磅重。可是比起矮小暴躁的阳阳来，我更愿意跟它打交道。我的想法是，温柔的巨人要比恶毒的侏儒可爱得多。亚瑟王亲热地用鼻子拱了拱我，不用说，它一定是以为我又像往常一样带苹果来了。这倒不错，但愿一会儿它也别忘掉我对它的好，把我给它的每一个苹果都放在心上。

我将缰绳绕在拴马桩上，使劲提它的左前腿，然而它纹丝不动。我靠在它壮实的肩膀上推了推，它还是没动。我深吸一口气，猛地冲它撞去。没动。我索性握紧拳头，给了它一下，它一点反应都没有。也许在它眼中，我不过是一只小小的蚊虫。

"特拉维斯，"我气喘吁吁，"给我找个带尖的东西。"

"要什么样的？"

"不知道，带尖的，帽针就行。"

"马厩里哪来的帽针？"

"别的也行，什么都行。老天爷呀，别磨蹭了。"

特拉维斯跑去马具房，片刻之后带着一把螺丝刀回来了。"这个行吗？"

我"嗯"了一声，接过螺丝刀。他问："你到底想干什么呀？"

我想，尽管亚瑟王性格温顺，但我还是要把生命握在自己手中。不知我会不会被它踏成肉泥，会不会在奥斯汀残疾儿童之家度过余生。

"唉，"我小声说，"抱歉，亚瑟王！"我举着螺丝刀，把胳膊使劲往后扬，再用力向前一甩，朝它筋肉结实的肩膀上一扎，确保自己的力道足以吓到它，但不会刺出血来。特拉维斯大叫一声，亚瑟王也惊讶地打了个响鼻，往后退了退，还……抬起了前蹄。我赶紧扔下螺丝刀，拼命用肩膀抵住它，扯起马蹄下的羊皮，包好，系上牛皮绳。要做好这件事，一定得动作敏捷，手脚麻利。从我用螺丝刀戳它到包好马蹄的这几秒钟简直有一个小时那么长，我汗如雨下。

"呼。"我从它的肩膀下抽身回来。亚瑟王的蹄子落在稻草上，羊皮并没有松脱。

"哈，卡莉，你真厉害，以后说不定可以当兽医。"

我并没有把特拉维斯的话放在心上，只顾着一个劲地喘粗气，心里还庆幸着自己第一次给马做护理竟然能够全身而退。

第二天是星期六，我和特拉维斯在家里到处乱逛，等普利茨克医生和塞缪尔来复查他们的病号。塞缪尔将亚瑟王牵出隔间，以便观察它的步态。羊皮仍然牢牢地包在马蹄上，那条腿还是有点跛。普利茨克医生抬起马蹄，皱起了眉头。

糟了。

"我平时打的结不是这样的。"他说。我开始往外面挪。

现在家里应该有人需要我帮忙吧？床铺好了吗？蟆蟥喂过了吗？

普利茨克医生接着说："是阿尔贝托干的吗？不错嘛！"

我停下了脚步。特拉维斯骄傲地大声喊道："是我们干的！羊皮掉下来了，是我们包回去的！"

"你们？"

我们姐弟俩点点头。

"哟，小伙子，你可真了不起，手艺真不错。你以后没准也能做兽医。"

什么？我简直不敢相信自己的耳朵。眼见"了不起"的"小伙子"咧开了嘴，我用胳膊肘捅了捅他。

"哎哟！"特拉维斯转过头来，提出了抗议，"我明明帮忙了嘛！"他看到我脸上的表情，又继续说，"多少帮了一点。"然后他才道出实情，"其实是卡莉包的，这种事她可拿手了。"

普利茨克医生盯着我俩瞧，似乎怀疑特拉维斯是在骗他。

"所以说，"特拉维斯接着说，"我俩都可以当兽医，对不对？"

"嗯。"普利茨克医生说。

我想要的不是模棱两可的应付，而是真心实意的赞扬。于是我追问道："难道我做不了兽医？"

我从未认真考虑过这个志向，但将它大声讲出来之后，我突然觉得"兽医"一词是那样动听。

"呃，"普利茨克医生说，"我还没听说过有女孩子做兽医的。这份工作又脏又累，女性恐怕无法胜任。我这辈子一半的时间都在泥水中跟牛较劲，另一半时间在挨骡子踢。姑娘家哪忍得了这个？你说呢，塞缪尔？"

"我看也是。"他们大概找到了笑料，同时爆发出一阵大笑，笑了老半天。我真想给他俩一人一个大耳光。

普利茨克医生又说："不过特拉维斯呢，他要是喜欢，完全可以去读兽医学院。你有没有想过做兽医，小伙子？这个职业很适合热爱动物的人来做，但是你得吃两年苦，而且学费很高。"

那我呢？他为什么把我丢在一旁，跟连蚯蚓内脏都不敢看的男孩子说那么多？我转身跑进家门，冲上楼去，只听见妈妈在我身后喊道:"该练琴了!"

见鬼!我干吗不去爷爷的实验室?但现在后悔已经来不及了,每天练琴半个小时,这条规矩绝对不可逾越。我沮丧地跺了跺脚,妈妈又喊:"别跺脚,下来!"

我走进客厅,默默记下了座钟上的时间,坐好——哪怕一分钟我都不会多练!现在我的心情是黑色的,比亚瑟王的脓血还要黑!我重重地敲着琴键,以前所未有的狠劲弹奏起焦阿基诺·罗西尼先生的《威廉·退尔序曲》。正巧,这首曲子要的就是这种效果。

妈妈说:"哎呀,你今天可真有精神,总这样该多好!你进步这么大,布朗小姐一定很高兴。"

啊,对了,布朗小姐——我们年过半百的钢琴老师。她的戒尺从不留情,她的毒舌能戳透马蹄。对了,下次再有马蹄化脓,不用找兽医,请布朗小姐来就好。哄她开心至关重要,我虽然说服了她,不必再参加一年一度的钢琴演奏会,但在十八岁之前,每个星期都得上几堂她的课。十八岁,还有一辈子那么远。

该吃晚餐了,我换上了一条干净的罩裙。在餐桌上,除了爷爷,人人都要聊点什么,还得像妈妈说的一样,讲究"谈话的艺术",就连只有六岁的吉姆·鲍伊都不例外。这天晚上,他贡献的话题是:"我学会了'猫'这个字怎么拼——T-A-C。你会吗,妈妈?"

"呃,宝贝,咱们明天再多学学。特拉维斯,你呢?说点什么。"

他想都没想，开口说道："昨天，我和卡莉去看普利茨克医生给亚瑟王放脓了。从它蹄子里冒出来一大股脓血，就跟喷泉似的。你们也该看看。"

"什么？"妈妈问。

我在桌子下面踢了他一脚。

"嘿嘿，"特拉维斯接着说，"普利茨克医生说我能当兽医。爸爸，你说我行吗？他说得学两年，挺辛苦的，还得花不少钱。"

爸爸若有所思地打量了特拉维斯一会儿，说："得克萨斯的人口越来越多，对牛肉的需求一直在增长，所以我觉得以后这里也会愈发需要兽医。到时你就有稳定的高额收入来养家糊口了。"说到这里，他笑了，"儿子，我觉得这个志向值得你努力，学费的事不用操心，咱们肯定有办法。"

特拉维斯喜形于色，看看我，又说："卡莉帮亚瑟王重新包好了蹄子，普利茨克医生说她手艺不错。那她也可以当兽医了。"

众人沉默不语。我突然觉得现在正是自己发言的机会，于是深吸一口气，说："说不定特拉维斯和我可以一起努力。"

妈妈和爸爸似乎被这句话吓了一大跳，就连爷爷也一反常态，不再陶醉在沉思当中，好奇地盯着我看。爸爸扫了妈妈一眼，清清喉咙说："卡尔普妮娅，我们，嗯，也许可以送你去读一年大学，我觉得一年足够你拿到教育文凭了。"

我简直不相信自己听到了什么。一年。不是两年。

"谁知道呢？"爸爸接着说，还用目光向妈妈求助。"你嘛，嘿嘿，没准会在学校里认识不错的小伙子，跟他结婚。"

一年。不是两年。只有一年。也就是说,我能用来接受教育的时间只有特拉维斯的一半。委屈的感觉占据了我的心田,刹那间,一个问题跃入我的脑海。这时我才发现这个问题一直都在等待破口而出的机会。

我说:"这样公平吗?"

爸爸妈妈目不转睛地望着我,仿佛我一下子又长出了一个脑袋。

"是啊。"爷爷小声说,"问得好。"

"你们是不是觉得我笨,学不会什么?"

妈妈似乎不自在起来,说道:"不是的,卡尔普妮娅,只是——"

"只是什么?"我厉声问道。

妈妈瞪了我一眼,以此来警告我再说就逾矩了。"现在谈这个,时间和地点都不对。我只能说,我们对你另有打算。好了,这个话题到此为止。苏尔,把肉汁递给你爸爸。"

我的眼前升起一片红雾,我的脖子被怒火烘出了荨麻疹。新世纪明明已经降临,我一直都把自己当作新世纪美国女孩之中的一员——笑话!我感觉喉头发紧,但还是把下面的话挤出了口:"对我另有打算?什么打算?"

拉马尔发出一声讥笑。"为什么要送你去上大学?你只是个丫头,根本指望不上。"

爸爸皱起眉头。"拉马尔,别这么跟你妹妹说话。"

即使被愤怒冲昏了脑袋,我也听得出爸爸的言外之意。他没说拉马尔讲得不对。他认为拉马尔只是错在态度上。

我想要找话回击拉马尔,想要跟爸爸妈妈据理力争,但屈辱让我泪如泉涌。大家都在盯着我瞧,他们炽热的目光烤得我受不了。于是我忽地起身,跑上楼,往简陋的地铺里一钻。没有人安慰我,除了我自己。我擦去无甚意义的泪水,突然想到自己是塔特家族史上第一个吃饭时擅自离席的孩子。就这样,我达成了一个世界上最不起眼的成就。但这样不够,远远不够。

一个小时之后,阿吉上来准备睡觉。我悲愤交加,情绪一触即发。

"哎呀,"她说,"把脚收进去嘛。"

"闭嘴吧你!"我大声喊道,"有人请你说话了?"说完,我便翻过身去,面朝墙壁。

阿吉似乎被吓到了,哑口无言,其实我自己也吃了一惊。我从来没有对比自己年长的人说过这样的话,包括拉马尔。

我觉得归根结底,自己所有的委屈和愤怒都源自于一个问题,一个在我脑海中不断翻腾的问题:难道我没有哥哥弟弟们聪明?答案是否定的。不,才不是呢。

我比他们聪明多了。

所以,我要是想在世上闯出自己的路,大胆迈步就是了。我一定会有出头之日。

十四 金钱风波

> 菲茨·罗伊船长劫持了一群土著作为人质，因为他的船被偷了，他用一粒珍珠纽扣换来、曾经伴他去英国的孩子，还有几位土著也不知所踪。

今天是星期六，一个冷冰冰、雨蒙蒙、阴沉沉的星期六。我听从妈妈的吩咐，窝在客厅中的地垫上，又织起了连指手套。我有进步，可是谁会在乎这个？反正我不会。

妈妈和阿吉在做针线活，吉姆·鲍伊在墙角堆积木边自言自语、嘟嘟囔囔，他的话大概只有他自己才听得清。壁炉中的山核桃原木在炉栅后噼啪作响，火苗在里面欢快地跳个不停，同晦暗的天气和我黯然的心情形成了鲜明对比。

门铃响了，看来我可以暂时脱身了。我跳将起来，喊道："我去开门！"门口站着我的老师哈波特尔小姐，她有事要跟我妈妈和阿吉商量。我接过她湿淋淋的皮外套和滴着水的雨伞，把它们挂上衣架。她穿着一身黑，还戴着顶潮乎乎的帽子，活像一只落水的乌鸦。

"最近还好吧，卡尔普妮娅？"

"挺好的，谢谢您的关心，哈波特尔小姐。您呢？"我微微屈膝，行了个礼，她似乎对此十分满意。

我俩互相寒暄了一番。像我这种在学校经常因为鲁莽失礼受批评、被提到思过角站半天的人，在校外看见老师总会莫名其妙地觉得不好意思。学校才是哈波特尔小姐的地盘,在"外界"碰到她实在是有点别扭,就好像在衣橱抽屉里发现了一条蛇,在特拉维斯的卧室中看见了一只狍狳。

我带她走进客厅,妈妈和阿吉起身跟她客客气气地握手问好。然后妈妈对我说:"卡莉,请薇奥拉端茶和茶点来。"

我如释重负,蹦蹦跳跳地进了厨房。用来招待贵客的茶点中肯定有薇奥拉的巧克力夹心蛋糕。这种世上最好吃的甜点一般不会给我们几个孩子享用。我打算在薇奥拉端茶送点心的时候乖乖地帮个忙,趁机沾点光。

我让薇奥拉把手上的活先放一放。她跟往常一样,正在削土豆皮。

"妈妈要茶,噢,还有四人份的蛋糕。"我没把吉姆·鲍伊算进去,省得薇奥拉太累。到时我喂他一口哄哄他就行了。

薇奥拉停手眯起眼来看着我。"用那套好瓷器?"

"嗯。哈波特尔小姐来了。"

薇奥拉换上一条干净的围裙,取出托盘。我回到客厅里的地垫上,留她自己在厨房中忙活。

她们东拉西扯,说的全是我不感兴趣的话题:谁病了,谁好了,谁结婚了,谁死了,简直——不着边际。没错,不着边际,这是个好词,我新学会的,以后得教给特拉维斯。

薇奥拉手脚利落地端着托盘进来了。我跳起来帮忙,顺便数了数蛋糕。她退下后,妈妈开始倒茶,我摆好了盘子和杯子。大家准备大快朵颐时,哈波特尔小姐说起了自己的来意。

她先是望着妈妈说:"不知阿加莎是否愿意去学校帮忙?她有文凭,可以给小孩子们上启蒙课,助我们一臂之力。"

我吃下一口绝非凡品的蛋糕。哎呀,简直是天上的美味!我慢慢地咀嚼着,想要发掘出蕴含于其中的每一丝快乐。我沉溺于美味,无法自拔,以至于没有发觉哪里不对头。

哪里不对?

忽高忽低的谈话声蓦地平息,寂静降临,驻足下来。我瞄了一眼妈妈,只见她正在用那种劝宝宝吃下豌豆的眼神鼓励阿吉,阿吉却默默地吃着蛋糕,仿佛在琢磨事情。我是不是错过了什么?众人在沉默中僵持着,就连吉姆·鲍伊都撇下积木,抬起了头。

妈妈终于开口道:"阿吉,你没听见哈波特尔小姐说话呀?"

"听到了,"阿吉说,"我在等她开价。"

"开价?"妈妈问道,仿佛不知道这个词是什么意思,"开价?"

大人们总说女孩子公然把钱挂在嘴边是没有教养的表现。事情有趣起来了。

哈波特尔小姐好像先是吃了一惊,而后由惊转怒。"呵,这我倒是头一次听说。我们本来想招一名志愿教员。不过我可以去找管理人员商量,付你薪水。嗯,一小时……二十美分,怎么样?"

我马上在心里算了一下:一天六小时,一个星期五天,每小时二十美分,乘起来以后是……整整六美元。一大笔钱。我简直对阿吉刮目相看。我们谁都没想到阿吉会主动要求学校支付薪水,可是我越想就越觉得这件事合情合理。这有什么不对？现在是新世纪，男孩女孩本应同工同酬。去年的棉花收获季，我帮劳工看孩子，还为工钱发了火，直到爸爸给了我五美分才罢休。一整天只赚了五美分，而我还高兴得不得了。

阿吉接下来的反应更让我们大感意外。她放下叉子，优雅地用纸巾沾沾嘴巴，说出了我从未听女孩、少女和成熟女性说过的话：

"太少了。"

天哪！她的胆量让我瞠目结舌。她不光提到了钱，还敢讨价还价！干得漂亮！屋内的气氛更加紧张，一触即发。妈妈一下子面红耳赤，吃着蛋糕的哈波特尔小姐呛了一下，咳嗽起来，把蛋糕屑喷得到处都是。我跑到厨房，接了杯水。哈波特尔小姐将水一饮而尽，缓了过来，时而用手帕扇风，时而拍着胸口。

阿吉啜了口茶，从容自若地接着说："三十美分一小时。"

"哈，恐怕——"哈波特尔小姐怒道。

"我有文凭，您是知道的，多赚十美分时薪并不过分。"

妈妈插嘴道："阿加莎，你真让我不知该说什么好。你怎么会这样唯利是图？为什么要谈报酬？你去当志愿教员，是我们全家的荣耀！你在我们家是缺衣少食还是怎么着？"

"没有，玛格丽特姨妈，我由衷地感谢你们。但是我在加尔维斯顿的家正在重建，我得出一份力。要是赚了钱，我就寄到爸爸妈妈手里去。"

"呃，"妈妈说，"也对，有道理。"

"啊，"哈波特尔小姐说，"我明白了，亲爱的，你真是可敬可佩。这样的话,我尽力帮你就是。"

就这样,风暴停歇,雨过天晴。

一个星期后,阿吉成了考德威尔郡学区的新任教员,时薪高达三十美分——一个星期九美元!她整个人也开朗随和了许多——至少在我家里是这样。

然而学校不是我家。阿吉在那里总是假装跟我非亲非故,哪怕我碰巧遇到她,冲她笑,她也板着一张脸。到家之前,我们都得叫她"芬奇小姐"。芬奇小姐不苟言笑,冷峻严厉——其实这也不足为奇,她的学生很快就变得温驯乖巧。她给小朋友们上启蒙课,用枯燥的《麦高菲学生读本》教他们识字造句。课文也并非全无意义,比如这一篇:"猫。垫子。猫在垫子上吗?猫在垫子上。"这篇文字算不得故事,但万事万物都要有个开始。

看着阿吉一周周地领着薪水,我觉得自己也该把零用钱存起来,哪怕不知道以后要用这些钱来做什么。也许有一天我可以攒够路费,跟爷爷一起去奥斯汀看看;买台小显微镜也不错。除了这两件事,我还没有其他打算。我凭借超强的意志力克制着自己,每个星期只花一分钱来买糖,再跟哥哥弟弟们以物易物,让手边的零食玩具丰富起来。每个星期五下午拿到零花钱后,我都会心满意足地把攒下的硬币数了又数,拿起那个金币好好地端详一番,再把它们包入纸巾,放回到床下的雪茄盒中——这

个仪式并不隆重,但足以让我乐在其中。现在我的积蓄有五美元四十二美分,真是太棒啦!

又是一个星期五。我从爸爸那里接过五美分,道过谢,冲进自己的房间,打开雪茄盒子。我刚触到纸巾包便有一种异样的感觉,于是赶紧把它打开——我简直不敢相信自己的眼睛!

没了。

天地开始旋转。我刻着自由女神头像的心头宝,那个如太阳一般闪耀、分量足得让人踏实、象征着未来希冀的金币不见了。我呆呆地把盒子翻了个遍,里面只剩下一分和五分的硬币、零七八碎的小玩意儿和纸屑。其实我知道,不管怎么找,那个金币也不可能凭空出现。

没了就是没了。

好吧,没了。现在我应该接受现实,用无比聪明的脑袋想想该怎么把它找回来。我仔细地检查了一下木盒,它有一个角坏了,好像是被什么东西咬的,但那个洞太小,透不过一个金币。都有谁会光顾我的床下?老鼠?那是肯定的。蛇?大概吧。难道这些动物会像喜鹊一样,被亮闪闪的金币所吸引,将它拖到护壁板后面去?不,不太可能。艾萨克·牛顿爵士一定爬到这里来过——它的身上沾满了尘土。我过去瞧了瞧,只见它正无精打采地在盘子中漂浮着,盖盘子用的铁丝网上还压了块石头。

会不会是人类干的?难道是哪个哥哥或者弟弟?爸爸要是知道了,他就活不成了。他们不敢——尽管拉马尔做得出这么讨厌的事。一直在我家干活的女仆桑胡安娜呢?我听妈妈说过,日久见人心,她绝对信得过;薇奥拉也是一样,她俩都是在哈里出生之前来这里的。不,不会是她俩。那就还剩下……阿吉了。

没错,再明显不过了。她贪心,她急着用钱,她有手段、有动机、有机会;而且她不是我的手足,不是我的姐姐,不是我的"直系亲属"。我俩的血缘关系似有若无,也许她就算对我下手也不会良心不安。我像夏洛克·福尔摩斯一样思考着,觉得自己的推理严丝合缝。一定是她。

就在这时,她恰巧进来了,还冷冷地瞥了我——满腹委屈的受害人——一眼。

"你在干什么呢?"阿吉大大咧咧地问,脸上毫无愧色。啊,她的血管里一定流动着冰水!哼!她坐在梳妆凳上,摘下帽子,理了理头发。

我冲过去,一把将她推了下去。阿吉惊叫一声,四仰八叉地躺倒在地,模样绝对称不上雅观,连裙子都被掀开,露出了里面的衬裙。

"你疯了?"她喊道。

我气喘吁吁地俯视着阿吉,双手愤怒地攥成拳头。尽管她比我年长四岁,还比我高一英尺,但她贼溜溜的眼睛中还是泛起了惧色。她狼狈不堪地爬起身来,衣服和头发都乱糟糟的。

"还给我。"我哽咽了。

"你怎么回事?发什么失心疯?"

我步步紧逼,她退到了墙角。

"还给我!"

"你说什么呢?"

"我的钱,还我!"

"离我远点!"她抬起胳膊,想把我隔远,"我不知道你在说什么。"

阿吉的表情是那样地无辜,让我的内心动摇了一些。这时我才想到,如果她想还手,或许我根本没有招架之力。于是我不再向她逼近,尽力镇定下来,说:"我的钱,五美元的金币,你拿走的那个。"

"我没拿你的东西,你这个疯子。"

我终于相信了。阿吉从我身旁挤过,跑下楼去,留我在卧室中慢慢地泄气,仿佛一只伤透了心的气球。完蛋了,我要倒霉了。

没错。一分钟之后,妈妈的声音从楼下传来。我还从未听到过她用如此愤怒的声音讲话。"卡尔普妮娅,下来,马上!"

我深知比起冒犯表姐,丢了钱完全是小事一桩。唉。我磨磨蹭蹭地下楼,想编几句借口给自己脱罪。但我知道,这件事根本无从狡辩。

我走进客厅,按规矩主动站在土耳其地毯的一角上——这个地方是给闯祸的孩子预留的。不知有多少次,我曾经低着头在这里挨骂,所以接下来会有怎样的惊涛骇浪,我心知肚明。

"嗯?"妈妈质问我,"是真的吗?你把阿吉推倒了,冲她凶?告诉我你没这么干过。"

妈妈最后这句话有点奇怪。她是不是在怂恿我说谎?我偷偷地瞄了她一眼,又赶紧把目光移开。我从没见过她生这么大的气。

"对不起,妈妈。"我低声下气地说,宛若一只被吓破了胆的老鼠。

"说什么呢?大声点!"

"对不起,妈妈。"我提了提嗓门。

"这话你该对阿吉说。"

"对不起,阿吉。"我用足尖抠着地毯上一小块光秃秃的地方——我跟哥哥弟弟们多年来用脚磨秃的地方。

妈妈喝道:"看着她的眼睛,好好说!"

"对不起,阿吉,真对不起。"我真心诚意地说,"我……还以为你偷了我的金币。"

"哼。"阿吉对我的话嗤之以鼻。

我想用这个理由来平息妈妈的怒火,可惜未能如愿。妈妈的嗓门更大更尖了。"你爸爸给你的金币?你弄丢了?怎么这么不小心?"

"不是我弄丢的,是别人偷走的。"

"胡说!咱们家没有人会做这种事!你爸爸给了你一个十美元的金币,你,你就心不在焉地弄丢了?"

我有点糊涂,眨眨眼睛。"您是说五美元的吧?"

妈妈也大惑不解地盯着我。"十美元,不是五美元。你看,你就是这么粗心大意,你这个坏孩子。"

我的脖子麻麻痒痒,又要冒出疹子来了。"不……不是我——"

妈妈厉声打断了我的话。"爸爸给了你十美元,你弄丢了。

走开，回你自己的房间去。不，到外面去，让阿吉好好静一静。不到睡觉的时候不许进门，明白了吗？"

"可是我——"

"明白了吗？"

"明白了，妈妈。真对不起，阿吉，希望你能原谅我。"

阿吉只是说："哼。"

我走出前门，站在门廊中，抓挠着脖子上的一两粒疹子，泪水因为愤怒和困惑夺眶而出。到底是怎么回事？妈妈为什么要那样说？萨姆·休斯顿和特拉维斯从车道那头走了过来，我不想在他俩面前丢脸，于是一头扎进灌木丛，向河边跑去。

我冲到河湾，坐在岸边，为受到的委屈，也为自己的愚蠢放声痛哭。我辜负了爷爷的教导，没有先仔细观察、认真分析、谨慎判断，而是毫无凭据地直接得出了结论。瞧瞧我现在是什么下场：惹下了棘手得足以记在家族史册上的麻烦，没准一辈子都没有好日子过，可是离破案还有十万八千里。我把手帕浸在沁凉的水中，擦了擦脸，完全顾不上将多少团藻和草履虫抹在了皮肤上。我的脸渐渐冷却，心情也慢慢平复。我是不是把金币放在了别的地方？不会吧？我使劲琢磨着它可能会在哪里，想得头都痛了，然后又集中精神，想要用自己了不起的智慧解决金币面额的问题。到底是五美元还是十美元？不是妈妈说错了就是我弄错了。这个问题没法问爸爸妈妈，只能靠我自己来解决。往常哥哥们的零用钱是十美分，我和弟弟只能领到五美分。按照这个规律来推理，爸爸应该给了大孩子十美元，给了小孩子五美元。不过这只是我的猜测而已，该向哪个哥哥证实呢？哈里？那天排队领零用钱的人里好像没有他。拉马尔？这家伙总是一副高高在上的样子，把人气得发疯，也不知道他的底气是从哪儿来的。算了吧，我才不要去找他。这样就只剩下萨姆·休斯顿了，他倒是个不错的人选，虽然他偶尔会替拉马尔说话，但我俩大多数情况下都挺合得来。就问他好了。

薇奥拉在后门门廊里摇响了晚餐铃。我擦干脸和手，心怀打好的主意朝家走去。

餐桌上的气氛相当紧张。妈妈闭口不言，爸爸惊慌失措，一个劲地盯着我看；哈里也总往我这边瞥，好像我是某种陌生生物似的；阿吉则面无表情，举止做作得要命。其他的哥哥弟弟们八成听说了白天发生的风波，都趁舀汤的时候用余光瞄我。我一个字都没有说，只是低着头，时不时地像缩进壳里的乌龟一样往周边偷看。特拉维斯冲我扬扬眉毛，无声地表示他的同情。整个餐厅里只有爷爷和吉姆·鲍伊不动声色，行动如常。小不点不停嘴地说着话，赶走了餐桌上不同寻常的寂静。他说自己的玩具士兵打死了好多坏蛋，说玩具枪该怎么开，还说学会了"狗"怎么拼写：D-O-O-G。

妈妈心不在焉地低声说道："不错，宝贝。"

桑胡安娜撤下主菜，盛了几碗淋了奶油的樱桃酥皮饼。她把一碗甜品摆在我面前时，妈妈突然如梦方醒地说："甜点没有卡尔普妮娅的份，接下来的两——不，三个星期里也别给她。"

这份史无前例的惩罚让众人都倒吸一口凉气。我虽然觉得它过于残酷，但也无从抗议。

特拉维斯小声说："我分你一点，卡莉。"妈妈听到了，又接着说："谁也不许分给她！"

我把手放在腿上干坐着。拉马尔有意大声地咂了咂嘴，说："哎呀，数这次的甜点最好吃！"

他就是这种人。

上楼去睡觉时，我在楼梯中段的平台上撞见了萨姆·休斯顿和特拉维斯。很好。一个哥哥，一个弟弟。

"萨姆，"我压低嗓门，"爸爸从加尔维斯顿回家以后不是给了我们零花钱吗？他给了你多少？"

"十美元啊，还是金币呢，怎么啦？"

"随便问问。"我又问特拉维斯，"给了你五美元，对吧？"

特拉维斯大惑不解地望着我，吐出的话简直要刺穿我的心："不，是十美元，不过爸爸不许我往外说。他给了我们每人十美元。"

"每人十美元？"我呆呆地重复着这几个字。十美元的金币，有哥哥们的，有弟弟们的，唯独没有我的。我推开他俩跑进房间，扑进地铺，又流出了苦涩的泪水。我为金币无故失踪而哭，为丢了钱还要挨罚而哭，为自己的未来而哭，为自己的前途而哭。随着岁月的流逝，大家对我的期望愈发殷切，反而把我的路挤得越来越窄。

阿吉进来准备睡觉。她没有理我，兀自点亮煤油灯，换上睡衣，梳好头发，扎好发辫，始终没吭声。

最后她终于开口道:"哎呀,行了,别哭了。"阿吉从我发现蛇的抽屉里取出一条手帕,往我身边一塞。"给。我不生你的气了。准备睡觉,我要熄灯了。"

可是我不能不哭,不能说我早已把推她的事丢到一旁,不能告诉她我之所以难过,是因为我在自己家里被当作了二等公民。

十五 感恩节

> 有一个问题始终让我大惑不解：居住地远离海岸的信天翁是如何生存的？我觉得它们跟秃鹰一样，可以很长时间不进食，在鲸鱼腐尸上大吃一餐就可以维持很久。

无甚乐趣的日子一周周地过去，感恩节即将来临——尽管我觉得自己无恩可感。今年轮到我来养火鸡了。我们每年感恩节都会养三只火鸡：一只自己吃，一只用来款待雇工，一只送给镇子另一头的贫苦人家。去年是特拉维斯担此重任，他自然而然地同几只家禽结下了深情厚谊，还给它们起了名字：雷吉、汤姆和拉维妮娅。它们最终的下场给特拉维斯造成了灾难性的打击，因此今年我说什么也不让他陪我进火鸡舍。他竟然同意了，也许这小家伙有了教训，明白一个人跟注定会成为大餐的生物培养出感情，要付出多么惨重的代价。

我也给我的火鸡起了名字——"小小""中中""大大"，如此而已，不带一点感情色彩，只作区分之用。其实，或许叫它们"呆呆""傻傻""笨笨"更合适。我每天给它们喂两次食，加两次水，但一直硬着心，没有投入感情。

记在笔记本上的问题：雄火鸡下巴上的肉垂是干什么用的？是纯粹的装饰物（哈哈），还是可以调节体温或者有其他用途的器官？我在前门车道两旁的百合丛中见过绿色的安乐蜥，它们经常将脖子下方粉红色的大肉囊收收鼓鼓，以此来引诱雌性蜥蜴，吓退雄性同类。但雄火鸡的肉垂简直丑得要命，我可不觉得火鸡女士会因为这玩意儿对哪位火鸡先生倾心。

还有两天就是感恩节了，我开始被大人逼着在严密监督之下做苹果馅饼。阿吉自告奋勇，拿出了自己的绝活：一种馅饼，以白兰地腌渍过的桃子做馅，再撒上黑莓蜜饯。开大餐的前一天，我们几个孩子都被赶出了门，好让薇奥拉和桑胡安娜能够安心做事。她俩的准备工作相当繁琐，就连妈妈都卷起袖管，用手帕扎起头发，上手帮忙。妈妈未雨绸缪，事先服下了头痛粉和莉迪亚·平卡姆蔬菜什锦精华，略显疲态但又满面红光。

爸爸担心她体力不佳，嘱咐道："小心别累坏了，亲爱的。"

感恩节终于到了。我们心中挂念着晚上丰盛的大餐，凑凑合合地吃了早餐。结果到了中午，我饿得头昏眼花，可惜香气缭绕、烟雾迷蒙、锅盘铿锵作响的厨房仍然是我可望而不可及的禁区。

尽管如此，我还是勒紧腰带，冒险将头探入厨房。薇奥拉像魔术大师一样发疯似的摆弄着炊具，动作麻利得惊人。我虽然并不渴望自己也具备精湛的厨艺，但还是对她佩服得五体投地。薇奥拉的下嘴唇噙着口嚼烟，鼓鼓囊囊，让她现出一副凶相——她一忙起来就绝对离不开这东西。

"薇奥拉，"我低声下气地说，"请问，我能不能——"

"出去！"

"可是我——"

"出去！"

真不客气，不过我真的不怪她。我回到自己房间，用一块我储藏许久、作应急之用的马卡龙垫了垫肚子。与四处弥漫、引人垂涎三尺的菜香相比，这么一小块点心简直微不足道。

下午两点，我们开始排队洗澡。三点，妈妈上楼换了深蓝色的晚礼服，戴上了熠熠生辉的黑玉项链。四点，我们的贵客普利茨克医生到了。我和阿吉正在往桌上摆最上等的瓷器和水晶杯盏——弟弟们都在，拿出这些东西来用其实并不是个好主意。

等待开餐时，普利茨克医生、爷爷和爸爸热烈地讨论起在格兰德河一带肆虐的牛蜱热、黑腿病、口蹄疫等对得克萨斯州的经济造成严重破坏的牲畜疾病。我在一旁默不作声地听着，为爷爷渊博的微生物知识和普利茨克医生对他的敬重而骄傲。然后他们又聊起了用砷、烟草和硫磺溶液给牛做药浴的优点。普利茨克医生说："有人在想办法用电来去除扁虱。农工大学的一名学生将药浴缸接上了电线，牛一到里面就通电，好杀死它身上的虱子。"

有远见卓识的爷爷立即热情高涨地说："真是个好主意，疗效如何？"

"很可惜，做实验用的牛当场死亡，扁虱却得以逃生，四处游动，寻找新宿主去了。"

"有意思，"爷爷说，"我想可能需要调整一下电流的强度。"

妈妈听到了这则趣闻，打了个寒战，挂上灿烂的假笑，问阿吉有没有她爸妈的消息。妈妈在尽力营造奥斯汀盛大聚会上才有的气氛，那边的体面人或许不会在客厅中提到牛蜱热一类的话题。

我思索着电究竟有多么神奇，盼望着自己有一天也用得上电。不用蜡烛,不用油灯,不用划火柴便能让屋内亮亮堂堂——这种生活简直让我难以置信。不过我知道,我们这个地球上的小角落恐怕永远都不会迎来那一天。真让人难过。

非同寻常的五点终于到了!薇奥拉在楼梯口敲响了锣,大家纷纷就坐。我本来想挨着普利茨克医生坐,可他选了特拉维斯和阿吉中间的位子。难道只有我看到阿吉微微地皱了皱眉头?

爸爸为我们的亲人在洪灾中幸免于难而特意致谢,我双手抱在一起,眼睛却偷偷地望着普利茨克医生,他似乎很专注,很虔诚。真奇怪,不知为何,阿吉满脸不高兴。随后我们挥起胳膊,动起刀叉,大快朵颐,狼吞虎咽,活像一群几个星期都没有见过食物的苦工。普利茨克医生为这顿大餐对妈妈赞不绝口,把她夸得喜笑颜开。这场盛宴简直足以为涌入华盛顿的失业请愿大军提供补给。

最先上桌的是甲鱼汤,而后是开胃菜——吐司夹奶油蘑菇。随后我养的火鸡在掌声中被请了上来,烤得脆皮焦黄,还涂着醋栗冻。我猜这只是大大(叫它笨笨也行),但不敢打包票。坐在主位的爸爸起身用钢棍磨好刀,开始切火鸡。阿尔贝托还在阿贾克斯的帮助下猎到一对鸭子。鸭子也喷香喷香,但我碰都没碰。有一次我吃鸭子,一口咬到了遗留在肉中的子弹,差点把牙硌碎。

我们还吃了烤土豆、烤红薯、烤青豆、烤利马豆、炸玉米饼、糖烤南瓜饼和奶油菠菜。我们吃完了盛,盛完了吃,就在我们觉得自己再也吃不下去的时候,上甜品了。大家对着阿吉的馅饼赞叹不已,就好像它的确美味非凡似的;我的馅饼却无人问津。但是我在乎吗？才不呢。

特拉维斯兴致勃勃地问了普利茨克医生一大堆关于兔子护理和喂养方面的问题，妈妈看不过去，给医生解了围。

阿吉吃到了众人心心念念的鸡叉骨——按照传统，吃到鸡叉骨的人要同另外一个人分别捏住叉骨的一端使劲扯，叉骨断掉以后，谁手中剩下的骨头长，谁就可以许愿。我怀疑爸爸是按照妈妈的主意，故意把带叉骨的火鸡肉切给阿吉的。阿吉本来可以跟普利茨克医生一起扯骨头，可她故意转过身去找特拉维斯。最后她得到了较长的一端，沉思起来，考虑着要许什么愿，磨蹭了半天，大家都等得不耐烦了。

"噢，"阿吉一下子回过神来，望了望满怀期待的大家，"祝妈妈和爸爸，我们的新家，还有我们在加尔维斯顿的朋友，一切都好。"众人客气地鼓了鼓掌，可我觉得她许愿许得有些敷衍。然而一个如此无私的愿望，谁又能说它不好？毕竟她远道而来，又受尽了苦楚。

用过大餐，大人们回客厅去喝起泡酒。我真想不通他们怎么还喝得下去。

他们强烈建议我们几个孩子出去玩。几个男孩子先是漫不经心地踢了一会儿球，但他们吃得太饱，只能跟跟跄跄、慢慢悠悠地跑几步，有两三个人直接上楼躺下了。我真想钻进地铺，但自知要是躺下，再想起来恐怕就得动用滑轮组了。

吃力不讨好的重任落在了桑胡安娜身上，她得打扫房间、收拾残局，因此带了两个成年的女儿来帮忙。妈妈倒是感念薇奥拉的辛苦,给了她一个一美元的银币。今天她可累坏了。

我明智地拉着特拉维斯出去散步,消化消化食物。这是一天中我最喜欢的时刻之一——深秋的余晖渐渐变成紫色,打破沉寂的只有零星几只晚归孤雁微弱的叫声。我俩肚子撑得厉害,不想说太多话,但还是打了个小小的赌,看谁能先找到第一颗会发光的星星,赌注是三颗枣。

特拉维斯在西方的天际看到一点微光,唱道:"星光亮,星光明,今晚我瞧见第一颗星——"

"那个不算,"我说,"那是木星,自己不发光,不算数。"

"什么?"特拉维斯不高兴了。

"它的光很稳,闪都不闪,对吧?这说明它是一颗行星,不会自己发光。它的事,爷爷给我讲了许多。他说它也叫朱庇特星——朱庇特是罗马众神之一。"

"你编出这些话来是为了抵赖吧?"

"特拉维斯!"我边说边拼命地在记忆中搜寻着,"我骗过你吗?"

"嗯……没有。我觉得没有。"

"那不就得了?没错,你找到了第一颗露面的星星,可它不会自己发光。咱们就算打了个平手吧,谁都不用给谁枣。"

我最好说话的弟弟像往常一样表示赞同。

我俩向轧棉厂走去。工人们已经结束了一天的忙碌,少了平日里机器的喧闹声,这里简直静得可怕。我们坐在大坝上,下方就是用来给轧棉机提供动力的涡轮机。我发现干干的泄洪道上盘着一条水蛇,它跟我的胳膊一样粗,也在享受难得的安宁。

我把水蛇指给特拉维斯看,他打了个寒战。不过有蛇在这里,奥弗拉纳根先生应该很高兴,因为蛇可以控制老鼠的数量。轧棉厂中,鼠患是个大问题。不论春夏秋冬,老鼠总是乱啃乱咬,把机器上的传动皮带都咬坏了。奥弗拉纳根先生曾经抱来一窝半大的猫咪,可是它们被震耳欲聋的噪声吓破了胆,一只接一只地逃得不知所踪。然后他又请阿贾克斯出山,这条狗兴致勃勃地在墙边屋角嗅来嗅去,折腾了一个小时,但最终一无所获——它个头太大,拿藏身于角落中的老鼠无可奈何。鹦哥要是能自由飞舞,能不能担此重任?我拿不准它是否能以啮齿类动物为食,但是任何一只老鼠只要看到它的大爪子,肯定会一溜烟地蹿出考德威尔郡。

我和特拉维斯坐在沉寂之中,搅扰这片静谧的只有一两阵偶尔钻出的打嗝声——这实在不能怪我们。几只蝙蝠在河边飞来飞去,闪转腾挪,忽上忽下,让我俩看入了迷。它们明显是在捕捉昆虫,为即将开启的南迁积蓄能量,或者为留下过冬做准备。传说如果这一年蝙蝠没有飞往南方,冬天便不会下雪。

特拉维斯突然若梦若醒、没头没脑地问了一句:"你长大以后想做什么?"

在此之前,整个世界都没有人这样问过我。这是一个大到没有边际的问题,问出它的人并无恶意——我爱他,他也爱我,只是不知道该如何更加委婉地提问。我的心拧成了一团。他的脚下有无数条路可以选,而我没有。

特拉维斯接着说："我可能真的想当兽医。"

"真的？"我想起他被蚯蚓尸体吓得六神无主的模样，"当兽医就得经常看见血呀、肠子什么的，你知道吧？你受得了吗？"

特拉维斯想了想，慢吞吞地说："应该可以吧。你为什么不怕那些东西呢？"

说实话，我有时也怕，只是没有说出来罢了。在弟弟面前，我更要逞强。于是我说了谎："因为我是搞科学的。"

"你为什么撑得住？能不能教教我？"

"呃，我，我也不太清楚……"

特拉维斯有些泄气。为了获得我的帮助，他说出了一句万试万灵的话："卡莉·薇，你是天底下最最聪明的人，就帮我想个法子嘛。"

"嗯，我想想，可能还得问问爷爷。就算我想不出来，他也会有办法。"

我俩继续在静默中消化着晚餐。忽然，一只小动物从下游的大坝爬上路堤，把我们吓了一跳。

"看！"特拉维斯倒吸一口凉气。

是我们之前见过的那只神秘动物。它克服万难，撑到了今天，而且身体状况似乎还好了些。那只高高肿起的伤眼已经痊愈，但它仍然骨瘦如柴，满身黑痂。尽管天色渐暗，我还是看得出它没有狐狸那种优雅纤巧的体型，它胸宽腿粗，更像是一条狗。我越看越觉得它是一条小狗。

可怜的小东西摇了摇尾巴，这个动作进一步证明它不是狐狸，而是狗。

"是一条狗。"我说,"我觉得是。"

"真的?不会吧?那它是哪种狗呢?"

"普通的杂种狗吧。"其实它并不普通,就好像有人将一大群不同种类的小狗扔进袋子,使劲摇了摇,往外一倒——最后倒出来的,就是它。

"你说,普利茨克医生能不能——"

"别!面对现实吧。我知道你想抱它回去,可是你得知道,那么多活物,你救不过来。"

那条狗又摇了摇尾巴。我敢说它悲哀的目光中夹杂着一丝渴望。看样子它曾是一条家养犬,一点野性都没有。野狗一看到我们紧接着便会消失在灌木丛中,根本不会现身,更不会可怜巴巴地摇尾巴。我的心头燃起怒火。它的主人怎么如此狠心,就这样抛弃它,赶走它,把它抛给残酷的命运,让它自生自灭?

刹那间,我恍然大悟。哎呀,我可真笨,怎么早没想到?"我知道了!"我哑着喉咙小声说。事实显而易见,却又近乎于奇迹。

"嘘,别把它吓跑了。"

"我明白了,它是梅齐的宝宝。你看不出来吗,特拉维斯?它是梗犬和土狼的混种。"

特拉维斯张大嘴巴。"不是吧,霍洛威先生把那窝小狗都淹死了。"

"我知道,可是我们一直都没看见装狗的麻袋,对不对?这一条要么是想办法钻了出来,要么是在霍洛威先生动手之前溜走了。它可能是靠吃码头那里的鱼肠鱼鳃和垃圾场中的垃圾活下来的。"突然我心里一沉,"没准它还偷鸡吃。"天哪,那它可真的闯了大祸。"不过,"我又高兴起来,"不管怎么说,它都是一条天才小狼狗,半狼半狗的狗。"

"哎呀。"特拉维斯放开嗓门,细着嗓子说,"过来,狗狗。"

对方似乎害怕起来,钻进灌木丛不见了。

我严肃地对特拉维斯说:"不要给它起名字,不能带它去看医生,不许带它回家。上次把盗盗放生之后,咱们都说好了,不养野生动物了。"

"可它不是完完全全的野生动物。它只有一半是狼,剩下的一半明明是狗。"

"爸爸会发火,会开枪打它的,你心里有数。还有,别摸它,它可能会把病传给你,没准比阿曼德还危险。答应我好不好?"

"好吧。"他闷闷不乐地说。

"一言为定?"

"一言为定。"

在回家的路上,我俩各怀心事,几乎没有吭声。为了换换心情,我把土星旁边几颗会发光的星星指给特拉维斯看,但是我俩谁都没能把那条狗抛在脑后。

十六 世界上最邋遢的狗

> 那条牧羊犬每天都去讨肉吃,肉一到嘴就会悄悄跑开,就像深感惭愧似的。每次它来,家里的狗都会变得凶狠残暴,哪怕最小的那只都会上去又追又咬。

第二天清晨,天还没亮我就醒了。我踮起脚尖,下楼进了厨房,手忙脚乱地在食品储藏室中撕下几块火鸡肉,将肉包在蜡纸中。突然,特拉维斯鬼鬼祟祟地溜进来,把我吓了个半死。

"你来这儿干什么?"我小声问。

"那你来这儿干什么?"

"跟你一样。快点,时间不多,薇奥拉一会儿就来了。"我望望后窗——没错,薇奥拉刚出宿舍,正借着微弱的晨光向鸡舍走去。她起得比别人早得多,她得拾鸡蛋、生火、给一大群人做饭。

"她来了。"我低声说,跟特拉维斯一起溜出前门,又轻轻地把门关上。我俩冲下车道,拐了个弯,跑到家里没人能看到的地方时才放慢脚步。清晨的空气清冽刺骨,可我们都没有带外套。呼出的哈气在眼前飘荡,告诉我们天凉了,四处弥漫着秋天的气息。邻居家的猎犬玛蒂尔达照常用约德尔唱法[1]嚎叫了一声,它如泣如诉、跌宕婉转的长啸整个小镇都听得到。在芬特雷斯,通知人们黎明降临的既不是汽笛,也不是大钟,而是一群群公鸡和

---

[1] 一种用真假音交替演唱的唱法,声音又高又颤。

玛蒂尔达。

我们经过轧棉厂时，厂中仍是漆黑一片。我俩沿着河堤走上大坝，心中还提防着昨天看到的蛇，没有看到那条小狗。

"哎呀！"特拉维斯说，"怎么办啊？"

我的脑海中冒出一个可怕的想法：说不定它没有活过昨天晚上。

特拉维斯仿佛看穿了我的心思。"你说，它是不是死了？"

我心里一惊：也许我们晚了一天；也许本就朝不保夕的它被蛇咬了，一命呜呼；也许它的尸体落在了桥下，跟水中的残枝落叶混在一起，已经发胀；也许——

"看，它在那儿呢！"

我循着特拉维斯指的方向望去。没错，距离我们二十英尺远的混凝土桥台边上有一丛乱藤和灌木，从里面探出一张长着棕毛的小脸。它的双眼中闪动着……渴望？

我的心中涌起一股感激之情：上苍又给了我们，还有它，第二次机会。

"不管怎样，"我说，"别摸它。"

"放心吧。"特拉维斯打开包着火鸡肉的蜡纸，温柔地说，"好狗狗，我们给你带早餐来啦。"

小狗口水直流，舔舔嘴巴，但并没有过来的意思。

"扔过去。"我说。

特拉维斯放低手臂，准备把纸包抛过去。可是小狗退后几步，狂吠起来。毫无疑问，它想起了别人冲自己扔来的石头和瓶子。过了一会儿，它转过身去，一瘸一拐地跑了。

特拉维斯嚷嚷道："别跑，狗狗，回来！是好吃的！"

"没事的，扔过去吧，它找得到。"

"你怎么知道？"

"它是狗——算是吧，靠鼻子找东西吃。它能闻到火鸡的香味，咱们一走它就会回来吃了。"

他将纸包一掷，扔得很准，大多数鸡肉都落在小狗刚才站着的地方。我俩坐了一会儿，谁都没说话；太阳露头了，可小狗还是没有出现。

我们走进前门时，薇奥拉正在大厅中敲早餐锣。待她停手，我俩跟着她去厨房洗手。这时，薇奥拉问："你们是不是养什么东西了？"

"没有！"我抢先说道。但是特拉维斯不出我所料，果然问："你怎么知道？"

"我想拿剩下的火鸡再做道菜晚上吃,可是现在只能用骨头熬汤了。"

"呃,"我说,"汤挺好的嘛。"

"哼,"她生气地说,把擦碗布冲我们一扔,"出去出去,我忙着呢!"

放学回家时,我和特拉维斯从大坝的另一头往回走,看能不能找到那条小狗。没有。而且让我们沮丧万分的是,火鸡肉还在原处,似乎没被动过,上面爬满了蚂蚁。唉,只能随它去了。

不,不行。我始终无法将那可怜的小东西赶出脑海。它盛满哀伤的棕色眼睛,它酸楚衰颓的表情,都在不住地啃噬我的良心。其实每一条被利用、被虐待的狗都跟它一样。而利用、虐待它们的,是人,是"进化程度最高、更具智慧"的物种,是自认为更加优越的存在。

三天后的一个黄昏,我又悄悄地溜到轧棉厂附近,静静地坐在老地方扫视着灌木丛。几分钟后,我的耐心有了回报:有什么东西窸窸窣窣地过来了。小狗还活着!看来我们出手还算及时。我仔细地聆听着细枝噼噼啪啪的断裂声,连大气都不敢喘。最后,从灌木丛中走出了……特拉维斯。我俩面面相觑。

"看见它了吗?"我问。

"没有。不过火鸡肉不见了,这是好事,对吧?"

"大概吧。也可能是被狐狸、土狼、蚂蚁什么的拖走了。"

特拉维斯皱起眉头。"那么多肉,蚂蚁搬不动吧。"

"蚂蚁抬得动比自己重五十倍的东西，就凭这个，它们成了世界上力气最大的动物。它们很了不起，对吧？可惜谁都不把它们当回事。"

"咱们该怎么办呢？"

我叹了口气说："回家吧。"

特拉维斯说："昨天晚上我梦到它了。"

"我也是，可惜一点主意都没有。"

我刚要转身离开时，用余光瞥到河湾那里似乎有什么在动，赶紧又扭回头去，刚好看到一只尖鼻子缩回到大坝上的一个洞中。那个洞半掩在一棵被雷劈倒的老山核桃树后，是盗盗以前的家。

"特拉维斯，"我小声说，"看那边。我想它是藏在盗盗的窝里了，就在那棵枯树后面。"

"真的？"他的脸变得像阳光一样明媚。

"说不定那根本不是盗盗的窝，而是土狼窝。你待在这里，安静一点，我去找东西喂它。别动，别出声。"

特拉维斯欢欢喜喜地点点头。我跑进轧棉厂，奥弗拉纳根先生正要锁门，还抚了抚鹦哥的下巴——不知鹦鹉有没有下巴，反正他摸了摸应该是它下巴的地方。

"奥弗拉纳根先生，给我几块饼干行吗？"

"行啊，亲爱的，随便拿。"

我道过谢，将碗里的饼干用罩裙兜好，拔腿就跑。奥弗拉纳根先生在我身后喊道："哎呀，姑娘，你在家没吃饱吗？"

我突然发现，他可能觉得我是个与众不同的孩子。

快到河岸时，我慢了下来，蹑手蹑脚地前进。没必要闹出像大象狂奔一样的动静，那天我们已经把它吓破胆了。

我把饼干拿给特拉维斯看。他狐疑地问："它吃吗？"

"它都饿成这样了，肯定什么都吃。"我侦查了一下周围的地形，"喏，你来搂住这棵树，我拉着你的手下去。"

我紧紧扯住特拉维斯的手爬到河堤中部，仔细地将一块饼干摆在洞口旁边，每隔几英尺就放在地上一块，希望能把它引出来。而后特拉维斯将我拉回岸上，我俩一起坐下，静静地等着。

小东西把嘴伸了出来。它带伤疤的鼻子使劲地抽吸着，我简直看得出它在想什么：能吃吗？是不是圈套？就算是圈套，值不值得为吃口东西冒一次险？

嗅着，嗅着，它伸出了上半身。特拉维斯和我纹丝不动地坐在原地。

它猛地扑向饼干，一口吞下，又赶紧缩回身体。我俩仍然耐心地坐着，等这小东西评判饼干的滋味，决定要不要再来一块。看来这饼干味道不错——它终于走出了洞口。于是我和特拉维斯第一次把小可怜的全貌看了个清清楚楚：丑陋不堪，惨不忍睹。它的体侧满是圆形的伤疤，看样子是鸟枪打出来的。它有没有偷过鸡？盖茨先生买枪，难道就是为了对付它？小狗警惕地盯着我俩，似乎有点着急，但已不再害怕。它一瘸一拐地走到下一块饼干跟前，又吞掉了。它就这样一块接一块地吃着，时不时地冲我们姐弟俩瞄一眼。吃完后，它凑到灌木丛旁边找了找，但一无所获。

我俩缓缓起身，生怕动作过猛惊吓到小狗。它望着我们，并没有躲进洞里去。特拉维斯捏起嗓门对它说:"好狗狗,真是一条好狗狗。"仿佛它是自己的宠物,是一个小朋友,是一个傻瓜。

特拉维斯得到了回应,小东西就像真正的宠物狗一样拼命地摇起了尾巴。

第一个发现特拉维斯又开始救助动物的人当然是薇奥拉——食品储藏室的看管者。特拉维斯和我知道不能总让小狗吃饼干,要想让它壮实一些,就得给它点肉吃。不过这绝非易事,因为薇奥拉老是在厨房里待着,我俩要设法从她的眼皮底下溜过去才能进食品储藏室。肉、牛奶、面包和鸡蛋还剩下多少,薇奥拉永远记得清清楚楚,保证手边的食材足够给三个大人、七个正在长身体的孩子、一位借住的远亲、她自己和两位雇工做至少一顿饭。

特拉维斯和我就这个问题商量了一下。我说:"我觉得最简单的办法是你每天多要半个三明治,说准备中午吃。这样放学以后你就可以去轧棉厂那里喂它了。你带着三明治去学校,薇奥拉八成想不到它是用来喂狗的。"

"哎呀,卡莉,你可真聪明,真狡猾。"

"哼,过奖了。"

有时薇奥拉会在做完早餐之后难得地休息一会儿,坐在案桌旁喝喝咖啡。这天我俩过去时,她刚好在歇息。

我还没开口,她就眯起眼来望着我俩说:"想要什么?你们又养了什么东西?"

"啊?"她这料事如神的本领真是让我吃惊。

"你是怎么知道的?"不等我编出话来应付,特拉维斯便叫道。

"我每回看见你,"她指指我,"还有你,"又指指特拉维斯,"一起来厨房,就知道你们在打鬼主意。这个家里有多少粒面包渣我都清清楚楚,休想糊弄我,听见没?"

我俩都呆呆地盯着她瞧。也许我根本没那么聪明,没那么狡猾——不,我有。我绞尽脑汁,琢磨起来,看有没有点子能够拿来一用,能不能找到薇奥拉的软肋。

"好吧。"我说,"被你猜中了。轧棉厂那儿有只小猫,都快饿死了。"

特拉维斯望着我,张大了嘴巴。我在心里暗暗祈祷,但愿他千万别再犯傻。

如我所愿,薇奥拉表情缓和了一些。"猫?"她瞄了一眼她亲爱的小伙伴——在篮子中呼呼大睡的伊达贝尔。

"瘦得要命。"

我看着伊达贝尔说。

薇奥拉问:"它怎么不吃老鼠呢?你爸爸总埋怨轧棉厂里老鼠太多。"

"它身体太弱,逮不到,再不吃东西就饿死了。"

"对。"特拉维斯说,"没吃的,就,就饿死了。它是猫,得,得吃东西。"

唉,看来他真的不会撒谎。我趁特拉维斯冒出别的傻话之前赶紧截住他的话头。"要是有人问起来,嗯,不管谁问,你就说特拉维斯正在长身体,总是饿——这也是事实,对吧?他每天中午多吃一个三明治就行。"

薇奥拉又用怜惜的眼神看了看自己的爱猫。"那好,从明天开始。三明治里是夹沙丁鱼还是烤牛肉,看看再说。你们出去吧。"

我俩见好就收,溜出了厨房。

第二天,特拉维斯发现午餐袋子里多了一个蜡纸包。好在三明治里夹的是烤牛肉,如果是腥味十足的沙丁鱼,肯定没有人愿意挨着他吃午餐,没准就连卢拉也不例外。

放学回家时,我俩停在轧棉厂附近,爬下了河岸。特拉维斯柔声叫道:"过来呀,狗狗,好狗狗。"小狗果真探出脑袋,这让我俩欣喜若狂。我把三明治放在地上,它先是缩缩脑袋,又钻出洞来,蹒跚着走到三明治跟前,狼吞虎咽地吃了个精光。

就这样,喂狗变成了特拉维斯每天必做的功课。我由着他去,只是严厉地告诫他,等小狗身体康复就不要再喂它了。特拉维斯偶尔会撞见出入轧棉厂的爸爸,每到这时,他就装模作样地在堤岸上东张西望、跑跳玩耍;而爸爸总是冲他挥挥手就去忙自己的事了。小狗一般随叫随到,但偶尔也有不见踪影的时候,让特拉维斯忧心如焚,怕它病了、死了,不过第二天它就会出现。它慢慢地结实起来,也渐渐地熟悉了特拉维斯温柔的呼唤:"过来呀,狗狗,好狗狗。"

我手头上的事情太多,无暇关注他们。说实话,有了以往的例子,我早该知道特拉维斯和这条小狗之间会发生怎样的故事。

十七 伊达贝尔和其他生物的难题

> 在美洲虎是否好吃这一问题上,南美洲的牛仔众口纷纭,但他们一致认为猫咪是无上美味。

薇奥拉一边搅着炖鹿肉,一边眉头紧锁地看着伏在炉旁篮子中的伊达贝尔——家里唯一一只可以进屋的猫咪。

她对我说:"你看这只猫是不是得了什么病?"

"怎么啦?"

"它老是饿,还越来越瘦,好像不舒服。"

伊达贝尔是薇奥拉的心肝宝贝。它以老鼠为主食,而且是捕鼠行家,不光吃得肥肥胖胖,还玩得开开心心。

薇奥拉又说:"我有点担心。它一直叫。"

就在这时,伊达贝尔站起身来,伸了个懒腰,在我的两脚间穿来绕去,哀哀地叫了两声。

我抱起伊达贝尔,摸了摸,感觉它确实没我想的那么重。别啊,别再有动物生病了。"它好像确实瘦了点。"我简直摸得到这只猫的肋骨,它的毛似乎也不像以前那样油亮顺滑。

薇奥拉愁眉苦脸地问:"你说,那位兽医帮得上忙不?"

喔,这个主意倒是挺新鲜的。兽医治疗的对象,一般是大型动物和能带来收入的家畜。我既没有听说过谁家生病的小猫小狗得到过专业护理,也很怀疑郡里有谁想过要把十美分花在宠物身上。猫猫狗狗只能自生自灭,如此而已。

我说:"我去问问,没准可以呢。"

"你跟他说我没有钱,但是可以给他做饭。你告诉他,整个镇子里,数我的厨艺最棒。你妈妈可以给我做担保,还有塞缪尔。"

我去马厩取来了阿曼德(也可能是迪丽)住过的兔笼,没有看到特拉维斯的身影。他可能自己去喂小狗了。

毫无疑心的伊达贝尔十分平静,完全不知道接下来会发生什么。我趁它没有反应过来,将它推进兔笼,插好门闩。伊达贝尔仔细地嗅嗅笼子底部,闻到了前住客留下的气味,蹲俯着瞪着我们。我提起笼子,它嚎叫起来。

从我家到普利茨克医生的诊所足足要走上十分钟,一路上伊达贝尔根本没有安静过。装着猫咪的笼子重得要命,我大汗淋漓地走到诊所时,看到门上贴了张纸条,上面写着:"去麦卡锡家的农场了,中午回来。"

现在我要么得等上整整一个小时,要么只能带着这个牢骚满腹的累赘走回家去。我推了推门,没想到竟然推得动。诊所打扫得很干净,里面布置简单,有一张堆满了纸的书桌、两把直背椅、一个文件柜和一个玻璃门橱柜。橱柜中摆着好多贴着标签的瓶瓶罐罐,标签上的一个个名字特别有趣:马钱子、胆矾、水芹、酒石酸锑钾。还有一张木制实验桌,旁边是一个铁皮柜子,大概是医生配药浴液、内服药和泻剂的地方。书架上摆的全都是皮封面略有破损的大部头。

我把笼子放在地上,坐下等着。伊达贝尔的哀嚎逐渐变为了时断时续、灰心丧意的咪咪叫。我百无聊赖,只能时不时地哄一下猫咪。五分钟之后,我便不耐烦了,贪婪地打量起架子上的书来,不一会儿又被硬硬的木椅硌得屁股疼,站起来活动筋骨。这时我听到一本本诱人的书低声说道:"来吧,过来看看,卡尔普妮娅,只是看一眼而已。就一眼,真的。"于是我看了看书名:《牲畜疾病》《绵羊饲养完全指南》《家猪饲养基本知识》《马匹饲养进阶知识》。没有关于猫和狗的,当然也没有跟狼狗有关的。也许普利茨克医生对猫科和犬科动物一无所知。

一个小时后,我了解到小羊羔一般都是两个两个,甚至三个三个地一起出生。它们经常会在产道内抱成一团,接生的兽医要把混在一起的三个头、十二条腿分清楚才行。力道不能太大,否则会把母羊害死。我看关于蹲位分娩的论述看得出神时,门开了,挂在门上的铃铛响了。我一跳两尺高,险些把这本难得一见的宝贝掉在地上。

满身都是尘土和粪渍的普利茨克医生逗趣说:"呵,卡尔普妮娅小姐,学到有用的东西了吗?"

"呃,对不起,普利茨克医生,我——"

"不用道歉。你爷爷说你的求知欲特别旺盛。"他扫了一眼兔笼,问,"那是什么东西?新品种的兔子?好稀奇啊。"

"它叫伊达贝尔,是我家的猫。最近它越来越瘦,还老是叫。您能看看它吗?我可以付钱。"我又紧接着说,"不过诊费要是超过四十二美分,我就得分期付款了。"

"钱不是问题。问题是我刚才打发塞缪尔去吃午餐了,咱们得先等他回来。"

"为什么?"我说,"我可以帮您的忙,伊达贝尔的个头又不大。"

他有些犹豫。"你的父母允许吗?"

"没事的,真的没事。我家的猫猫狗狗,一直都是我在照看。"我底气十足。其实这话有点言过其实,只是一点点而已。

"那好吧,不过你要是被抓伤可别怪我。"

"它不抓人。"我说。然而看见一向乖巧温顺的伊达贝尔可怜兮兮地蜷在笼子中,眼里冒着绝望的凶光,我突然心虚了起来。

"什么症状?流眼泪?流鼻涕?呕吐?腹泻?"

"这些都没有,可是它在掉秤,还一直叫。"

"喔,"他说,"把它放在桌子上,我们来瞧一瞧。"

关键时刻到了,可伊达贝尔决意死守兔笼。它像顽强不屈的战士一样执拗,用爪子紧紧钩住笼网。把四只猫爪从笼子上摘下来、阻止它们再挂上去是一项艰巨的任务。还好,我做到了。

我把伊达贝尔放在桌边,按住它的颈背。普利茨克医生开始给它做体检。他先是看了看两只耳朵,猫咪有点不高兴,我真替他没被蛇咬伤的那只手担心。不过伊达贝尔很争气,既没有嘶吼,也没有乱抓乱咬。接下来普利茨克医生又拨了拨它的下眼睑。

"您找什么呢?"我问,"跟我说说吧。"

"嗯。首先要看耳朵里有没有溃疡和黑色的东西,要是有,就说明它生了耳螨。再检查眼睑,看结膜——就是这层薄膜——

是否发白,判断它有没有内出血或者贫血。喏,它的结膜是粉红色的,瞳孔也一样大,看来没问题。"

"那要是不一样大呢?说明什么?"

"说明头部受到了打击,有脑损伤。喏,它的第三眼睑——也叫瞬膜——是收缩状态。如果在它完全清醒的状态下瞬膜也清晰可见,那可不妙。瞬膜只有在猫睡觉时才会外露。现在来看嘴巴。把它的头仰起来,扶稳。"

我依言而行。他翻了翻伊达贝尔左右两边的嘴唇,猫咪更不高兴了。

"你看,"他说,"牙龈呈粉红色,很健康。没有脓肿,没有坏牙。现在还是没有找到它不吃东西的原因。接下来该检查脖子里的腺体了。"

普利茨克医生用好手上下抚摸着伊达贝尔的下巴。"问题不在这里。如果腺体肿大,应该会有感染的迹象。"然后他按按猫咪的肚子,说里面没有肿瘤,又把它的四肢和尾巴从上到下捏了一遍,说没发现有骨折的地方。

"把尾巴提起来。"医生说着,开始观察猫咪的臀部,"没有腹泻,没看到寄生虫。打开抽屉,把听诊器递给我,带黑色管子的那件东西。"

"我知道听诊器是什么。"我感觉自己被小瞧了,有点生气,"我们一咳嗽,沃克医生就用它听我们的肺有没有毛病。不过只有在鱼肝油不起作用时,妈妈才会请他来。"我想起了妈妈最心仪的万灵药,打了个哆嗦。

我把听诊器从抽屉里翻出来，交给普利茨克医生。这东西有一股橡胶味。

我见他用单手戴听诊器十分费劲，就上前帮了个忙，他笑着表示了谢意。医生将小圆盘按在伊达贝尔胸前，专注地听了听。片刻之后，他伸手去够耳朵，我又协助他把听诊器摘了下来。医生将它递给我，说："心肺正常，没有任何问题。放回抽屉里去吧。"

我接过来，犹豫了一下。我经常把耳朵贴在伊达贝尔暖融融的皮毛上，听它的心跳。"咚咚咚咚……"它的心跳得很快，但声音特别微弱，几乎听不到。现在正是我用专业器械做切实体验的时机。

"能让我听一听吗？"我问，"求您了。"

普利茨克医生似乎想笑，但还是一本正经地说："好吧，把听诊头放在这里。"他指的是伊达贝尔左前腿的后部。要在这里找心跳？太奇怪了。可他是专家对不对？

我戴好耳塞，将听诊头按在伊达贝尔身上，并没有怀多大的期望。然而一阵巨响随即涌入耳朵，把我吓了一跳。这声音简直震耳欲聋，就像鼓手敲出的急促鼓点。那颗顽强的小心脏发狂般地跳动着，我听了半天才听出门道。以前听上去连续不断的声响其实是由两种不同的声音构成的——后来我了解到，心脏里各种瓣膜闭合时会扑通作响；还有一阵阵响亮的风声——这应该是空气在伊达贝尔的肺中流动的声音。

"哇，太有意思了。"我说。

普利茨克医生笑着问道："你猜它是怎么了？"

"怎么了？"我有点慌。

"没怎么，它很好。现在咱们来做最后一项检查。"他走进里屋，拿着一个扁扁的沙丁鱼罐头出来了，"你来开吧，我的手不行。"

我打开罐头，油腻的腥气立即弥漫开来，让我一下子想起了鱼肝油。

"喂它试试。"医生说。

我将罐头摆在伊达贝尔面前。它嗅了嗅，马上叼起一条鱼吞了下去，而后又把剩下的鱼啊呜啊呜地吃了个精光，吃完后又把罐头盒舔得干干净净，还这边嗅嗅，那边找找，看还有没有了。它的肚子胀得圆鼓鼓的，模样有点滑稽。

普利茨克医生说："看见了吧？它饿了，就这么简单。"

"真的？"我半信半疑，"只是饿了？"

"它没什么毛病。你们多长时间喂它一次？"

这个问题我得好好想一想。"不清楚。我们把它养在屋里捉老鼠，可是我不知道薇奥拉给不给它吃别的东西。"

"这么说是你家的老鼠变少了。你们放老鼠夹子了吧?"

"好像没有。"

"老鼠药呢?"

"也没有。"

"有别的猫跟它抢老鼠吃?"

"没有。别的猫不能进屋。"

"唔,在老鼠变多之前,你们得喂它点别的,沙丁鱼之类的,别喂太多,不然它就不捉老鼠了。"

我对他连连道谢,将伊达贝尔塞回笼子,急匆匆地准备出门,打算把好消息告诉薇奥拉。伊达贝尔马上又嚎叫起来,而且比来时叫得还响。

尽管我心虚得要命,但还是提高嗓门,压过撕心裂肺的惨叫声把这句话说了出来:"请把账单寄给我,普利茨克医生。"

他又露出忍俊不禁的模样,指着书桌上的纸堆说:"行啊,等我算完账再说吧。不然你看这样行不行?你帮我做做事,跑个腿、送个信什么的。塞缪尔有时忙不过来,特别不方便。怎么样?"

"就这么定了!对了,您给小狗看病吗?架子上好像没有关于狗的书。"

"我年轻时给几条牧牛犬和猎犬看过病,其实各种动物的诊疗原理都是相通的。你的狗病了?"

"呃,没有,不过我可能会来找您帮忙。哪天吧。"

他望着我,眼神怪怪的,但我知道根本没有必要解释什么。

就算我能把那条小狗牵到普利茨克医生面前，他也会建议我按照标准流程来处置它：干净利落地给它一枪，让它解脱。即使他发善心，小狗伤得那样重，诊疗费估计也得二十美元——一大笔钱。

我恋恋不舍地朝他的书望了好一会儿，刚要转身离去，便听见他说："营业时间不锁门，什么时候来看书都行。"

"啊，谢谢！"今天我的运气真是好到家了。

"不过，我得说，有些书好像不适合年轻小姐看，你最好先征得你妈妈的同意。"

唉，我的运气果然没我想的那么好。

我放下心来，带着伊达贝尔回家，开始琢磨老鼠都到哪里去了，突然恍然大悟。我这个傻瓜，怎么没早一点想到呢？可怜的伊达贝尔根本争不过那条王蛇呀。

我将笼子抱进厨房，薇奥拉一下子跳起来，眼含热泪，喊道："它怎么了？是不是活不长了？"

我从未见过薇奥拉如此难过。她处在我家此起彼伏的大小风波之中，始终都能泰然自若——虽说会时不时地发发小脾气。不管谁出了事，薇奥拉都面不改色，除了伊达贝尔。这是我第一次看见她流泪。她有好几个侄子、侄女、外甥、外甥女——塞缪尔便是其中之一，却没有自己的孩子。也许就是因为这样，她才把伊达贝尔当成了心肝宝贝。

"它没事。"我说，"只是饿坏了，家里的老鼠不够它吃。"

"饿？只是饿了？谢天谢地！"

"普利茨克医生说你得每天喂它点鱼吃，让它长胖点，等老鼠变多了再说。"

薇奥拉用围裙擦擦眼睛。"我现在就去拿罐头。"

"不用不用,它刚吃了一罐。明天再喂吧,不然它就撑坏了。"

"谢天谢地。"薇奥拉又小声说了一句,把伊达贝尔搂在瘦骨嶙峋的胸前。"我的宝贝女儿回家啦。"她柔声嘟囔着。猫咪趴在她的围裙上,呼噜呼噜地叫了起来,叫得很响。

薇奥拉问:"老鼠怎么变少了?"

我想都没想,开口道:"还不是因为王——嚯!"

"'王祸'是什么?"

"没什么,就是,呃,种群个体数量的波动。"

"老鼠没了,这在咱们家好像是第一回。"

"我先出去了。"我走出厨房,留下薇奥拉继续享受重逢的欢乐。

记在笔记本上的问题:**猫咪会呼噜呼噜地叫,狮子和老虎也会吗?这个问题怎样才能弄清楚呢?**

晚上,"王祸"再次出动,而且惹了大麻烦。艾萨克·牛顿爵士又从碟子中逃出,不幸的是,这次它触了霉头,碰到自己的天敌——蛇。我刚迈进卧室的门,便发现地中央正在上演一场史诗级的搏斗:蝾螈大战王蛇。可惜没过多久,前者就一败涂地,当场被后者吞下半截。如果是公平决斗倒还罢了,可是它俩?蝾螈生性胆小,身体又软弱无力,王蛇根本是在单方面地欺负它。我的心头噌地蹿起一股火。

我跃步上前,抓住艾萨克·牛顿爵士的后腿使劲往外扯,王蛇跟我拔起了河。我吼道："把蝾螈还给我，你这条坏蛇！"可它不听，还是不肯罢休。我别无他法，心中刚刚冒出一个念头便立即照做：我伸长手臂，冲它的鼻子打了一拳。蛇缩缩身体，吐出奄奄一息的猎物，飞快地钻到护壁板后面去了。艾萨克·牛顿爵士四肢绵软地扭了扭，我用手帕替它擦了擦身上的蛇涎，又托起它的下巴，鼓励它振作起来。它抽搐了几下，不久之后，似乎缓了过来。我把它放回碟子，盖好压板。多亏阿吉去杂货店买汽水了，她要是看到这一切，肯定会大呼小叫，扯着嗓门喊。

说实话，我人生之中的这段经历也算是非比寻常了。

十八 蚱蜢的五脏六腑

> 我们发现南方升起一团暗红棕色的乱云,起初还以为草原上起了大火,浓烟滚滚,但很快便发现那是一大群蝗虫……它们以五到十英里的时速飞到我们的前方,铺天盖地,一齐振动着翅膀,"发出了万马奔腾的巨响";或者要我说,这个声音酷似狂风在呼啸着吹打帆缆。

说到"大事",我好好地考虑了一下特拉维斯的问题及其解决之道——他一看见血和内脏就犯恶心。我去书房找爷爷,向他求助。

"哦,明白了。"爷爷说,"你想帮他的忙。呃……特拉维斯?我又忘了,特拉维斯是这家里的哪个男孩子?"

"您知道的,爷爷,就是去年养火鸡,家里宰鸡时伤心了好久的那个。"

"啊,想起来了,是那个心软的孩子。"

"答对……我是说,没错。"

特拉维斯万万舍不得自己的宠物上餐桌,因此在火鸡迎来末日的前一天晚上,爷爷和我用剪刀和颜料帮它们乔装改扮了一下,还骗特拉维斯说,过节吃的鸡是跟邻居换回来的。那几只火鸡不想改头换面,在我左胳膊肘上留了个念——一条小伤疤。这种牺牲,我只会为自己喜欢的哥哥弟弟做。要是把特拉维斯换成拉马尔,他哪怕等上一百万年也休想有这个待遇。

"你想帮他克服……嗯，这么说吧，心理障碍，我没说错吧？"

"没错，爷爷。"

"我能不能问问为什么？"

"他想当兽医，以后免不了要跟肠子、血什么的打交道。可他不像我这么能忍，上次我给他看解剖过的蚯蚓，他都要吐了。"

"是吗？"

"是啊，不过我倒是没什么感觉。您也知道，我有一副铁石心肠。"

"千真万确。"

听到爷爷的这句表扬，我喜形于色。

他想了想。"这个课题倒是有趣。我想，我们可以让他亲眼看看更为复杂的解剖样本，逐渐强化他的神经系统，帮助他适应具有冲击性的场面，同时避免把他吓坏。这样你也能有机会学习更多解剖学知识。咱们循序渐进，从无脊椎生物慢慢过渡到脊椎动物，也许最后还可以解剖几只哺乳动物。我安排你给他作指导。明天咱们来研究美洲蚱蜢。"

第二天，我用捕虫网捉了一只大大的黄色蚱蜢，带着它去实验室找爷爷。我俩把它放进罐子，对它实施了人道安乐死。在动刀之前，爷爷说："我们要解剖的这只昆虫是最高级的无脊椎动物。观察，描述，记录，分析。"

我依言而行，注意到它有两只大大的复眼，三只小到几乎看不见的单眼，两对翅膀和六条腿。大眼睛给了它大视野，让偷袭者不易得手。要不是捕虫网的手柄够长，我根本捉不到它。

我按照爷爷的吩咐,将这只昆虫的各个部位剖开,用大头针固定好。它没有肺,只有气门——从胸部排到腹部的一列小孔,用以将空气吸进身体。它的循环系统跟人类的不同,是开放式的,血液不在封闭的血管系统中流动,而是直接进入体腔。我画了几张示意图,做了详细的笔记。

解剖完毕后,我把粗棉布盖在解剖盘上,去找特拉维斯,最后在猪圈里找到了他。他正在用木棍蹭小猪碧冬茄两耳之间的地方,给它抓痒痒。

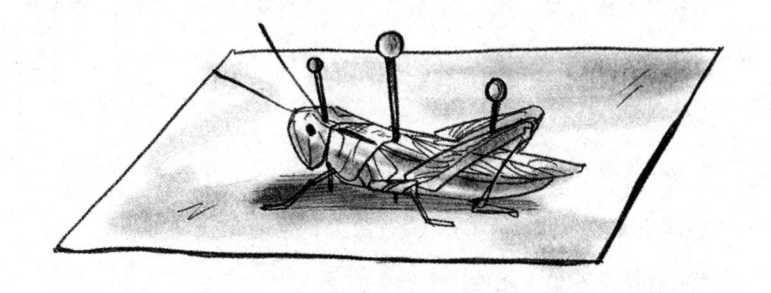

"你看,"我掀开棉布,给特拉维斯看黑色盘底上的残躯断肢,"这是今早我们解剖的蚱蜢。"

"唔。"他说。

"特拉维斯,你还是看看吧。爷爷说看看这个对你有好处。"

"唔。"

我得承认,对于入门者来讲,一只四分五裂的蝗虫或许的确有点吓人,可是这小伙子也该练练胆量了。如果我袖手旁观,他怎么勇敢得起来?

"别管那头猪了,来瞧瞧嘛。"

特拉维斯不情不愿地停下手,往我这边扫了一眼,重重地咽了一下口水。

"摸一摸。"我鼓励着他,还拨弄了一下肌肉坚实的蚱蜢大腿,"它不咬人。"

特拉维斯用鼻子深吸一口气,脸色变得煞白。

"你看这两条腿,很适合跳高对不对?看这里,它的眼睛有多大——这是它难捉的原因之一。给,拿着。"

"没关系,我在这也看得到。"

"拿着。"我把解剖盘往他手里一塞。

他低头看了一眼,但马上扭过头去,手在微微发抖。

"你到底想不想当兽医?"

特拉维斯倒吸一口凉气。"我想……应该想吧。"

"那你就该好好看看。我可没跟你闹着玩。"

"我不行,卡莉。"

"你当然行,我就在这里陪着你,好不好?"他没有回答。

"我问你'好不好'。"

"好……好吧。"

"喏,这是上颚,这是下颚,粉碎食物用的。"

"嗯。"

"这是触角,这是额神经节,它们构成了比较原始的大脑。"

"喔。"

"看它翅膀上的脉络。每一种蝗虫翅膀上的图案都不一样——你知道吗?"

"不知道。"

特拉维斯总是别过头去,我则不住地提醒他好好盯着解剖盘。最后他的手停止了颤抖,但脸始终没有恢复血色。大概五分钟后,我才说:"行了,今天就这样吧。"

"太好了,谢谢!"特拉维斯一把将解剖盘塞给我,向马厩跑去。不用问,他肯定是要去抱兔兔,把脸埋在它洁白柔软的毛中——这是他安慰自己的标准套路。

我对碧冬茄说:"我看他大概是当不成兽医了。他连蚱蜢都怕。"小猪客客气气地哼了几声,不知道它是否同意我的话。

再说说特拉维斯和他的软肋。那天他又一次暴露了自己的弱点。在放学回家的路上,我问他:"那条小狗有没有跑到别的地方去?你还在喂它吗?"

"你说的是小邋遢?"

"特拉维斯,咱们说好了不给它起名字的,对吧?"

"哎呀,这样也没什么坏处吧,谁都得有个名字呀。走,咱们去看它。它现在挺好的,一天比一天好。"

特拉维斯领着我爬下堤岸,柔声叫道:"小邋遢,过来呀,过来,好狗狗。"

钻出灌木丛的,不是我印象中那个丑模怪样的怪物,而是……呃,一条大体上算是狗的生物。它双眼闪亮,鼻尖湿润,满脸欢喜。它的腿好像还是有点毛病,但跛得不像以前那么厉害了。没错,我得承认,它很像人们常见的犬科动物,体型中等偏小、毛色棕中带红的那种。它向特拉维斯走来,耳朵服帖地趴着,尾巴用力甩着,但一看到我就停下了脚步。

"没事的,小邋遢。"特拉维斯说,"我们给你带午餐来啦。"

他把一个三明治放在地上,小狗觉得我不会伤害它,走上前来,狼吞虎咽地享用起美食。我开始仔细地端详它。从近处看,它嘴巴又长又尖,尾巴蓬蓬松松,在土狼与狗之间更接近前者。它吃完三明治,舔舔嘴巴,满怀期待地望着我俩。

"今天只有这么多了,狗狗,明天我再带一个来。"特拉维斯又扭过头来对我说,"对了,卡莉,你看。"而后他对小狗命令道,"小邋遢,坐!"

小邋遢坐下了。

刹那间,我张口结舌。然而他俩的亲密程度还不止于此:特拉维斯又拍拍小邋遢,对方则舔了舔他的手。

"别碰它!"我叫道,"谁知道它有没有病?"

"哎呀,"特拉维斯开开心心地说,"它要是有病,早就传给我了。它让我摸,让我给它捉虱子,还喜欢我给它梳毛。"

他体贴周到的姐姐明明苦口婆心地劝过他。

"你要不要摸摸它?它不会咬你的。"特拉维斯欢欢喜喜地笑着,在这样的笑容跟前,一切都那样地苍白无力。

我伸出一只手。小邋遢小心翼翼地嗅了嗅,也轻轻地舔了一下。我尽力让自己别去想它身上有多少病菌,拍了拍它的头。

"你看，"特拉维斯说，"它简直要多乖有多乖。"

我望着特拉维斯，决定痛下心来跟他讲讲道理。"喏，妈妈说过嫌家里养的狗太多，爸爸也只想养纯种猎犬。再说，你的阿曼德、小蓝和盗盗在家里惹出了好多麻烦，他们肯定信不过你，不会再让你养野生动物。"

"可是小邋遢不是野生动物，只能算是半野生的。"

"我知道。你喂它是一回事，带它回家是另一回事。他们绝对不会接受它，哪怕你求上一百万年也没用。"

特拉维斯叹了口气。这声叹息抖抖的，长长的，仿佛是从他的内心深处钻出来的。

"就让它待在这里吧。"我说，"在这里它有地方住，你也可以喂它，每天来看它。让它做你的秘密宠物，挺好的。"

特拉维斯抓抓小邋遢的耳朵后面，终于开口道："嗯，好吧。"

"让它吃饱，别让它再去偷鸡，不然你俩都得遭殃。走吧，我得回家练琴了。"

他抱了抱小邋遢，磨磨蹭蹭地跟它告别，爬上河岸后还转身冲它挥了挥手。我真有点担心这孩子，还有他的狗。

十九 航海星盘与定盘星

> 在每一个漆黑的夜里,大海都会呈现出一片美丽无比的奇景。清风徐来,海面上每一处在口间泛着泡沫的地方都闪起了白光。船劈波前行,船头两侧是晶莹的浪流,船尾划出一道银河。目之所及,处处是银光灼灼的波涛。海天交际之处被染上了一片青灰,同朦胧昏暗的穹顶形成了鲜明的对比。

除去上学、做作业、跟爷爷学习自然知识、织手套、练钢琴,我每天一有空就往普利茨克医生那里跑,给他帮忙。他给我的报酬有时是五美分,有时甚至是十美分。

那天我提着一只芬芳四溢的篮子来到他的诊所,篮子里装着薇奥拉做的炸鸡和现烤苹果奶酥。医生用那只好手从架子上取下一个个罐子,把里面的东西倒入研钵,塞缪尔则用磨杵把它们捣碎。

普利茨克医生抬起头来。"哎呀,真香!你给我带好东西来了?"

"嗯。"我说,"就算是薇奥拉替伊达贝尔付的诊费吧。塞缪尔,这包是给你的。薇奥拉让你回家时顺便过去一趟,她有话要带给你妈妈。"

大字不识的塞缪尔将捣好的粉末倒进干净的罐子,普利茨克医生坐在书桌前,好不容易摆正了一张纸标签,那只蜷缩无力的右手似乎一点起色都没有。他费了半天劲，用左手在标签上写了一会儿，端详起来。

"哎呀，太难看了。"

的确很难看，跟吉姆·鲍伊写出来的差不多。

"那个，医生？"我说，"您要是愿意，我可以帮您写。"

过了一会儿，他说："当然可以，你可帮了我的大忙了。我怎么没早一点想到呢？"

医生递给我一张新标签和一支铅笔。保险起见，我打算不用手写体，而用印刷体来写。我谨小慎微、一笔一画地写完了标签："兑半品脱[1]温水，配制成两茶匙药膏；涂在耳朵撕裂处，每日三次。"

"像样多啦。"他说。

"我去送药？"

"那太谢谢你了。请送到麦卡锡家的农场去。我们得去相反的方向——那边有头小母牛生病了。"

我往东走，载着医生和塞缪尔的马车则向西驶去。从这里到麦卡锡家的农场有二十分钟的步程。我慢悠悠地闲荡着，时而看看排水沟里有没有小虫，时而观察沿途的动植物。

麦卡锡太太是一位骨瘦如柴、饱经风霜的主妇。她在农庄门前接待了我，指了指牛棚的方向，说她丈夫正在照顾一头耳朵严重撕裂的小母牛。

我把药交给麦卡锡先生。没想到他从工作服口袋深处掏出一

---

[1] 1美制品脱约合473毫升。——译者注

个五美分的硬币,递给我。"给,小姑娘。"

"啊,不行,麦卡锡先生,我不能要。"

"拿着吧,买瓶汽水什么的。"

我结结巴巴地道过谢,攥着这笔意外之财快步离开。哥哥弟弟们经常干零活赚外快,而我拿到的唯一一笔报酬,是靠帮摘棉花的黑人劳工照顾小孩赚来的。回家的途中走到芬特雷斯百货店时,我打定了主意:买瓶被井水沁凉的"汽水"的确不错,但让我藏在雪茄盒子中的财富再充实一些,变为2.67美元更妙。还有,这条全新的赚外快之路得瞒着哥哥弟弟们。哈,妙极了。

我在普利茨克医生的诊所中度过几个下午后,发现有几种药他经常开。

我说:"普利茨克医生,我给您多写几张标签好不好?山金车酊、芥菜籽和松节油的使用事项我都知道——这些药您常开。现在写几张备着,以后我不在的时候您就可以拿出来直接用了。"

普利茨克医生先是冲我笑笑,又笑着对塞缪尔说:"你瞧瞧,咱们这儿多了个聪明人。"

听闻此言,我的确有些得意,因此格外认真地写好了几张标签。我要出门时,医生给了我二十五美分。

我考虑了一下自己和普利茨克医生的处境,想到了他书桌上堆积如山、时常落地的账单和信件,想到了自己不那么工整美观的字迹,最后有了个打算。

阿吉做针线活时,我开口道:"那台打字机你又不用,教我打字好不好?"

她惊讶地抬起头。"为什么？就算教了你，你也用不上。"

换作意志不够坚定的孩子，现在可能就灰心丧气、知难而退了，可我刚强如铁，而且知道阿吉的软肋在哪里。"我给你钱。"

她想了想。"你要付我学费？"

"对。"

"为什么？"

"我要靠这门手艺赚钱。"

狡黠的神色从她脸上一掠而过。"喔，我明白了，你是想给那个龌龊的老犹太人干活，对不对？不过我得承认，在犹太人里，他算是有教养的，跟我碰到的那些不一样。"

"普利茨克医生？"我先是大惑不解，进而怒火攻心，"哼，他有时候的确把自己弄得很脏。可是，你要是总在马厩、猪圈一类的地方干活，肯定也干净不到哪里去，而且他很爱干净，不管去哪儿，包里都装着肥皂。我见过。再说他也不算老。"

阿吉发出一声刺耳的尖笑，让我的牙根直发酸。"你啊，什么都不懂。"

"才不是，我懂的多着呢！"

"对，对，所有没人在乎的东西你都一清二楚。蝾螈啦、虫子啦，琢磨这些有什么用？"

愤怒和疑虑在我心中升腾而起。"你怎么能这样说？万事万物都很重要，这是我爷爷说的。"

"又一个老糊涂。"她说，"我真不明白你怎么总跟这种人混在一起。"

我真想好好揍她一顿,即使事后要一辈子挨妈妈的重罚,我也无怨无悔。可是那样的话,我就得不到自己想要的东西了。那件东西很重要,我努力调动起每一分自制力,强迫自己冷静下来。

我说:"你要是教我,我就能再多赚些钱了。"

"你是想靠花钱来赚钱?"

听到她高声问出这句话时,我也不得不承认这个主意不太高明。

"还有,你打算给我多少钱?"

我早就想好了。"一美元,现金。"

"太少了。两美元。"

我飞快地权衡了一下——我可是出了名地会算计。我能拿什么来要挟她呢?蛇吗?那条王蛇倒是挺吓人的,可阿吉会去找妈妈告状,妈妈又会叫阿尔贝托来把蛇捉走打死。这是纯粹的商业交易,不应该把无辜的蛇牵扯在内。也许我可以装可怜,但阿吉好像并没有同情心。此时此刻我无可奈何,只好实话实说。

我深吸一口气,说:"阿吉,对我来讲一美元可不少。一美元,你可能不会放在眼里,不过对我来说是一大笔钱。"

她仔仔细细地打量着我。我知道,她也在盘算。

"一美元五十美分。"

"行!"这样等于我俩各退了一步。我跟她握了握手。"你什么时候开始教我?"

"学费付清之后。对了,你得自己买打字带,我的不能给你用。"

就这样,我尽管心痛得要命,但还是从雪茄盒子中取出两美元来,把一美元五十美分给了阿吉,又花五十美分用希尔斯商品目录订购了打字带。虽然大家都说希尔斯先生发货迅速,可是我知道,在打字带送到之前我还得上一堂让人备受煎熬的课:耐心。

为了不让自己火急火燎地干等,我一心扑在了功课上。在学校,老师讲到几位伟大的探险家:克里斯托弗·哥伦布、斐迪南·麦哲伦,还有库克船长。在那个时代,仍旧有人相信大地是扁平的一片,有恶龙潜伏在天涯等待着吞下掉落其边缘的船只,这几名勇士却无所畏惧地从欧洲出发,去探索未知之地。哈波特尔小姐告诉我们,他们是通过"看星星"来辨别方向、跨洋远航的。可是我请她好好讲讲其中的原理时,她偏偏回避了这个问题。我感觉她并不十分了解这个方面的事情。

我自然要去问爷爷。

"啊,"他从架子上取下地球仪,摆在书桌上,"喏,这是赤道。看这几条跟赤道平行的线,它们叫作纬线;从这个极点延伸到这个极点的线,叫作经线。这些假想出来的线条将地球分割开来,为人们提供了很大的方便。人们可以用经度和纬度来指认地球上的任意一点。"

"可是,只凭看星星就能知道自己所在地的经度和纬度吗?"

"今晚咱们就试试看,不过你得先做一个航海星盘。把这些东西找齐:一大张硬纸板、一个量角器、一根绳子、一根纸管、一枚螺钉或者螺母,要重一点的。天黑以后到这里来,到时咱们就可以看看以前的导航仪是怎么用的了。"

我只用十分钟便集齐了硬纸板、纸管、绳子和螺母。量角器该去哪里找呢?我猛然间有了答案,心也随之一沉:家里唯一一个量角器在讨厌鬼拉马尔手上。哼。那是他去年的圣诞节礼物,装在体面精致的皮面盒子中,跟量角器成一套的,还有圆规和钢尺。当时我收到的却是一本《科学做家务》,这个世界根本没有公道可言。不带量角器,就这么去找爷爷行吗?不行,绝对不行。他老是夸我主意多,我可不能毁掉自己在他心中的形象。

办法有两个。最简单的是直接向拉马尔开口,不过那样的话,他肯定会坏笑着拒绝我。或者我也可以神不知鬼不觉地把东西"借"过来。这样做有什么坏处——除了万一被他发现,就得忍受没完没了的敲诈?我跟哥哥弟弟们的关系时好时坏,前一刻还是同盟,下一刻便成了敌人。很难说得清我们谁跟谁要好,谁跟谁交恶,不过我知道,有一个男孩总是对我忠心耿耿。

特拉维斯问:"你要它干吗用,卡莉?"

"爷爷和我要做航海星盘,没有量角器不行。"

"星盘是什么东西?"

"一种科学仪器,以后再给你看。能帮帮我吗?"

"你直接向拉马尔借不行吗?"

"别犯傻好不好,特拉维斯。再过一百年他也不会借给我。"这小家伙总把别人往好处想。说实话,有时这份单纯也挺烦人的。

以夜空中的其他星星似乎都在围着它转,只有它几乎纹丝不动。你要是站在北极,就会看到它挂在你的头顶。地球自转所绕的轴刚好指向这颗星,所以它似乎始终待在那个位置上。三百年前,莎士比亚曾在他的戏剧中写道:'我如北极星般坚定如一。'辨认出北方,自然也能明了其他三个方向。在南半球,海员们看不到北极星,就用南十字座来代替。因此不论你在地球上的哪一个角落,不论你流落到何方,星星都能带你找到回家的路。在海员的眼中,它们是幸运的象征,所以人们常说'感谢我的幸运星'。"

我想到了腓尼基人、埃及人和维京人,他们是在同一颗星星的指引下驾船航行的勇者。他们的手,他们的心,他们的声音,似乎都跨越几个世纪伸到、飘到了得克萨斯州芬特雷斯一个从未见过、也可能永远见不到大海的女孩面前。我碰触到了历史的一个片段,感觉……说实话,有点伤感。

"还有,"爷爷接着说,"北极星不光可以帮助人们辨认方向。两千年来,海员们一直用它来确定自己在海中的位置。现在我们来测量一下这里的纬度。先透过纸管望北极星。"

这可有点难。管子很细,要用那小小的圆孔捕捉到一颗指定的星星得费好大的工夫。还好我做到了。

"很好。"爷爷说,"现在,小心一点,让纸管保持不动,观察绳子指示的角度读数。"

我按照爷爷的吩咐做,看到绳子垂在硬纸板上写着"30"的地方。这说明地平线与北极星之间的角度是三十度。

"再量一次,检查一下。"他说。我又测了测。

"三十度,真真的。"

爷爷看了我一眼,意思是:"我知道你会好好说话。"

"呃,我是说,没错,是三十度。可是知道了这个又怎样?"

"进屋,我慢慢给你讲。"

往回走时,一阵轻风吹过,让我浮想联翩。一时间,我感觉自己成了一名领航员,成为了几个世纪以来众多无畏领航员的姐妹。我站在船头,岿然不动,头顶是无边无际的暗夜,脚下是广阔无垠的碧海。船顺风而行,指引我的,只有点点星光。我劈波斩浪,勇往直前!

我跟爷爷回到书房。爷爷在地球仪上指给我看:原来我们在赤道以北纬度为三十度的地方。沿着这个纬度向东航行五千英里,就可以在加那利群岛登陆。爷爷取下一本《世界地图集》,我读了几分钟,为了解到加那利雀——这个名字倒是名副其实——的生活欣喜不已。这可真是个大惊喜!

"爷爷,那经度呢?"

"这个问题要复杂得多。我们需要一只精确的时钟。现在我们已经对钟表习以为常,可是几百年前,它们并不存在。那时人们通过看日晷,或者观察太阳在天空中的角度来估测时间。那个时代,有好多出色的荷兰、西班牙和葡萄牙海员。后来英国政府重赏征集可以在海上恶劣条件下保持准确度的时计,同时解决经度问题。约翰·哈里森先生花了三十多年才发明出合格的航海钟,确立了英国在航海方面的优势地位。想想看,如果是葡萄牙先发明出航海钟,那么我们现在说的就不是英语,而是葡萄牙语了。"

真有意思。可是睡觉时间到了。

第二天吃早餐时,我不经意间瞄了猛劲灌燕麦粥的拉马尔一眼,一下子慌了神,他的量角器还在我这里。如果他今天上课要用怎么办?发现自己的东西不见了,他一定会把家里搅个天翻地覆。万一他怀疑是特拉维斯干的,那一切都完蛋了——我这个弟弟会像纸牌屋一样见风就倒。好在拉马尔提起书包就走了,做作业也不用解几何题。

放学后,拉马尔、萨姆·休斯顿和几个要好的同学在我家草地上热火朝天地打起了棒球。他们用旧饲料袋装上棉籽壳做垒位,还少一名外野手,便拉了特拉维斯过去。要不是用得到他,这群大孩子肯定会对这个小不点嗤之以鼻。

他们彼此开着玩笑对骂,一有人要击球就使劲喊"打,打,打",吵得人心烦。然而我知道,只要他们还在喊,我就可以安心做事。

我跑回房间,找出量角器,阿吉坐在楼下的客厅里,又做起了裙子。我溜进走廊,来到拉马尔和萨姆·休斯顿共住的房间门口,朝四下里看看,省得被人发现,然后蹑手蹑脚地钻进了门。

我知道拉马尔平时会把量角器跟零用钱、糖果和杂七杂八的宝贝一起放在床下的铁皮箱子里。我往窗外望望——很好,他们正玩得起劲,七嘴八舌地指导特拉维斯该怎么掷球。突然,萨姆·休斯顿低着头，扬着手，猛劲向二垒跑去。

我拉出铁皮箱子，手刚碰到它便觉得自己恶贯满盈。乱动弟弟们的东西不过是轻罪，但动拉马尔的宝贝就得上绞刑架了。至少他会在日记里判我死刑。

草地上喧闹依旧。

我打开箱盖，在下手之前，先仔细看了看里面的东西是怎么摆放的，以便一会儿让它们"物归原处"——这是爷爷的话。箱子中有一个跟我那个一样的雪茄盒、两块巧克力和一个装着肉桂熏肠的小纸袋。一本袖珍词典，一支笔尖锋利的钢笔，一瓶蓝色墨水。一根鹰的羽毛，一个他小时候玩的、里面似乎生了锈的玩具小丑，装有圆规和尺子的皮面盒子。我将量角器放回属于它的凹槽中，盖上盒盖，犹豫着端详起雪茄盒子来。唔，反正来都来了……

我打开木盒。里面盛着的是硬币，一美分和五美分的有少许，十美分和二十五美分的各两个，还有爸爸给他的十美元金币。而躺在它旁边冲我烁烁放光的，是一个五美元金币。

我愣住了，心里乱成一团麻。这是我的吗？这就是我的。不然还能是谁的？可是我该怎么验证自己的猜测？我仔仔细细地观察它，恨自己竟然没有想到在这软软的金属上划几道做记号。它既然没有记号，就不一定是我的。不过这要紧吗？当然不。这是他从我那里偷的。偷的。拉马尔真的会犯下如此恶劣的罪行吗？别傻了，卡尔普妮娅，别再为这些无关紧要的事操心了。就是他干的，铁证就摆在你面前。现在只有一个问题：怎样让他恶有恶报？对不对？

我突然发现外面的喊叫声平息了。不妙。楼下，前门响了一声，差点把我的魂吓飞。快走！我想都没想，抓起两个金币，把雪茄盒放回原处，将铁皮箱推回原位，沿走廊跑回自己的卧室，两只湿漉漉的手各攥着一个沉甸甸的金币。

我在自己房间里发疯一般为金币寻找藏身之处。它俩不能在我床下的零钱盒中安身，拉马尔要是过来搜，肯定会打开它瞧瞧，只是早晚的问题。对了，艾萨克·牛顿爵士的盘子底部铺着小石子，把金币埋在下面怎么样？那里肯定没有人想得到，万无一失。

在接下来的两天里，我饱受内疚和恐慌的折磨——不得不承认，这内疚和恐慌之中还夹杂着一丝喜悦。不知拉马尔会在什么时候打开他的铁皮箱子。我做了小偷——这件事重重地压在心上，让我坐立难安。然而后来我反反复复地告诉自己：从真正的小偷那里悄悄拿回自己的东西不算偷。自己的东西。不会有错，那个金币是我的，一定是我的。

我彻夜难眠，盘算着该怎么把拉马尔的钱还给他。真是便宜他了，这个混蛋。是偷偷摸摸地将金币放回去，还是堂堂正正地亮底，让他知道是我做的？要让他知道吗？没想到星期六拉马尔冲下楼吃午餐时，我就没有了选择的余地。他像公牛一样大张着鼻孔，疯狂地四处寻找罪犯，耳朵简直都要喷出热气来了。他气冲冲地挨个瞪着我们瞧。我壮起胆子，极力摆出若无其事的样子，不让自己在他骇人的怒视之下露出怯色。但是仿佛有根针在我身上这里刺刺，那里戳戳。"卡尔普妮娅，"我严厉地告诉自己，"你是不会起荨麻疹、露出马脚来的，一定不会。"然后那根针便奇迹般地消失了。

妈妈问拉马尔："宝贝，是不是出了什么事？"

拉马尔一下子被推入难以应付的窘境，又被怒气噎得几乎说不出话来。他敢道出实情吗？最后他只是恶狠狠地喊："没有！"

我们都倒吸一口凉气，妈妈也被吓得一怔。爸爸吼道："拉马尔·塔特，别恶声恶气地跟你妈妈说话！离开餐桌，马上，我一会儿再去找你！"

拉马尔把椅子往后一推，跑出餐厅。爸爸问妈妈："这孩子是怎么回事？"

妈妈低声说："不知道。"声音有些哽咽，有那么一会儿，我还以为她会哭出来。为了缓和紧张的气氛，我们接着吃起了鸡肉和饺子，现在这些东西简直食之无味。然后有人请某人递蛋卷过去，某人又请他递肉汁过来。就这样，慢慢地，慢慢地，大家东拉西扯起来。这顿饭只有一个人吃得津津有味——爷爷。他对一切洞若观火，边咀嚼边若有所思地望着我。

被赶回房间去的拉马尔晚上也没有吃饭，手心还被爸爸用皮鞭重重地抽了三下。特拉维斯过意不去，问我要不要带点吃的给他。听到我说不用，特拉维斯似乎觉得我不厚道。难道要我说，我知道拉马尔的箱子里有巧克力？才不要！

我小心翼翼地躲着拉马尔，生怕被他报复时，自己伪装出来的无辜不堪一击。可是他能怎样？他明明是作茧自缚。跟家里的权威人士——爸爸和妈妈——告状,只会让别人知道他拉马尔才是货真价实的小偷。

我有点替他难过,考虑了一下该怎样把金币还给他。尽管他挨饿挨打并非因为偷我的东西,而是由于其偷窃行为的间接后果——莽撞无礼,但他已经受到了惩罚。

一连三天,我都像被流放到厄尔巴岛上的拿破仑一样,冥思苦想,行针步线,最后终于有了个主意。

我找特拉维斯做助手,派他去叫拉马尔到马厩后面、碧冬茄的圈旁找我。别说我不守规矩,给食用动物取名。这个名字是吉姆·鲍伊起的,他觉得用一种娇艳可爱的花来给浑身污泥的牲畜命名很有趣。碧冬茄是头好猪,特别喜欢人用棍子头蹭它的脑门。我得承认,它要是不在了,我会有那么点伤心。尽管被人起了名字,但它最终的归宿还是烤炉、锅盆和熏制室,命中注定会在来年被另外一头更为年幼的碧冬茄替代。

我靠在篱笆上,扔土豆皮给碧冬茄吃——这是它最喜欢的餐后零食之一。它感激地哼哼着,甚至还像宠物狗一样小跳起来接住几片。拉马尔来了,特拉维斯跟在他身后,似乎有些担心。我让他留下来做个见证。

"干什么?"拉马尔咆哮道。他这人走到哪儿都是一道明媚的阳光啊。

"对我客气点,拉马尔。"我又扔了几片土豆皮给碧冬茄。它站在泥巴中,呼哧呼哧地表示感谢。

"我干吗要对你客气?笨丫头,你给我一个理由!"

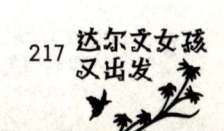

"哈，"我和颜悦色地还嘴道，"理由嘛，我倒是有。"

拉马尔不屑地笑道："你说说看。"

"好吧，那我就说一说。"我把手伸进罩裙口袋，"其实说上十个也没问题。"

我举起金币，让他真真切切地看清楚。他的表情由不屑转为迷惑，又因为看清了眼前的东西而变成错愕，最后由于想到它为何在我手中而化为愤怒。他的脸色也由白转红，由红变紫。这张瞬息万变的脸简直值得我回味一生。

"给我。"他哽咽道，"给我！不然我就去找爸爸告状。"

"你去吧。"我泰然自若地说，"那我就告诉他，是你先偷了我的钱。你说，你得为这事再挨几鞭子？五下，十下，还是十五下？你想想看。"

此刻拉马尔脸上的表情可真是稀奇得要命。奇怪的是，他越是焦躁着急，我就越是镇定克制。我们的证人特拉维斯在不安地抓耳挠腮。

自以为聪明的拉马尔使出了缓兵之计。"哎呀，卡莉，"他恳求道，"咱们别闹得这么僵嘛，把钱还我，求你了。"

"嗯，"我说，"你都这么说了，好吧，给。"话音刚落，我便把金币往空中一抛。这一刻，时间过得出奇的慢。我们三个眼看着金币在阳光下熠熠生辉，飞呀，飞呀，飞过了栅栏。就在这时，我从二等公民跃升为头等公民——不，是战士；不，是将军。我有整整一支军队，可以为全世界的二等公民报仇雪耻，伸张正义。

金币扑通一声落在猪圈中央一大摊黏糊糊的排泄物中。

碧冬茄受到惊动,以为又可以大饱口福了,笨拙地转过身体,慢慢地向刚才发出声音的地方走去,决意把飞进来的东西叼出来吞掉,不管它是什么。

"快进去捡啊,拉马尔,"我叫道,"不然就拿不回来了。"

我转身向主宅大门跑去,健步如飞;长这么大,我还从来没有跑得这样快过。现在我不是士兵,不是将军,是风,谁都追不上的风。

几个月之后,拉马尔才搭理我。我会在乎吗?才不呢!

二十 巨款

> 某些火地岛人在物物交换方面表现出极为淳朴的公平观念。有一次我给了某人一枚大大的铁钉——对于他们来讲这份礼物十分珍贵,而且并没有让对方用物品来交换,然而他立即拣出两条鱼,用茅尖挑着递给我。

我们商量了一下接下来的节日该怎么过。今年的圣诞节和新年将前所未有的冷清,所有的庆祝活动都因为加尔维斯顿那场大洪水而显得不合时宜。妈妈在少女时代的两位好友被大水卷走,生不见人,死不见尸。我看得出妈妈正在极力让自己振作起来,不把难过都写在脸上——至少不在小孩子面前露出苦相。

明知不可能,我还是暗暗祈祷奇迹发生,让新年夜再下一场大雪。然而今年没有雪,只有雨。我把织好的连指手套分给大家,他们倒是都装出了喜欢的样子,只是喜欢的程度有所不同。哼,算了,反正我织的手套并非完美无缺,有的地方掉针缺针,有几行还歪歪扭扭。他们要是不喜欢,大可以向希尔斯先生订购圣诞礼物。

新年夜,大家照规矩开始许愿。去年我有一大堆愿望,看雪啦,看海啦,等等;但今年,我的心愿只有一个。轮到我时,我起身深吸一口气,说:"我想上大学。我不想为了混文凭只读一年书,我要拿学位,得多上几年。"

爸爸和妈妈沉默不语。最后妈妈终于开口道:"哎,亲爱的,这件事以后再说吧,等你长大再说。"

我也不知道自己哪里来的勇气,问:"现在怎么了?"

吉姆·鲍伊插嘴说:"怎么回事,卡莉,你要走了吗?"

亲爱的爷爷站在我这边。"这是个好主意,你说呢,玛格丽特?"

妈妈不敢瞪爷爷,但脸上像是结了冰,扭头找爸爸求援。

爸爸清清喉咙说:"呃,是啊。不过这事不能急,现在商量还太早。等你到了十六岁再说吧。"

还要等三年!我目瞪口呆地望着他,想找话顶嘴,可是不等我开口,爸爸便说道:"特拉维斯,该你了,说说你的愿望吧。"

一圈人都在等特拉维斯开口。吉姆·鲍伊爬进我的怀中,使劲吻了我一下,小声说:"你要去哪儿呀?别走好不好,我可舍不得你。"

"用不着。"我也低声说,"看样子我走不成,没准一辈子都走不了。"

"太好啦。"他嘟囔了一句,把温暖的气息喷到我的脖子上。唉,好在哪里呢?我抱着他摇来摇去,可心中想要安慰的人却是自己。大家都在盯着特拉维斯瞧,除了爷爷——他冲我微微点点头,表示赞许。

我们就这样没滋没味地过了新年。十天后,1901年1月10日,人们在得克萨斯州东部一个叫斯宾德托普的地方打出了一口喷油井。乌黑的石油喷涌而出，射入一百五十英尺高的空中，足足九天后才被人设法操控，用于召唤崭新的时代：汽车将要崛起，马匹会退出历史舞台。万事万物都要迎来翻天覆地的变化，包括我们家、全美国，乃至整个世界。

说实话，当时我对此毫无察觉，但阿吉听到那里发现石油的消息之后，莫名其妙地激动起来，比往常活泼了许多。

又过了几天，一份让我俩都深感满意的惊喜悄然而至。它以信件的面貌现身，躺在前厅中的桌子上，收信人是阿吉，寄信方是加尔维斯顿第一州立银行。唔，这可太不寻常了。据我所知，连妈妈都没有收到过银行寄来的信件，人们普遍认为金融是男人的专属领域。原因为何，我也不知道。这种观念明明毫无道理，却一直大行其道。

四周无人，于是我拿起信封，轻轻地晃了晃，又捏了捏。它没有发出叮叮当当或者呼啦呼啦的声响，看来里面装的既不是硬币，也不是纸钞。一向助人为乐的我抓着它跑上楼，走进自己的房间。阿吉坐在桌前，似乎在写信。见我进来，她赶紧用胳膊挡住信纸。

"喏，阿吉，你的信，加尔维斯顿的银行寄来的。这是什——"

不等我说完，阿吉便坐着转过身来，一把将信件从我手中抢去。你要是看见她的模样，肯定会以为信封里装的是总督发出的死刑缓刑通知书。她用颤抖不已的双手拿着信封，找出裁纸刀，小心翼翼地划开信封口，似乎生怕割破里面的东西。到底什么东西配得上这样的待遇？阿吉一心一意地读着信，没有发现身后的我在伸长脖子偷看。这封信跟轧棉厂里爸爸办公桌上的文件差不多，上面写满了一列一列的数字。

阿吉急切地看着信，手指还沿着数字一路下滑，点到最后一个数字时，她低声说："啊，谢天谢地。"

"有好消息了吗，阿吉？"

一般情况下，她对这样的问题只会嗤之以鼻。然而现在，她长出一口气，说："我的钱都在。有些人的账户记录被大水冲走了，不过他们找到了我的。谢天谢地，我的钱一分都没少！"

这番话激起了我的好奇心。"你在银行里存了钱？怎么赚到的？"

"在我爸爸的店里打工。"

"打什么工？"

"办公室文员干的活，用打字机打信件，记账之类的。"

我沉思了一会儿，问："多少？"

"嗯？"

"你爸爸付你多少薪水？你在银行里存了多少钱？"

阿吉皱起鼻子。"跟你无关，你这丫头还挺爱管闲事。"

我绞尽脑汁，打算想个办法逼她说。

"快说，不然我就趁你睡觉时，把艾萨克·牛顿爵士塞进你的被窝。"我当然不会这样做，我不想把她吓坏，更不想伤害艾萨克·牛顿爵士——阿吉在床上看到它，保准会大喊大叫，而它的身体那样绵软，一定禁不起折腾。然而我这番无心之语和我的宝贝蟾蜍似乎颇具威胁性。真的，说起我最为奏效的狠话，这句算是其中之一。

阿吉的脸色变得煞白。"你没那么坏吧？"

"我可以这么坏。"

她眯起眼睛。"那我就去告诉你妈妈。"

我也眯起眼睛，虚张声势。"快去快去，谁怕你呀。"

就这样，我俩眯着眼对峙了半天。

我说："蟾蜍科的生物冷冰冰、黏糊糊的，会分泌有毒的液体做保护膜，还——"

不出我所料，她服软了。蟾蜍果然用途多多。

"就它？恐怕伤不到我一根头发。"阿吉说，"我大概存下一百美元了。"

"哇!"对于任何人来讲,一百美元都是一笔巨款,更不用说是一个十七岁的未婚姑娘攒下的。这场谈话突然变得有趣起来。"真了不起!你用了多久?"

"一年吧,爸爸给我的时薪是三十美分。"

"你打算拿这笔钱干什么?"

她犹豫了一下。"我还没想好呢。"

看得出来,阿吉没说实话。她为什么说谎?不过这跟我没关系。我感兴趣的是,一百美元能买多少东西。一匹随时随地可以把人送回家的千里马?有了一百美元,就有了某种形式的自由。随波逐流的女孩可以为在舞会上亮相做准备,一年买六套舞裙;另类的姑娘则可以给自己买精致的显微镜和数不清的笔记本。这真的是一种自由。不然,还可以买——我的脑海中闪过一道灵光——还可以买更为重要的东西,买……接受教育的机会。这个想法太过大胆,把我吓得呼吸都困难起来。

阿吉说:"没事吧?你不舒服?"

"嗯?"

"你是不是头晕?"

"什么?"

"你年纪还小。不过我这儿有嗅盐,你要不要来点?"

"我……应该没事。"

我思绪纷飞,缠着阿吉问应该如何存款,她说只要去银行开个账户就好,哪怕要存的钱没多少也不要紧。太好了,银行会好好地保管我的钱,让它免遭手脚不干净的哥哥染指。太好了,我还可以随时随地把钱取出来。太好了,他们替我看管钱,还会给我报酬——阿吉说这叫作"利息"。

第二天,我带着雪茄盒上了大路,向轧棉厂旁边的银行快步走去。我从未进过银行,站在气派的黄铜大门前,我突然胆怯起来,不过最后还是壮起胆子,迈步进门。光亮可鉴的大理石地面晃得我不住地眨眼,高高的天花板上装饰着精致的浮雕。这里寂静肃穆,洋溢着浓浓的商业气息,也给人一种繁华郑重的感觉,跟嘈杂喧闹的轧棉厂有天壤之别。

一边是大保险库,起码有一英尺厚的钢铸门半开着;另一边有个用嵌铜橡木矮墙隔出来的隔间,里面两位留胡子的年轻人正在为等在外面的顾客清点现金。这里既没有女孩,也没有女人。一位体态臃肿、西装革履的男士坐在最里面的大桌子旁,满面严肃,一边抽雪茄,一边同顾客心无旁骛地谈着话。这位顾客虽然背冲着我,但我还是一眼就认了出来——是爸爸。胖男人看到我,皱皱眉头,说了些什么;爸爸随即起身,向我走来,脸上写满了担心。

"卡尔普妮娅,你怎么来了?家里还好吗?"

"挺好的,爸爸。"我举起雪茄盒说,"我是来开户的。"我的声音颤巍巍的,真讨厌。不过我还是强撑着继续说:"是叫存款账户,对吧?"

爸爸似乎想笑。"你开户干吗用?"

我反应很快。"您总让我们把钱好好存着,我觉得把钱放在这里最合适。"接下来他很可能会问我打算怎么用存下来的钱，但愿不要。我不想再跟他讨论这个问题了，反正现在不想。

还好，爸爸只是说："嗯，没错。其实那话我主要是讲给你哥哥弟弟们听的。把钱存进银行的确是个好主意，也好，你可以给他们做个榜样。来，我带你去见银行经理，让他教你开户。"

我向胖胖的银行经理阿普尔比先生行了个屈膝礼，又跟他握了握手。不知为什么，他总是给我一种不可一世、自鸣得意的感觉。但愿以后能省去这些繁文缛节，跟他握手，就像攥着一朵潮乎乎的巨型棉花糖。他给我一张表格，让我填上姓名、地址一类的信息，又把我领到隔间前。我把雪茄盒递了进去。一位柜员仔细地将我的财产数了两遍，说一共是七美元五十八美分。他将这个数字写在一本小小的蓝皮手册上，然后把手册交给我，告诉我"妥善保管"它，每次来"存款"或者"提款"，都要带上它；还说"利息"会自动计入"余额"，每年四次。

爸爸和我在银行门外道了别。他朝轧棉厂走去，我向家而行，手里捧着雪茄盒——如今放在里面的，是一本崭新的存折。我隔一会儿就停下脚步端详它：雅致的蓝色封面上印着一行金字：芬特雷斯第一国家银行。里面第一行用工整的手写体写着："开户存款额 7.58 美元"，下面、后面，还有许多尚待我用积攒起来的财富填满的横竖空栏，真是赏心悦目。

我和阿吉的关系稍微缓和了一些。多亏有她，我才知道可以去银行存钱。我因此而心怀感激，并且将这份谢意体现在许多小事情上。阿吉也很喜欢跟我说她的"收入和投资",尽管她说的好多事我都不懂。我俩还时常各自拿出存折,比比存款的进度。也许阿吉觉得我知道了她在存钱的秘密,应该对我好一点。其实她心中另外一个更为重要的秘密我根本无从知晓,家里其他人也被蒙在鼓里。

最近特拉维斯总是在吃过晚餐后不见踪影,直到睡觉时间才露面,几乎每晚都是如此。我起初并没有在意——家里挤着一大群哥哥弟弟,谁顾得上一直留心他们每个人的行踪?一天早晨,在上学的路上,特拉维斯满面憔悴,似乎昨晚没有睡好,我这才发现他手上的爪痕和腿上的淤青。

"我说,特拉维斯?"

"嗯?"

我指着他的伤痕问:"你有没有话想跟我说?"

"喔,那个啊。昨天晚上可把我和小邂逅折腾坏了。"

我停下脚步。"是小邂逅干的?"

"不,不是!它才不会伤害我呢!是土狼。"

"土狼?"

"呃,也不能怪土狼。我跑进了灌木丛,是树枝刮的。"

"你是想自己说,还是打算我问一句你挤一句?"

"哎呀,说来话长啊,卡莉。"

"快说。"我不耐烦了,"我听着呢。"

"好吧。你还记不记得,你说过小狗喜欢跟同类一起生活,喜欢群居？"

我不记得。我也不会这样说。

"我想小邋遢应该找个伴，所以上个星期带它去了浸信会教堂后面的空地。镇上的狗喜欢聚在那里一起玩，我打算让小邋遢认识认识它们。可是不知道为什么，它们龇着牙，要把小邋遢赶跑。它们可能是发现了小邋遢跟普通狗不一样——不完全一样。这可太不公平了，卡莉，这一半狗一半土狼的样子，又不是小邋遢自己求来的，它也没办法。它好像特别喜欢吃鸡。"

我想起火鸡肉吊起了小邋遢的胃口，而它最后可能会因此而丧命。

特拉维斯接着说："第二天，我在天快黑时去看它，我俩听见土狼在远处嚎叫——就是它们聚在一起要去捕猎时发出的那种嗷嗷的高叫。小邋遢一下子竖起耳朵，眼里也有了神采，这时我才明白它其实是土狼中的一员。我怎么早没想到呢？它和土狼一样，也丑丑的，邋邋遢遢的。它肯定能跟土狼交上好朋友，大家一起闻来闻去，一起去打猎。那天晚上，我还梦见小邋遢成了狼王。所以我开始留心土狼出没的地方，发现它们经常在河对面的桥下碰头。有两天晚上，我带着小邋遢去了那里，但是一直没有看到土狼。"

没想到特拉维斯还挺聪明的。难道他仅凭一己之力解决了小邋遢的问题？真了不起。

"昨天我们又去找土狼。黄昏时，我俩沿着河走，一下子就看到一群。它们吵吵闹闹的，离我们不远。小邋遢一听到它们叫，就有了精神——果然，它跟土狼才是一伙的。我难过得不得了，可还是抱了抱它，对它说：'再见，小邋遢，你的同伴在等着你呢。现在你有家人啦，应该跟它们在一起才对。'后来它向土狼群跑了过去。"

特拉维斯擦擦眼睛，我搂住了他。

"我想看看它找到同类以后会有多高兴，就悄悄地借月光跟在后面，被树枝划伤也顾不上管。多亏我没走。前面狼群的咆哮声越来越大，越来越激烈。我走到那里时，看见三匹土狼把它围在中间，又扑又咬，简直要把它撕碎。它们想要咬死小邋遢，卡莉，它们想要吃掉它。好在它们怕人。我捡起一根粗树枝、几块大石头，把它们赶跑了。"

特拉维斯又擦擦眼睛。"可怜的小邋遢，它只是想找几个伴而已，但狗不喜欢它，土狼也不接受它，人不是想淹死它，就是用枪打它。它还是个孤儿——算是吧，没有爸爸妈妈管，兄弟姐妹也都死了。"

"真可怜啊，小邋遢。"我在真心实意地为它心疼。我还不知道哪只动物像它一样，自出生起便如此命运多舛。"它……它死了吗？"

"躲回窝里去了。"特拉维斯毅然决然地说，"我要养它。"

我想了想，觉得命运女神也并非不讲公道。她让小邋遢受尽折磨，但也给了它特拉维斯这样一个好主人。

"没人愿意管它，除了我。"特拉维斯说，"我就是它的伙伴。"他又怯生生地望着我，"你要是愿意，我们也可以带上你。"

  望着这张写满了期待的小脸,我只好说:"好吧,不过还是得保密。"

  天哪,闯进我生活中的秘密真是越来越多了!

二十一 秘密和耻辱

> 巴塔哥尼亚的地质情况十分有趣……最常见的贝类生物是一种牡蛎,其直径有时甚至可达一英尺。

睡觉前,我开始梳头,要梳一百下。我边梳边问:"阿吉,大海什么样?沙滩呢?贝壳呢?在沙滩上捡贝壳需要付钱吗?"

"付钱?别傻了。付给谁啊?"

"不知道。所以我才问你呀。"

"随便捡,不收钱。真不知道你干吗操这个心。"

"我想收集贝壳。"我去年许下的新年愿望之一,就是趁在世亲眼看一看海,哪片海都行。这个心愿可能难以实现,因此收集贝壳也绝对是一件可望而不可即的事。

阿吉却说:"我也不明白,怎么会有人把脏兮兮的贝壳当宝贝。"

真扫兴。不过我还是继续问道:"你见过海豚吗?关于它们的事情,书上讲了很多。海豚是哺乳动物,恒温动物,不是鱼。"

"怎么可能?"阿吉说,"它们活在水里,肯定是鱼。"

我万分诧异地望着她。这个姑娘得天独厚,住在海边,竟然对大海中的生物一无所知。

我叹了口气,又问:"跳舞的浪花会在阳光下闪闪发亮,是吗?"

阿吉扫了我一眼。"这个说法又是从哪里来的?"

"呃,哪本书上说的。"

"没错。天气好的时候是这样。"

我说:"海浪什么样?给我讲讲吧。"

阿吉似乎很为难。"浪嘛,会把东西冲到沙滩上。"

"什么东西?"

"唔,烂鱼、死海鸥、木头、水草、垃圾什么的。哎呀,有时臭得要命。不过我看到过钓鱼用的玻璃浮漂,有一次还发现了一个从牙买加漂过来的空酒瓶。"

"哇!里面有纸条吗?"

"没有。"她打了个哈欠。

"你有没有留着那个瓶子?我好喜欢这种神秘的东西。"

"留着它干吗?垃圾罢了。"

谈话的走向让我失望透顶,可我接着说:"给我讲讲潮汐吧。"

"有什么好讲的?潮汐嘛,来来退退的,有时还听得到。"

"还出声啊?什么样的声音?"

"唔,有时声音很小,唰唰的;有时波浪会撞在岩石上,哗啦啦的,很响。看情况吧。"

"什么情况?"

她盯着我,仿佛我讲的是外语。"我怎么知道?"

阿吉的态度让我大为不满。她怎么能不知道,怎么能不去探寻,怎么能不在乎?也许除了贫血和神经衰弱,她还有别的毛病?也许她在洪水来袭时受了伤,但身体没有表现出症状?也许她撞到了头,把所有好奇的念头都撞飞了?要记在笔记本上的问题:**海浪是怎么来的?潮汐呢?**得向爷爷请教请教。

第二天,有个小包裹寄到了我家,是给阿吉的。我随随便便地打量了一下,发现寄件人那里写着:"L.朗普金,加尔维斯顿教堂街 2400 号"。L.朗普金是人,还是某种东西?我正想上楼去找阿吉,她便从外面冲进屋,宛若掠食的鹰隼一般扑过来,一把抢去包裹,脸上洋溢着喜悦。而后她转身快步上楼,一个字都没说。

天哪。真是粗鲁。真有意思。

我走进卧室,发现她正在拼命撕扯捆在包裹上的麻线。见我进来,她没好气地嚷嚷道:"剪刀!给我找把剪刀!"

我飞奔下楼,去客厅找我放在针线包里的剪子。待我回到卧室,阿吉已经把包裹拆开了,里面是一个盒子。她把盒子放在书桌上,毕恭毕敬地打开。盒子中装着一个小木匣,还有一封信。阿吉双手抱拳,抵住胸口,好像在静静地品味这一刻,不管匣子里藏着什么。

千不该万不该,我小声问了一句:"什么东西呀?"

阿吉扭过头来。"给别人点空间好不好?出去!"

我也恼了。"喊什么喊?我没那么不知趣!"我退出门去,恼羞成怒,心如刀割,但依然高昂着头。亏我一直把她当朋友——我们应该算是朋友吧。

我迈步下楼,又犯了个错误:我不小心踏进走廊,被妈妈逮到赶去练了半小时琴。

晚上，快睡觉时，阿吉问我："卡莉，发刷呢？"

我把发刷摔到她面前。过了一会儿，她又问："卡莉，看见磨脚石了吗？"

我把磨脚石也摔了过去。磨脚跟窸窸窣窣的声音足足持续了五分钟。

"卡莉，你把——"

"不知道！你想要什么就自己去找！我又不是你的仆人！"

冷冰冰的静默蔓延开来。我看得出阿吉有几次欲言又止，然而我俩还是故意互不理睬。就这样，直到该熄灯时，她才开口："好吧，好吧，你管得住自己的嘴吗？"

"嗯。"

"发个誓？举起右手，发个誓吧。"

我举着右手发了个誓，她还是不满意。"等等，我的《圣经》呢？"

"得了吧，阿吉。"

阿吉从衣柜中翻出《圣经》，让我把右手按在上面。这也太夸张了吧。违背这样发出的誓言，八成真的会下地……会去那里吧？可是，如果我被烧热的拨火棍捅，被九股鞭抽，实在受不了才道出了本应保守的秘密，算不算情有可原？我的膝盖开始发抖，声音也是如此。

"我发誓不说出去。"

"不论何时何地，永远不说。"

"永远不说。绝对不说。"

阿吉的神情有所缓和，她甚至露出了我从未见过的灿烂微笑。咦？她不难看嘛，只是平时刻薄刁钻，肩头又扛着种种哀愁，脸上的俏丽与可爱才难以被人察觉。

妈妈给过阿吉一个旅行包，以代替她来时提着的麻袋。阿吉从包中取出我早先看到的小木匣，吩咐我坐在书桌前，小心翼翼地把木匣递给我。

我打开匣子，看到一张嵌在相框中的照片。照片上是一个小伙子，身着修身西服，硬领挺挺的，打扮得活像一只火鸡。他的发型平滑造作，一看就是专为照相梳出来的。

"喏，就是他。"阿吉小声说，脸上现出了扭捏的神色——哈里跟他第一个女朋友交往时，也常常露出这副模样。

我端详着他苍白的脸，淡淡的络腮胡，微微突出的龅牙和稀疏得可怜的山羊胡。

"很帅吧？"她的声音饱含深情，又黏又腻。

呃……才怪。他呆板木讷，简直像一条胡瓜鱼。厚道一点说，这也许是因为照相时得屏住呼吸，待在那里一动不动，可是照片上的人实在是没什么生气。爷爷说过，人各有所好。活生生的例子就在我的眼前。

"他是谁呀，阿吉？"

"拉菲特·朗普金，我的男朋友，不过没有人知道。千万别说出去。"阿吉的手像铁爪一样死死地抓着我的肩膀。

"哎哟，疼！我不说，我保证不说。你们是怎么认识的？"

"他以前在我爸爸的店里记账，有一次说要送我回家，爸爸就随便找了个借口把他开除了。他没犯什么错,爸爸只是想把他赶走。"

"为什么?"

"爸爸说他家世不好,可我一点都不在乎。拉菲特是个自立自强的人。"阿吉骄傲地说,"他通过函授学了会计,还一直在提升自己,可我爸爸还是不满意——他老人家忘了,他自己也是白手起家的。爸爸觉得我应该嫁给希里、穆迪,或者加尔维斯顿其他有钱人家的少爷。他们倒是富得流油,不过在我这里只能吃闭门羹。"

阿吉拾起照片,把它轻轻地抱在胸前,目光柔和下来,声音也变得软软的。"我的心是拉菲特的。"

真浪漫啊。然而违背父母的意愿,私下里跟男子通信,这样的游戏危险至极,最终只会招致无尽的麻烦与泪水。难怪阿吉刚才一把将包裹抢过去,原来是为了避免别人看到起疑心。

"他向我要照片——他多可爱呀。可是洪水过后,我唯一的那张已经找不到了。"

"洛克哈特有照相馆,霍法克先生开的。爷爷带我去给塔特双星野豌豆照过相。"

她不解地望着我。"你们带一株植物去拍照?"

"当然要拍。大家不是常说嘛,大事值得纪念。"

"他们说的是婚礼、洗礼什么的,跟植物没关系。"

"找到新物种当然是大事,你看。"说着,我拉开书桌抽屉,取出爷爷、我和宝贝野豌豆的合影。"看这里!"我得意地指着照片上的一处说。

"就它啊？"阿吉不屑地说，将照片扔到一旁，仿佛它一文不值。一文不值？刹那间，她在我心中留下的好印象所剩无几，愤怒取而代之。这张照片之于我，就如同拉菲特·朗普金的照片之于她，珍贵无比。我承认，照相那天宝贝豌豆中了暑，蔫蔫巴巴、无精打采，可它毕竟是全新的物种，人们应当对它满怀敬意才是。偏偏有些人对最最重要的事物不屑一顾。

"等等。"阿吉又拿起我的照片，仔细端详起来。在我的眼前，她似乎体会到了它的科学意义与历史价值，有所顿悟。太棒啦！现在的阿吉，往好了说，是一位性格乖戾的伙伴；往坏了讲，是个讨厌鬼。以后她就会用正眼瞧我了，以后我俩就可以兴致盎然地讨论钱以外的事情了，以后我俩可以一起探索未知的世界……她用手指点了点照片左下角"霍法克精品照片"的金字印章。

"你刚才说，这家照相馆在洛克哈特？"

"就在郡政府大楼的斜对过。怎么了？"

"你说怎么了？"她像看傻瓜那样瞧着我，"我可以去那里照相，再把照片寄给拉菲特啊。照一次多少钱？最近你家有人要进城吗？"

哼！跟她一起探索自然、研究科学？算了吧。

"一美元。阿尔贝托好像星期六要赶马车去那里。"

"好，到时我跟他一起去。"

"我也去。"我迅速地计算了一下出行人数，想到如果阿吉也去，我就得把前面带弹簧垫的座位让给她，自己坐在车板上了。不过洛克哈特是一座拥有 2306 人的大城市，有许多好玩的地方，有电，有图书馆，有商场，有茶室，大街上熙熙攘攘，哪怕坐车板去也值得。要进图书馆，就得跟图书管理员惠普尔太太打交道。这个老太婆管书管得很严，孩子们能看哪本，不能看哪本，都是她说了算。那次我去借达尔文先生的《物种起源》，她就是不肯，把我弄得十分难堪。好在爷爷把自己的那本给了我，抚慰了我受伤的心。不过现在，我看见惠普尔太太凶巴巴的眼神，还是会不住地哆嗦。

我问阿吉："你去照相，打算怎么跟我妈妈说？"

"就说是为我父母照的，以前的那张被洪水冲走了嘛。"

哈，我还觉得自己足智多谋，总能在有必要时想出脱身之法，可在阿吉面前，我甘拜下风。这姑娘可真有主意。

星期六——我这个星期的幸运日——终于来了。我敲敲书房的门，听见爷爷像往常一样大声说道："有事就进来吧。"

"爷爷，我们要去洛克哈特。我帮您还书吧？"

"太好了。我再给你列张书单，把这几本借回来。"

我接过书单，跑到马车跟前。前排的位子上坐着阿尔贝托、哈里和阿吉，苏尔·罗斯和我则坐在后面的一张旧棉被上。我带来了自己的《小猎犬号航海记》，大声朗读精彩的段落，给他解闷。苏尔尤其喜欢写食人族的那部分，但我念相关的章节时，有意把声音压得很低，省得被前面的大人听到。

到洛克哈特之后，其他人都向广场上号称"应有尽有"的萨瑟兰商城涌去。这座商城共有三层，贩售的商品既包括朴素实用的物品，又不乏华而不实的玩意儿，极具诱惑力。然而我还是把图书馆当成了目的地。

图书馆阴沉冷清，充斥着纸张、墨水、皮革和尘土的气味——啊，这是书本的气味，沁人心脾的气味。真的，还有比这里更好的地方吗？如果惠普尔太太不在，那就更妙了。

我把要还的书放在柜台上，还好，没有看到她的身影。但是，她一年到头都穿着的简式黑色斜纹布连衣裙在窸窣作响，她的鲸骨束身衣咯吱有声，樟脑球味又一股股地飘过来，这些都表明惠普尔太太就在附近。真奇怪。忽然，她宛若惊喜箱中的小丑一般，蹭地从柜台后冒出头来，跟我撞了个对脸。我跳起一英里高，像小老鼠一样扯着嗓门喊了一声。但即便如此，我也没有忘记为体态臃肿的她能这般敏捷灵巧而惊讶不已。

"呵，"她板着脸说，"这不是卡尔普妮娅·弗吉尼娅·塔特吗？这鬼鬼祟祟的老毛病还是没改。"

真刻薄！我遇事当然会躲会藏，可我刚才并没有鬼鬼祟祟的！这个讨厌的图书管理员干吗要这样说我？我们明明都爱书！从逻辑上来讲，我们本应志趣相投。可是不知为什么，我俩似乎不用费什么力气便会激怒对方。也许现在我该尽释前嫌，向她伸出橄榄枝，为我俩共同的错误诚诚恳恳地道歉一番？

也许现在还不是时候？

愤怒如同胆汁一般涌上我的喉咙。我硬生生地把它咽了回去，尽力用甜甜腻腻的口吻说:"下午好,惠普尔太太。真抱歉让您误会我'鬼鬼祟祟',其实是您吓了我一大跳。哎呀,真没想到,您这么胖,动作还挺麻利的……"

惠普尔太太的脸涨成了吓人的猪肝色。我真怕自己太过分,把她气得因中风而死。那样我肯定会挨一通骂。

"我想,"她说,"你最好赶紧走。我忙得很,没空搭理你这种没有礼貌的坏丫头。"她转过身去,向"得克萨斯州历史书籍"区走去。

被赶出图书馆——我人生中的又一个低点!我该怎么向妈妈解释?然而我急中生智,想起了爷爷列的书单。在某些场合,他老人家的名字就是一把金钥匙,只要略微提一提,一扇扇凭我一己之力无法推动的大门便会应声而开。然而在愚昧无知的浅薄之人眼中,爷爷不过是一个"老糊涂",一个"疯狂的骗子",信奉异端邪说,有点喜怒无常,很可能还会害人。

惠普尔太太知道爷爷是国家地理学会的创始人之一,知道他同史密森博物馆保持着通信联系。不论对进化论持何种看法,她都不得不承认,爷爷是从奥斯汀到圣安东尼奥一带,甚至在更广范围内最博闻广识的人。

"我可以走,惠普尔太太。不过爷爷让我看看有没有这几本书。"我掏出书单,把它放在柜台上,小心地展平,"这些都是他要的。他搞研究用得到。他本人的研究。"

惠普尔太太转过身来。她的表情告诉我,我赢了。她紧抿着嘴,不情不愿地拿起书单,眯起眼来扫了扫,又向书堆走去,头也不回地说:"等二十分钟。"

很好。我可以逛逛商城,说不定还来得及看阿吉照相。我轻松愉悦、脚步欢快地向广场走去。得克萨斯州拥有图书馆的郡不算多,还好我们这里有一座,而且这座还不错。为建造洛克哈特图书馆,有一位名叫尤金·克拉克的内科医生捐赠了一万美元。这位先生英年早逝,他之所以出此巨资,是为了让当初拒绝他求婚的女子能有个体面的地方研习文学和音乐。该图书馆为爱而建,而我们这些身在考德威尔郡的爱书人士都是爱的受益人。

我告诉自己:"卡尔普妮娅,虽然你得跟老妖婆打交道,但是你有书读,运气够好的了。"真的,我只是对她有一点点不客气而已,对不对?显然不止是一点点。我走到广场时,头顶阳光明媚,心中的地平线上却笼罩着一小团内疚的阴云。

惠普尔太太为什么这样讨厌我?如果这份讨厌无缘无故,那么现在倒是有据有理,而把理由呈给她的人正是我自己。我回顾着自己的言行,拼命想从中找到可以粉饰之处,但一无所获。往好了说,我是粗鲁;往坏了说,我简直是残酷。我设身处地地为她,为穿着硬挺束身衣的她想了想:一个寡妇,上了年纪,勉强糊口,还得受,呃,受我这种坏孩子的欺负。她是图书管理员,理应得到人们的尊敬——虽说她把书当成了私有财产,虽说她不愿意把书交给粗心大意、可能不会善待宝贵书籍的陌生人,怕他们的脏手把书弄得一塌糊涂,怕他们犯下在书页上乱写乱画的罪过,怕他们罪大恶极地、遗失典籍。这些人太过分了！

唉，卡尔普妮娅，你这个坏姑娘，你得想办法弥补自己的过失。我要向惠普尔太太诚心诚意地道歉，以求无愧于心。如果她还是讨厌我，那就随她去吧。我不能跟她针锋相对，她左右不了我的意志。

在萨瑟兰商城，我细细地嗅着各种香皂和化妆粉的芬芳，感觉这里的香味要比芬特雷斯百货店中的丰富、怡人许多。一块装在豪华铁盒中、精致雅观的薰衣草香皂吸引了我的目光，也许用它来向惠普尔太太赔罪正合适。我允许自己浅浅地不舍地叹息连连，随后告诉自己振作精神，掏出了整整二十五美分。现在我口袋里剩下的钱连买杯麦根沙士都不够，不过不要紧，我有收入，以后肯定能把各种雪顶饮料喝个够。

我漫步到位于夹层的茶室。一位位女士正坐在棕榈树盆栽环绕的镀金椅子上，用骨瓷杯喝茶，品尝点心。她们面前的三明治都只有一丁点大，还被切去了硬皮——别问我为什么。我抬起头来，欣赏着嵌有铁艺雕花的天花板、缓缓转动的双叶电风扇，还有嗡嗡作响的气动传输管——里面一会儿钱传过来，一会儿收据飞过去，让人眼花缭乱。

我走下楼，看见了正在给爸爸买雪茄的哈里。他问："你买什么了，宝贝妹妹？"

"这是给图书管理员惠普尔太太买的。你说她会喜欢吗？"

"挺合适的。不过你为什么要送她东西呢？"

"我欺负她来着。"我把事情的经过讲了一遍，但是没说为了这份礼物，我几乎掏空了衣兜，真的。哈里同情起我来，说："你可真懂事，宝贝妹妹。走吧，我带你去冷饮店，雪顶柠檬水啦、圣代冰激凌啦，你想要什么咱们就买什么。"

"哇，真的？"人生变得得意起来。

我俩并排坐在冷饮店中的旋转椅上。哈里点了一份全新上市、用香蕉片做成的点心——香蕉是我们前所未见的进口水果。我点的是雪顶麦根沙士。冷饮师技艺纯熟，手脚麻利，让我钦佩不已：他挖出香草冰激凌，倒出沙士饮料，经过一番增减，让饮料的量不多不少，刚好使泛起的泡沫与郁金香形玻璃杯高高的杯口齐平，又不至于溢出。紧接着，他将一团滑腻的奶油和一颗闪闪发光的红樱桃加在上面，把杯子连同勺子和吸管（两样都有！）放在带花边的纸巾上，冲我一推。

我舀了一勺奶油，将冰激凌推落杯底，小心地用吸管吮吸着咝咝作响的饮料。哈里很大方，让我咬了两口他的香蕉片点心，做他的宝贝妹妹就是有好处。真好吃！下次我要豁出去花上三十美分，自己点一份。

喝过饮料，我俩开始闲逛，欣赏着商城中五光十色的商品。不知为什么，这里不卖书。也许是由于店主不喜欢读，也许是因为他觉得有图书馆就够了。

我俩出门来到大街上。哈里开始跟阿尔贝托一起往马车上搬东西。我走到霍法克先生的美好时光照相馆门前，刚想进去找阿吉，便被橱窗中的某样东西分了神。那是一张照片：它左边是宝宝趴在熊皮地毯上照的单人照，右边是一对质朴新人身穿外租礼服、别别扭扭地拍的结婚照。中间的照片我再熟悉不过,上面有爷爷、我,还有我们的宝贝野豌豆。我们正在向世人——至少在向整个洛克哈特的人——亮相。天哪,我们是这里的名人了!难道这就是惠普尔太太针对我的原因?不对。她在我们发现宝贝野豌豆很长一段时间之前就开始讨厌我了。

我走进屋去,悬在门上沿的铃铛叮叮当当地响了起来,告诉霍法克先生有客人到了。

"请坐!"霍法克先生在里屋高声喊道,"我正在为客人照相呢!"

阿吉大声说:"卡尔普妮娅,是你吗?是的话就过来。"

我掀开门帘,踏进照相室,阿吉正坐在一张王座样式的柳条椅上摆姿势,腿上放着一大束挂着绿藤的假玫瑰。她眉头紧锁,望着假花问我:"你说,这花要还是不要?"

霍法克先生抬起头来,说:"哟!你好啊,卡尔普妮娅小姐,十分荣幸能再次见到你。"这位先生对我和爷爷的发现痴迷不已。如果没有人截住他的话头,他会滔滔不绝地讲这株植物有多么重要;讲他在这一新物种的确定过程中发挥了多么关键的作用;讲他为塔特双星野豌豆照的特写如今正陈列在史密森博物馆中,背面盖着他霍法克的印章,千秋万代供世人敬仰,等等。

不等我开口问他为什么把那张合影放在橱窗中,霍法克先生便抢先一步,毕恭毕敬地询问起我和爷爷的身体状况来。

待我问出心中的问题之后,霍法克先生说:"哈哈,问得好,小姐,问得好!这个问题,每天都有好几个人特意进来问,顺便留下照相的也不在少数。这张照片牵扯到一桩奇闻,它本身就是个话引子。嗯,我记得那天——"

"花要还是不要?"阿吉打断了他的话,"抱歉,霍法克先生,可我赶时间。"

"是,是。"

"要还是不要?"阿吉不耐烦地瞪着我。

这束花几可乱真,明显出自对自然原物深有研究的高人之手。"就放在那里吧,挺漂亮的,可惜没法把它的颜色照出来。"

霍法克先生听我这样讲,大概是想到了将各种颜色按在底片上时的有趣场面,哑然失笑。阿吉整理了一下腿上的花朵,霍法克先生填好镁粉盘,把头伸进照相机后方的黑布中。"不要动。"他说,"一,二,三。"刹那间,镁粉发出的白光将房间映得雪亮,让我跟阿吉头昏眼花了好一阵。

"好。"霍法克先生说,"这样就行了。你要两张?"

"是的,先生。"阿吉说,"是两美元,对吧?"

"没错。请等半个小时左右,让洗好的照片干透。"

阿吉和我又去逛商城。一出相馆,我便把橱窗中宝贝野豌豆的照片指给她看。她似乎的确心有所感——虽然有些不情不愿。这还差不多。

我留下阿吉在商城中摆弄布料和花边,自己鼓起勇气去图书馆道歉、送礼,并且做好了乖乖忏悔的心理准备。

我深吸一口气,壮起胆子,走进门去。没有看到惠普尔太太,在不知如何是好的同时也松了一口气。柜台上放着一小摞用麻绳捆着的书，下面还压着一张字条："芬特雷斯镇沃尔特·塔特上尉预定的书籍"。我用胳膊夹好书，又将装着香皂的漂亮铁盒放在柜台上。此时我似乎分成了两半：勇敢的那半想去书堆后面找惠普尔太太，照计划向她赔不是；懦弱的那半倒是心安理得，想："下次再说吧。"最后胆小鬼卡尔普妮娅占了上风，小声说："快点，马车还在外面等着呢。"呼，也许马车真的在等我，也许并无此事。不论怎样，我相信了懦弱的那半，仓皇而逃，既为自己的勇气而得意，也为自己的胆小而庆幸。

顺便说一句，我知道星期一早上阿吉去学校上班时，特意跑了趟邮局。

二十二 学习的价值

> 一只雨蛙科的小青蛙坐在距离水面一英寸高的草叶上,发出了悦耳的鸣叫,它的同伴用和声为它伴奏。我在捉这种青蛙做标本时遇到了一些困难:雨蛙属生物的脚趾末端生有小吸盘,可以在垂直的玻璃上爬行。

爷爷接下来的解剖课要用到青蛙,我们恰好在河湾那里看到了一只大个的。它刚死不久,翻着白肚皮仰面漂在水面上。这是一只南方豹纹蛙,因身上独特的黑色斑点而得名,用肉眼观察,其死因尚不明确。

"这只行吗?"我问爷爷。它的身体有一点破损。

"行。"爷爷说。

"它是怎么死的?"

"也许你可以在解剖时找到答案。"

我们将青蛙装进我的旧鱼篓中带回实验室,翻出解剖盘和其他工具。我沿着动物进化的阶梯拾级而上,研究到了脊椎动物中的脊索动物亚门:青蛙不同于蚯蚓,跟人类一样拥有脊椎骨和脊髓。说到蚯蚓,特拉维斯呢?他答应过要来看我做解剖的。起初我想去找他,后来想想还是算了——这点小事不值得浪费时间,更不值得让他的心灵再度遭受摧残。逼迫那孩子面对血淋淋的现实绝非易事。可他想当兽医,怎么办?他如此胆小,怎么能如愿以偿?

我按照爷爷的吩咐,将青蛙仰面放在解剖盘的蜡底上,用大头针将它的四肢钉好。我拿刀子割破它光滑而坚韧的肚皮,切出一个H形的切口,又将切口翻开,小心地用大头针扎牢,紧接着以同样的步骤处理了下层的肌肉。内脏显现出来:大得离谱的肝脏,小得可怜的胰腺,蚯蚓一般的肠子,囊状的肺,还有肾脏。

"注意它的心脏。"爷爷用镊子指了指,"哺乳动物和鸟类有四个心室,但青蛙只有三个。青蛙的心脏会将富氧血和缺氧血混合在一起后泵入身体各处,而人类和鸟类的心脏只向肌体泵富氧血,效率更高,提供的能量也更多。"

最后我们观察了青蛙的肾脏和泄殖腔,虽然没有发现卵,但从卵巢断定这是一只雌蛙。至于它因何而死,我仍然毫无头绪,也许只有真正的爬虫学家才能弄清楚。

我端着解剖盘去马厩找特拉维斯。他正坐在矮凳上用一小截绳子逗猫,一见我进来,就叫道:"哎呀,这次又是什么?"

"记不记得我说过我们得循序渐进?喏,今天我们研究到脊椎动物了。这是我们解剖的第一只脊椎动物——豹纹蛙,你应该在河边见过。"

我将解剖盘往他面前一递。

"唔!"特拉维斯哼哼一声,立即把头藏在膝盖之间,但既没有呕吐,也没有发晕。我觉得这也算是一种进步。

后来我们的解剖材料进化到了兔子——兔兔产下的一只死胎。这次我逼着特拉维斯旁观。我把这可怜的小东西绑在木板上,用绳索将它的四爪固定好，然后掏出一把锋利的小折刀，仔仔细细地从它的胸部划到腹部。我抬起头，刚好看到特拉维斯白眼一翻，向稻草垛倒去。我赶紧扔下小刀，扶稳了他。

事实证明，我这个弟弟爱小动物——起码爱小动物的外表——爱到忘乎所以，然而一旦面对它们的"内在"，便会失去意识。

不知过了多久，我的打字带终于邮到了。起初，我还以为前厅桌子上的包裹里装着拉马尔一个月买两次的廉价小说，险些没去理它。

我拿着打字带跑上楼，看见阿吉又在给龅牙先生（我在心里给拉菲特起的外号）写长信，她给他的信好像永远都写不完。我真不明白，日子明明平平淡淡，阿吉怎么有那么多话可以写？

"到了，阿吉！"我气喘吁吁地说。

她连头都没抬。"什么到了？"

"我的打字带。你可以教我打字了！"

"哦？好吧。"阿吉伸伸懒腰，打了个哈欠，"明天吧。"

"现在不行吗？"我等不及了。

"我忙着呢。"

"不就是封信吗？"

"我告诉你，"阿吉吸吸鼻子，"这是一封很重要的信，没准是我这辈子写的最最重要的信。"

"真的？那你用打字机打出来，让我在旁边看着不好吗？"

"不好。这是私人信件。走开。"

"不走。这是我的房间。"至少曾经是。

"哈,也是我的。快走,去跟你爷爷蹚泥巴。你俩不经常这么玩吗?"

我讨厌她这样讲,可又无法辩驳。我极力摆出一副满不在乎的样子,郑重其事地说:"我们是在研究自然,研究从池水到星星的万事万物。"

阿吉哼了一声。我生气地想了想,又说:"还有,你也是他的晚辈,是他的……他是你的——"我在脑海中画出了一张族谱,"是你祖父辈的。"

阿吉瞪大了眼睛,看来她从来没有想过这件事。她还嘴道:"我跟他又没有血缘关系。"

"那也算亲戚啊,"我说,"所以你得对他客气点。"

"哼。"

第二天,阿吉把珍贵无比的安德伍德打字机从衣柜中搬出来,放在书桌上。她取下自己的打字带,将我的穿在固定杆上,说:"仔细看,我可不想一遍一遍地教你。"随后她将一张洁白的纸卷入机器,轻巧利落地击打键盘,敲出一行英文:"The quick brown fox jumped over the lazy dog."(动作敏捷的棕色狐狸从一条懒狗身上跳过。)

我在阿吉身后伸长脖子看着,问道:"狐狸干吗要惹那条狗?狗不生气吗?一般都会生气的吧?"

"哎呀,笨蛋,这是打字练习。这句话包含了所有的二十六个字母。"

我太高兴了，既顾不上发怒，也不想戳穿她说这句话里没有 s——得把 fox 或者 dog 变成复数形式才对。我俩交换位置，我坐在椅子上，阿吉教我怎样摆"手位"。然后我便兴致勃勃地打起字来。

然而激动的心情并没有持续多久。原来学习打字是如此枯燥无聊，全然不似我想象中的那样神奇有趣。我原本还担心阿吉不会认真教我，可现在看来根本没有这个必要。她说到做到，每天都像布朗小姐逼我练琴一样，给我留毫无乐趣可言的打字作业，竟然还检查，还给我的作业打分。

我先从 ASDF 开始打。这四个按键，我总是一使劲就同时按下两三个，所以我耗在摆手指上的时间比花在打字上的还长。真的，唯一好玩的地方，就是打完一行时，打字机会发出清脆的一声响："叮！"这是它在敲铃提醒人字打到纸边了。这时就得用力推返回杆，让它重起一行。

"手指要自然弯曲，跟弹钢琴一样。"阿吉提醒了我无数遍，"手型别塌！"我在心中叫苦连天，但一声都不敢出。毕竟是我自己要学的，毕竟我花了大价钱，实在没有道理向她、向任何人发牢骚。

阿吉嫌缕缕不绝的打字声太吵。的确。于是我在行李间里摆了一套桌椅，搬去那里练习，每天练半个小时。咔哒咔哒，咔哒咔哒，ASDF，ASDF。练熟之后，我又开始打 FDSA——这也算是进步？最后我终于可以打词汇了，虽然这也没什么了不起，但起码上了一层楼。我一遍又一遍地打 cat（猫）、sat（坐）和 mat（垫子），打到想要扯着嗓门惨叫为止。练打字简直比读宝宝们的认字读本还要难受！紧接着，要打 sad（悲伤）、lad（少年）和 mad（疯狂），打到我再次想要扯着嗓门哀嚎为止。我的问题在于左手的小指最为无力，字母 a 要用它来打，因此它的颜色比其他字母浅。然而随便哪句话里都有 a，随便哪一行中都有 a，所以我的作品显得斑斑驳驳，并不美观整洁。我坚持练习，好在有所改善。

我全神贯注地打着字，就连哥哥弟弟们围在门口看热闹，我都浑然不觉。过了一会儿，我抬起头来，吓了一大跳。

"干吗？"我问。

"呃，没事。这里的声音有点怪，我们来看看。"

"觉得吵就把门关上。"

起初打字机在我手底下发出的声音是这样的：

咔。咔嗒。咔。

没过多久，就变成了这样：

咔嗒咔嗒……咔嗒咔嗒……

再然后是这样：

噼里啪啦噼里啪啦……叮！唰！

几个星期后，我去书房找爷爷，问："您有没有要写的信？我最近在练打字呢。"

"啊，"他说，"又向新世纪迈了一大步。这里有一封，我刚打好草稿，正准备用钢笔誊写呢。交给你了。"

我冲回"办公室"，抽出一张洁白无瑕的纸，卷在滚筒上，把手指轻轻地置于键盘，静待片刻，将接到第一份正式打字工作的感觉牢记于心，然后便开工了。

尊敬的希金斯教授：

应您的要求，随信附上几梅[1]塔特双星野豌豆的种子。您本周早些时候寄来的希金斯野豌豆种已收到，完好无孙，十分感谢。我盼望它们能够顺利发牙，届时好与您就两种野豌豆接剖学和生理学上的异同开展深刻交流与谈讨。

您忠实的朋友

沃尔特·塔特

---

[1] 这段文字里的"梅""孙""牙""接"是卡莉打错的字。

好在我为查漏补缺通读了一遍——竟然有四处错误！哎呀，真要命！我接到的第一份正经差事干得可真不怎么样。我又仔仔细细地重新打了一遍，检查了两次，然后跑回书房。

我靠在爷爷肩头，等他把信读完。他用钢笔在信尾签好名字，拿吸墨纸按了按，露出了笑容。

"真是妙不可言！人们用木棍在湿黏土上写写画画、传达信息，好像还是昨天的事。机器时代果然转眼即至。干得漂亮，喏，"爷爷把手伸进马甲口袋，"麻烦你了，这是一点点小意思。"

我退后一步。"哎呀，别啊，爷爷，我不能收。"这位老人给予了我那么多，我怎么还能要他的钱？连我现在的生活都是他给的，真的。是他让我睁开了眼睛，引导我走进书籍、思想和知识的世界；是他领我接触到了自然与科学。换作别人，我当然不会客气，可爷爷给的钱我坚决不能要。

"我不能要您的钱。"我说，"我替您去邮局寄信吧？"

"好呀。"爷爷从书桌抽屉中取出一个信封和一张邮票。"等天长了，咱们就一起把这几枚种子种下去，看看能长出什么来。"

我先去了一趟邮局，又跑到普利茨克医生的诊所，迫不及待地想向他显摆一下新学到的技能。他出诊去谁家的农场了，于是我坐在硬木椅上高高兴兴地看了一小时书，学到了怎么给马治疗痉挛性腹痛和气绞痛。

二十三 我的第一场手术

> 总之,我觉得对于一名年轻的博物学者来讲,没有什么比去远方的国度旅游更能增长见闻……然而我实在太喜欢这次航行,无法不向诸位博物学者建议抓住一切机会出游——尽管他们也许不会像我一样幸运,有志同道合的同伴。如有可能,可以从陆地启程;远航亦可。

普利茨克医生起初对打印标签一事心怀疑虑,但看到我的作品之后,便改变了主意。

"挺专业的,卡尔普妮娅。就这么干吧,你打一张,我给你一美分。"

他开的价似乎不那么诱人。然而普利茨克医生是方圆几英里内唯一一位兽医,找他给牲畜看病的人多得是。他每天得开至少一打药水、药膏和药粉——同时也需要一打标签。我在心里盘算了一下,得出结论:我每个星期起码能赚五十美分!

"没问题!"我伸出胳膊,跟普利茨克医生握了握手,表示成交。不知为什么,他又被逗笑了。

我字打得越来越好,错误越来越少,钱赚得越来越多。不过现在有一个问题:打字机放在家里,而真正需要它的地方是普利茨克医生的诊所。每天我都在放学后飞奔去诊所,又忙不迭地跑到家,打好他需要的标签,再送到他手里。这样跑来跑去简直麻烦透顶。可又能怎么办呢?打字机贵得要命,我肯定买不起。不过,我或许可以……租一台。

我等啊等,终于等到阿吉再次收到龅牙先生的来信,心情愉悦起来。我去找她时,她正伏在床上补袜子。

"那个,阿吉……"

"嗯?"

"我想问,打字机……"

她猛地抬起头来。"不是弄坏了吧?要是坏了,小心我扭断你的脖子。"

"没有,哈——哈——才没呢。"在阿吉这里,"心情愉悦"不过是个相对的概念。

"你用的还是你自己的打字带吧?别用我的。"

"没用你的。"我有点生气。她竟然以为我是个出尔反尔的小人。

"那你有什么事?"

"呃,我在给普利茨克医生打标签。我想……反正你也不用打字机……我想……我能不能把它搬到诊所去,在那里用?"

阿吉笑了。"休想。"

"我会好好保管它的,不让别人碰。"

"算了吧。"她又低下头去补袜子。

我只好使出撒手锏。"我给你钱。"

她抬起头。"怎么?"

"你把它租给我,让我把它搬到诊所去。"

"开个价吧。"

"我打标签赚的工钱,给你十分之一。"

阿吉说:"五五分成。但你得小心别把它刮花了。"

"不行,太多了!"

我俩讨价还价,最后定下二八分成,一个星期结一次账。我总是琢磨,她既然有体面的工资拿,为什么还要在意这点蝇头小利?也许一个人失去世上的一切之后,钱就变成了生活的中心。我小心翼翼地将安德伍德打字机放入箱子,用吉姆·鲍伊的小马车拖着去了诊所。普利茨克医生在办公桌上腾出了一角来安放它。

再次替爷爷打信时,我征求了他的同意,在去邮局之前把信拿给普利茨克医生看。

普利茨克医生对我钦佩不已,让我帮他打信件、账单和标签。一到下午,我就在打字机前忙个不停,要么打快信:"随函附上您的账单(给雪花去势),请查收。"要么打催款函:"您的账单已逾期,请按时缴清费用。"

打字打久了的确会有些无聊,但能赚到钱,有时还能看看普利茨克医生给上门就诊的动物看病,足以让我欢欣鼓舞。

后来,可怜的塞缪尔被一头坏脾气的公牛踏伤了脚,伤口感染了,普利茨克医生嘱咐他把伤脚吊起到与心脏齐平的高度,卧床静养一个星期。我马上自告奋勇,要跟医生一起去农场给家畜看病。

他有些犹豫。"换特拉维斯陪我去怎么样?他会答应的吧?"

"呃,他也在床上躺着呢……嗯,喉炎。不然他肯定愿意给您帮忙。"我可不能揭弟弟的短,说他一想到血就会晕倒,更别说亲眼见到了。

放学后,我跑去诊所帮普利茨克医生提东西。尽管铁匠改造了马具、重绑了缰绳,让他可以用一只手驾驭马匹,但他给鹿皮色的马——潘妮套马车时,还是要人帮忙。你可能会以为在整个镇子里,兽医的马应当最为矫健英武,但事实并非如此。潘妮胸脯窄,腿关节凸,身材一般,但结实健康,温柔和顺,是医生花大价钱买下来的。

"外表并不说明一切。"他说。我心怀对潘妮的同情,附和道:"就是嘛。"

起初几天,我跟普利茨克医生一起坐在马车中时,路人一边投来奇怪的目光,一边笑着挥手致意;而我正襟危坐,尽量摆出一副正宗医生助手的派头。到农场后,医生会向农场主询问病畜的症状,我则趁这段时间打好水,把肥皂和毛巾递给他。农场主经常会说"它不对劲""它不吃东西"这种帮不上忙的话,我简直怀疑普利茨克医生究竟能否依靠这些没有用的只言片语做诊断。然而,他在仔细询问、检查过后,一般都可以找到诊疗依据。在这个过程中,我的工作是递器械、为"病人"写病历。

我做兽医助手的高光时刻终于来临了。那天,我俩应邀去了道森家的牧场,走进牛棚,只见一头牛伏在隔间中,尾巴上系着一张字条,上面用铅笔潦草地写着:"肚子肿得厉害,请治一治。"

道森先生和他的几个儿子出去给牲畜打烙印了,没人能给普利茨克医生帮忙。除了我。

可怜的牛惨兮兮的,每呼吸一下就呻吟一声、流下一摊口水,腹部左侧胀得高高的。我像往常一样打来水,取出肥皂和毛巾,展开卷成一卷的器械包,等医生动手术。

现在普利茨克医生已经养成了这样的习惯:每进入一个步骤,就告诉我他在做什么。他说:"看这里,左边。这是瘤胃积食,瘤胃也叫第一胃。我得给它做麻醉,好清除积滞的饲料。等道森他们回来再说吧。"

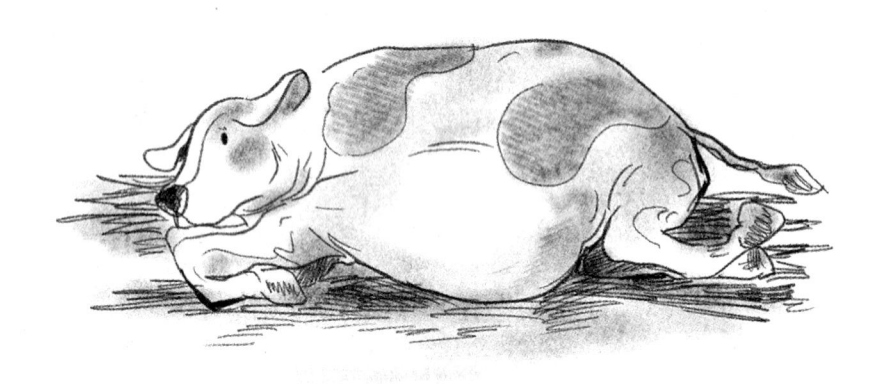

我斩钉截铁地说:"我来吧,我能行。一盎司[1]酒精,两盎司氯仿再加三盎司乙醚,使用前摇匀。"

他不放心地望着我。"你的确很能干,卡莉,可是——"

"要认真观察它的呼吸情况。"我尽量做出底气十足、老练稳重的模样,"药太少了,牛会挣扎;太多了,牛就没命了。

---

[1] 英美制重量单位,约为 28.34 克。——译者注

对吧?"

"没错,可是你有受伤的危险。万一被伤到了,谁知道你父母会说些什么?"

哈,他们会说些什么,我心知肚明。不过,此刻我不想考虑这个问题。不等他说出别的话来表示反对,我便一个一个地把木塞从盛着刺鼻化学药品的瓶子上拔了出来,把药品混在干净的玻璃瓶中,摇了好一会儿。

我取出灌药器,极力用专业的腔调说:"准备好了,医生。"

普利茨克医生十分紧张,还小声说了句什么,好像是:"天哪,千万别让我后悔。"

我把牛的缰绳系短,将用吸墨纸卷成的灌药器按在它的嘴上。它病得太重,连挣扎的力气都没有。我开始一点一点地往灌药器中倒麻醉剂。慢慢地,慢慢地,牛的眼皮耷拉下来,头也沉到了铺地的稻草上。我学普利茨克医生的样子拨了拨它的眼睑,它没有眨眼。接下来的任务是保证麻醉剂以稳定的速率缓缓流入它的口中,让它在医生动手术时不会醒过来,但又不会永远都醒不过来。

"很好。"普利茨克医生说,似乎松了一大口气。

他拿起套管针——一根细细的尖头管。"我们先来试试这个,说不定用这个就行了。"

看到接下来的一幕,所有认为手术是高雅艺术的人都会大吃一惊。医生奋力把针往牛体侧膨胀起来的地方一插,一大股气体立即蹿了出来,掺杂着青草渣的液体紧随其后。液体喷涌了几秒,随后滴滴答答地止住了。

"嚯，见鬼。"普利茨克医生说。奇怪的是，他忘记因为在我面前说脏话而道歉，我竟然为此得意起来。现在我不是普通的女孩子，而是他真正的助手。"套管针堵住了，得动刀。手术刀。"

我递过去一把长长的弯刀。他在牛的最后一根肋骨后方切开一道小口，把刀使劲往下压，将切口扩展到六英寸左右，又将切口下部的皮肤扯开，固定好，把整只手探进去，掏出好几大把泥状的污物。随着他不住地往外掏东西，牛侧腹的肿胀慢慢消退了。

"这可怜的姑娘是怎么撑到现在的？"普利茨克医生说，"我还没见过积食积得这么严重的。"清理干净后，他又把伤口一层层地缝好。

"行了。"他说，"让它清醒过来吧。"

我不再倒麻醉剂，但没有取下灌药器，免得牛突然猛蹿乱跳。它慢慢恢复了意识，摇摇晃晃地站起身来，东张西望，重新焕发出精神。治好了！

我身上散发着化学药品刺鼻的味道，罩裙也沾满了污秽，但我本人毫发无伤。

"干得漂亮，卡尔普妮娅。你还挺有天赋的。"然后他又露出鬼鬼祟祟的神色说，"嗯，不过今天的事，没必要让你父母知道，你说呢？"

"没错！"

"嗯,好,那就好。"

这次我俩共用毛巾和肥皂,洗干净了手和脸。这一天我的脸上始终洋溢着笑容。

二十四 狗，幸运的和不幸的

> 根据拜伦的描述，这几匹狼应该温顺而好奇，但水手们并不知情，以为它们凶猛残忍，纷纷下水躲避……有人见过它们钻入帐篷，从熟睡的海员头上扯下了几块肉。

听到我说又有狗遭了殃，你八成会以为这事跟住在坝上的小貛貒有关，然而事实并非如此。出事的是爸爸最好的捕鸟犬阿贾克斯和一条不能进屋的狗——荷马。它们在灌木丛中发现了一个响尾蛇巢。我一直以为，像响尾蛇这样危险的生物之所以会经常发出咔啦咔啦的声音，就是为了避免这种灾难的发生，然而无知无畏的狗儿决定一探究竟——或许这是它俩互相怂恿的结果。它们好不容易回到家，最后倒在前门门廊中，鼻子和前腿上牙印斑斑，证明了惨剧的上演。当时爸爸正在轧棉厂里工作，苏尔·罗斯先是去给他报信，又跑去叫普利茨克医生。他俩来时，两条狗脸肿起老高，已经面目全非。阿贾克斯气喘吁吁，惨叫不止；荷马则痛苦地呜咽着。

普利茨克医生弯下腰，先是看看阿贾克斯，又端详了一下荷马。他的表情告诉我，他无计可施。"抱歉，阿尔弗雷德，"他对我爸爸说，"我无能为力。"

我从来没见过爸爸如此伤心。多年以来，这两条狗，尤其是阿贾克斯，一直是他忠实的伙伴。深秋时节，它俩曾经陪着爸爸出去打猎，在茫茫夜色中一待就是几个小时，相互依偎着取暖，只等天上传来大雁的叫声。阿贾克斯更是跟爸爸结下了深厚的情谊。

塞缪尔从马车中取来一把旧左轮枪，装上两颗子弹。

爸爸沉默许久，终于开口道："我……还是我来吧。"

"别，阿尔弗雷德。"普利茨克医生说，"让我来，你带这几个孩子进屋去。"

爸爸这才发现我、苏尔·罗斯、哈里和拉马尔也在草地上。

爸爸对我们说："进去，你们几个。"他冲普利茨克医生点点头，跟在我们后面进了房门，而后径直向酒柜走去，给自己倒了一杯威士忌。外面，枪响了，我缩缩脖子。爸爸一口气把酒一饮而尽。以前我从未见过他在白天喝酒。第二声枪响过后，爸爸一言不发地走出餐厅。我们听见他上了楼，脚步又重又缓。

我站在窗前，看见塞缪尔将两具软绵绵的尸体用麻袋装好，搬进了马车。谢天谢地，特拉维斯不在。但愿他在河边跟小邋遢玩得开心。

那天特拉维斯傍晚才回家。我不记得是谁把坏消息告诉他的，反正不是我。

一连几天，爸爸都闷闷不乐的。有天晚上普利茨克医生来吃晚餐，随随便便地——真的非常非常随便——提起奥利·克劳奇家的寻回犬普莉希拉生下六条小狗，都很健康壮实，再过几天就可以断奶、找新家。医生说："我想养一条。"

吉姆·鲍伊插嘴道："噢，小狗。咱们也要一条，行吗？"

妈妈说:"当然啦。"她露出鼓励的微笑,看看吉姆·鲍伊,望望爸爸,又瞧瞧特拉维斯,"你们也这么想,对不对?星期六咱们就去看看。多有意思啊。"

吉姆·鲍伊附和着说有意思,有意思;爸爸淡淡地笑笑,说这个主意不错;特拉维斯却一反常态,只顾着狼吞虎咽,没有吭声。我盯着他瞧,可他根本就不理我。不理我就说明他另有主意。

正如我所料,晚餐过后,他示意我去前门门廊,急切地轻声说道:"帮帮我吧,卡莉,帮我把小邋遢接回家。现在正是再养一条小狗的时候,连妈妈都答应了。"

"我知道,可她说的是纯种猎犬。"

"小邋遢会打猎啊,它一直都在捉鸡吃。"

"这个你最好提都别提,这也是问题之一。"

"帮帮我们好不好?救救它好不好?"我这个弟弟焦躁万分,似乎马上就要崩溃,"你可以告诉他们,小邋遢不是野生动物,很乖;告诉他们小邋遢会做一条好狗狗。"

"好吧,我尽力就是。可是,特拉维斯,你也知道,在咱们家,我的话没什么分量。"

特拉维斯如释重负。"谢啦,卡莉,明天咱们就去看它,一起想个好办法。"

我俩回屋去准备睡觉。当晚特拉维斯或许睡得很甜,但他把焦虑成功地转给了我。我静卧在一片漆黑当中,琢磨着究竟怎样才能说服爸爸妈妈收养小邋遢。

第二天,我随着特拉维斯走上一条鹿道——又或许是一条土狼道，穿过了轧棉厂附近茂密的灌木丛。小邋遢从树丛中钻了出来，看见我们，似乎十分高兴。现在它的身体健壮结实，皮毛油光水滑。特拉维斯还给它戴了个项圈。

"喏，"特拉维斯得意地说，"好看吧？"

"确实比以前好看多了。"我承认道。

"我跟你说，它是工作犬，那天还抓住了一只老鼠。你看看它侧面的这几块疤，我用肥皂和水洗过，怎么都长不好。"特拉维斯抓住它的项圈，"好狗狗，小邋遢，你会好起来的。"

我打量着小邋遢身上的一处伤口，用手轻轻地拨了拨。它弱弱地哼唧了一声，但并没有做出其他的反应。伤口不大，但好像不浅。我要是有普利茨克医生专用的探针就好了，那样就能测测伤口的深度。我拍拍小邋遢，它又舔舔我的手。我把它弄疼了，它却一点都不忌恨。真是一条好狗。

特拉维斯说："伤口又不大，怎么就是长不好呢？"

"从外面看是不大，不过可能挺深的。里面也许有东西，没法愈合。说不定是子弹什么的。"

特拉维斯皱起眉头。"你能治吗？"

"得动手术。先把里面的东西取出来，再把周围的肉刮干净，或者用烙铁烧一下，好让伤口顺利愈合。"

"你行吗？"他急了。

"我会做麻醉，但手术得由普利茨克医生来做。"我说。

"那你能不能去求求他？你要是开口，他肯定会答应的。跟他说，我会用零花钱来付诊费。小邋遢身上要是没有伤，妈妈就更可能喜欢它了。"

"好，我去找医生说说。"我用挑剔的眼光端详着小邋遢，"等它好了，咱们得给它洗个澡，就用有客人来时妈妈才舍得拿出来的香皂。那样它就更像样了。"

"好主意。"特拉维斯满怀钦佩地对我笑笑。

"还有，我觉得应该把它脖子上的毛修修，还有尾巴，弄得整齐一点——我可以用剪刀来剪。这样就清爽多了。"

"好，太好了！"特拉维斯露出了最最灿烂的微笑。这样的笑容，让人无法招架。看见这张笑脸，不论是他的朋友还是陌生人，都会甘心情愿地为他忙前忙后，哪怕身陷麻烦也在所不惜。

"然后再用我的发带系个蝴蝶结，"我说，"把它打扮得可爱一点。"其实要让小邋遢变得可爱，要做的事情可远不止如此。不过我没有道出心里话。

"哇，"特拉维斯抚摸着小邋遢，"它要变成真真正正的宠物了。"

特拉维斯蹲下，抱住小邋遢，把头搭在它暖暖的皮毛上。这个男孩和他的狗似乎幸福无比。尽管这条小狗并非"绝世美犬"，但也足以做一条可爱贴心的好宠物。但愿爸爸妈妈能忽略它的血统和外表，看到我之所见：特拉维斯终于找到了自己称心如意的同伴。

"你什么时候去找普利茨克医生？得快点，耽误不得。他们星期六就要去看克劳奇家的小狗了，要是真抱回来一条，家里可能就没有小邋遢的地方了。"

"好,明天下午我就去。"

然而不等第二天下午到来,不幸便抢先降临,而且它竟然是借薇奥拉之手破门而入的。

我们快吃完早餐时,听到房子后面传来一声闷响。

"怎么回事?"妈妈问。

"好像是鸟枪。"爸爸说。后门廊中的钩子上挂了一把枪,打入侵的小野兽用的。

片刻后,薇奥拉走进餐厅。"打中了一匹土狼,塔特先生。它藏在玉米囤和鸡舍之间的杂草中,好像早就受了伤,瘸着腿。"

特拉维斯和我慌里慌张地面面相觑,简直不敢相信自己的耳朵。然后他跳起身来,把椅子往后一推,冲出餐厅;我紧随其后,完全顾不上其他人在身后大惑不解地高声询问、七嘴八舌地议论纷纷。我以最快的速度跟着特拉维斯飞奔出前门,叫道:"没准不是它,没准真是一匹土狼!"

我俩跑到玉米囤旁,跟着血迹穿过一片高草。我脑子里只有这句话:"这么多血,这么多血。"找到了。地上卧着一条"土狼"。当然不是真正的土狼,可它还活着。它大口大口地喘着气,呜咽不已,但还活着。

"不!"特拉维斯痛哭起来,看到小邋遢身上的血,又踉跄了几步。

"哎呀,特拉维斯,千万别!"我在心里暗暗祈祷,"千万别晕倒啊,特拉维斯。"我大声说,"别看血,推独轮车来,快点!"

特拉维斯转身向花园工具房跑去,我则赶去马厩取了条马鞍褥。

我俩回到小邋遢身边时,爸爸、哈里和拉马尔已经出来了。他们纳闷地问三问四,还发号施令:"这不是土狼吧?""它怎么有项圈?""别摸,可能带病。""枪呢?让它解脱算了。"

"不行!"我大喊道,"这是特拉维斯的狗。"我将马鞍褥盖在小邋遢身上,为了让它暖和一点,也为了遮遮血迹。

"特拉维斯没有狗啊。"爸爸说。

"我有!"特拉维斯哭着说。现在他看不到血,有了点底气。

"对,他有。"我说,"帮我把狗抬上独轮车,我们得让普利茨克医生看看它。"

"那玩意儿?"拉马尔说,"那是只杂种怪物吧?爸爸,我去拿枪吧?"

"它叫小邋遢。"特拉维斯嚷嚷道。

大家都不明所以地望着我俩,小邋遢在马鞍褥下哀叫着。

爸爸低声嘟囔了几句,说的好像是一家之主竟然不知道自己的屋檐底下出了什么事,儿子不听话,家里的动物太多了,不能再养宠物什么的。他似乎心烦意乱,但不知烦到他的是特拉维斯的啜泣,还是小邋遢的哀嚎。这条血肉模糊的狗一定会让他想起阿贾克斯,当然还有特拉维斯收养过的一大堆麻烦不断的"宠物"。

拉马尔说:"救它?犯不上吧。哈,拿枪打它我都嫌浪费子弹。"他和爸爸转身向主宅走去。他们是去取枪,还是去求助?我觉得自己知道答案,但事态紧急,来不及细想了。

"帮我一把。"我对特拉维斯和哈里说。但哈里只是举起双手,往后退了几步。

只能看我自己的了。我慢慢地向小邋遢的项圈伸出手去。谁也不知道一条深受剧痛折磨的狗——哪怕是世界上最乖的狗——会不会行为反常。它没有咬我,只是在被我和特拉维斯搬上独轮车时叫了几声。一条血迹斑斑的腿滑到了车斗之外,特拉维斯见状摇晃了几下,紧闭起双眼,我赶紧上前扯了扯马鞍褥,把它盖好。

"乖。"我也不知道自己是在对特拉维斯,还是在对小邋遢说话,"睁开眼睛,特拉维斯。快点,一会儿爸爸就回来了。"我俩分别握住一个车把,推着独轮车向车道走去。哈里未置一词,只是在后面眼睁睁地看着。他没有帮忙,但也没有拦我们。也许在这种情况之下,哈里这样已经很难得了。可是我,始终把自己当成他的宝贝妹妹的我,永远也不会忘记这一刻。

这种情况下,砾石路实在是太难走了——车轮总是陷在石子中,逼得我俩走走停停。特拉维斯止住哭泣,憋足了劲赶路。走上大路时,他摔了一跤,险些把独轮车带倒。虽然手和膝盖磨破了皮,可他连声疼都没喊,站起来又抓住了把手。我俩奋力推着车,别别扭扭地小跑起来。马鞍褥下面已经没有动静了。我忧心忡忡,不住地想,万一普利茨克医生不在,万一他出诊了,那该怎么办?

我俩推着简陋的救护推车转过拐角,刚好瞧见医生在开门。我大大地松了一口气,感到了一种前所未有的轻松。我和特拉维斯迎着他惊讶的目光跑上前去。

"您得帮帮我们。"我气喘吁吁地说,"我们的狗中了枪,是误伤。薇奥拉把它当成土狼了。"

"它不是土狼,是我们的小邋遢。"特拉维斯也喘着粗气说。

"推进来,推进来。"普利茨克医生边说边替我俩把着门。可是独轮车太宽,推不进去,于是我和特拉维斯把狗搬下了独轮车。我俩将它往桌子上抬时,马鞍褥掉了,血滴下来,但特拉维斯面不改色,坚持做完了自己应该做的事。我们把小邋遢摆正之后,他才说:"我……我想我得坐一小会儿。"然后他便软软地瘫在椅子上,把头埋进两膝之间。

普利茨克医生奇怪地看了他一眼,问我:"他没事吧?"

"他……嗯,没事。这个一会儿再说吧。这条狗还有救吗?"

普利茨克医生望着"病人",皱起眉头。小邋遢侧躺在桌子上,喘气急促得吓人。

"什么枪打的?"他问。

"鸟枪。"我说。

"还好。"他说,"不是猎鹿枪。"

特拉维斯勉强直起身子,喃喃地问:"您能救它吧?"

此时此刻,我出奇地冷静。"我来做麻醉。"我因为身在诊所,知道医生需要帮手,也因为帮得上忙,所以心中的恐惧几近消散。

"先上嘴套。"普利茨克医生说。我帮他缚好了小邋遢的嘴巴。它没有挣扎。

"它从来都不咬人。"特拉维斯说,头依然低垂着。

"跟那个没关系,受伤的狗都要系嘴套,这是我看病的规矩。

氯仿准备好了吗？"

我将灌药器按在狗嘴上，开始往里面倒氯仿。渐渐地，小邋遢耷拉下眼皮，呼吸也放缓了。普利茨克医生一点一点地检查着它被血黏成了毡的后半身，嘀咕了两句。

"怎么了？"特拉维斯猛地抬起头来，又马上转过身去。

"臀部没事，但小腿废了。以后它不能用这条腿走路了。"

"您能救它的命吧，医生？"特拉维斯问。

普利茨克医生眉头紧皱。"得从膝关节——这里截肢，可是为它费这个事不值得。它又不是纯种狗，再说一条三条腿的狗，谁要啊？"

"我。"特拉维斯说，"我要。"

"还有我。"我跟弟弟站在了一边。我展开器械包，准备好缝合用的针线，等普利茨克医生动手。

他目不转睛地瞧了我俩一会儿，叹道："好吧。"

医生用探针查探过枪伤，做好清创，取出碎骨片，把伤口缝好，而后说："嗯，不错，腘动脉完好无损，它的运气还挺好。这条腿也许还保得住，但我不打包票。你们听明白了吗？"

"嗯。"特拉维斯小声答应了一句。

普利茨克医生刚开始上绷带，爸爸和哈里就进了门。

"啊，阿尔弗雷德。"普利茨克医生说，"我这边快完事了，马上就好。小心点，地上都是血，别踩到。"

特拉维斯呻吟了一声。

"噢，"医生又说，"把你儿子带出去吧，他脸都发绿了。"

爸爸用鼻子哼了一下，但还是跟哈里架着特拉维斯的胳膊，把小家伙安置在了外面的长椅上。

我听着外面的动静。特拉维斯做了几个深呼吸之后，爸爸才开口问："小伙子，这是怎么回事？快说。"

特拉维斯把小邋遢的故事全盘托出，起初结结巴巴，而后滔滔不绝。他说这条狗半是梗犬半是土狼；说狗不喜欢它，土狼差点要了它的命；说霍洛威先生想要淹死它，说盖茨先生用枪打过它，现在薇奥拉也不放过它；还说他，特拉维斯，是小邋遢在世上唯一的朋友，绝不能让它失望。

爸爸说："它有一半土狼的血统？那可不行。我们不能让这样的东西在这一带乱转，太危险了。唉，儿子，我想好了，抱一条普莉希拉生的小狗回来，把它训练成猎犬。那群小狗才七个星期大，要断奶了。你去挑一条喜欢的，自己养着，它以后就是你的狗了——挑最好、最漂亮的都行。"

特拉维斯提高嗓门、毅然决然地说："我不要别的狗，我已经有自己的狗了。它叫小邋遢，我只要它。"

他继续据理力争。我真后悔没有出去帮他说话，可我当时正忙着给医生递绷带。可怜的小邋遢躺在血泊中，既不像土狼，也不像狗，又不像狼狗。它什么都不像，只是一团沾满血的污物。然而它还在呼吸。

我们敷好敷料，这时我想起了它的旧伤。

"普利茨克医生，这里有条瘘管，总也长不好。您能顺便看看吗？我会付诊费的。"

"卡尔普妮娅·弗吉尼娅·塔特，"医生叹了口气，"不用给我钱。"

我把探针递给他，他将这件工具探进伤口，拨弄了一会儿，成功地取出一块有我小拇指指甲大的金属块。然后又接连挖出了两块。

"瞧，"他说，"它以前也挨过枪子，而且不止一次。这小东西不光运气好，还很坚强呢。你们不如叫它'小幸运'吧。"

"那可不行。"我说，"它有名字，它叫小邂逅。"

爸爸闹情绪闹了好一阵。他准特拉维斯养着小邂逅，但只能养在轧棉厂，绝对不能把它带回家。特拉维斯经常给它洗澡、梳毛，还教它捡木棍、握手。

小邂逅的伤痊愈后，我们轮流带它出门，每天都让它比前一天多活动一会儿。它没有中枪的那边臀部肌肉愈发地发达——这或许是一种补偿机制。它走路一瘸一拐的，有点滑稽，但很稳当。最后它终于恢复到了能够猛力疾奔的程度——起码可以使劲跑一小段路。

就这样，小邂逅从一条无家可归的流浪狗变成了大家寄予厚望的工作犬。那天晚上，爸爸亲自把它带回了家，而它丝毫没有犹豫，径自在前门门廊中安下身来，仿佛那里本来就是它的地盘。后来，特拉维斯又跟门廊里的小邂逅开展了联合秘密行动，悄悄地把它从户外护送进屋内，还让它上了床——这在我家简直前所未闻。

于是小邋遢变成了塔特家的一份子。特拉维斯终于有了自己的宝贝宠物。

小邋遢的故事，结局还算圆满。那年我家有几件高兴事，这是其中之一。当时我们并不知道，更让人惊喜万分的事正等在前方。

二十五 某人专属的河豚鱼

　　　　　缩窄视野，可以发现许多事物的美丽之处。

　　一天晚餐后，妈妈笑着说："明天是阿吉十八岁的生日。明天，她就是真正的大人啦。"

　　阿吉有没有脸红？应该有一点吧。

　　"我想，"妈妈接着说，"大家应该习惯叫你阿加莎，因为你马上就要成为真正的淑女了。"

　　"啊，不用了，玛格丽特姨妈。从小到大，别人一直叫我阿吉，我都听惯了。"

　　"真可惜，你的父母不在这里，不过我们会尽已所能，弥补这份遗憾。"

　　过了一会儿，我吻了吻妈妈，跟她道晚安。她小声说："我觉得你应该给阿吉买一件像样的生日礼物。"

　　"嗯。"我一边答应着，一边掂量自己的存款余额，又琢磨了一下该拿出多少钱才合适。我真不想把血汗钱花在花里胡哨的东西上，最近我连颗糖都没给自己买过！妈妈是想让我做出多大的牺牲？

　　"这儿有一美元。给她买点东西，要好点的。"

　　"没问题！"太棒了！第二天，我跑到杂货店，买了几只熏衣服用的丁香香包和一盒香粉。这些东西给刚刚长成淑女的姑娘用正合适。

　　在阿吉的生日宴上，薇奥拉特意做了阿吉最喜欢的惠灵顿牛排和天使蛋糕。爸爸砰地开了瓶香槟,给她倒了半杯。

"哎呀,真蜇嘴。"她喝了一口,咯咯地笑出了声。她以前好像从未这样笑过。阿吉红着脸,而且——我没看错吧——在枝形吊灯摇曳的烛光下,她简直算得上美丽动人。她一件件地打开礼物,客气地欢呼了几声,还大声朗读了父母的来信。信中说再过一个月也许会派人来接她;随信寄来的,还有一张金额可观的支票。我们围在钢琴旁,为她唱起了歌,然后我磕磕绊绊地弹了首新学的曲子:小约翰·施特劳斯的《蓝色多瑙河》。好像我一弹错,妈妈就咬牙——这究竟是我的想象,还是确有其事?

阿吉坐上琴凳,把同样的曲子毫无纰漏地重复了一遍,不仅没有弹错音,而且韵律感十足,让我们不禁跟着乐曲摇摆起来。好在我不指望靠弹琴来实现自我价值,对她并不吝惜赞美之词。大家都为她热烈地鼓起掌来。

真的,自从加尔维斯顿发洪水以来,这是我们家里最欢乐温馨的时光。

不知道一个孩子怎么能神奇地在一夜之间变成大人;不知道在十二点钟声敲响时,阿吉会不会有异样的感觉;不知道她在那一刻是否会觉得自己跟灰姑娘差不多,咻的一下就变了身——不过,是变得更加美丽成熟。

要不是被蚊子叮了眼皮,我根本就不会醒。半睡半醒之间,我听到了窸窸窣窣的声音。大概又是那条蛇吧。我翻了个身,刚要接着睡,却发现阿吉正鬼鬼祟祟地在房间里走动。借着黯淡的月光,我看到她正在往衣橱那边挪。

"阿吉,"我轻声问,"没事吧?"

她愣住了。

"我看着你呢。"我小声说。

"别说话。"她也压低了嗓门。她的腔调近乎于恳求,让我大感意外。

"你干吗呢?点蜡烛呗。"

"不行!"她压着喉咙说,"别出声,睡你的。"

"那你得告诉我是怎么回事。"

阿吉打开衣橱,竟然取出了旅行袋。她把袋子放在床上,摸索回衣橱前,把衣物往外扯。

"喂,"我说,"快说。不然我就去叫爸爸和妈妈。"

"别啊。"她哀求道。

"那你最好赶紧说。"

我虽然看不到对面人的表情,但从她的沉默中听出,她正在做心理斗争。最后阿吉终于开口道:"我要去找拉菲特·朗普金,跟他一起去博蒙特镇。我俩要在那里结婚。"

"哎呀,阿吉!"她可真是胆大包天,我被吓得连气都喘不匀了。体面家庭出身的好姑娘万万不会做这种事。"你会惹麻烦上身的。"

"嘘,小点声!我俩要是能赶在被人找到之前结婚,就万事大吉了。我十八岁了,可以结婚了。"

"可是你的爸爸妈妈怎么办?他们该有多伤心。还有我的爸爸妈妈,他们会生气的。"她要做的事简直轻率至极,而且会让我们两家蒙羞。

"梳妆台上有封信,把一切都讲清楚了。"

"那钱的问题呢?"

她拍拍背包,说:"今天全都取出来了。我可以用积蓄帮他做生意。他说博蒙特石油多,先到者先富。我们要赚大钱了。"

我深感怀疑,但什么都没有说,眼睁睁地看着她把衣服塞进旅行袋,蹑手蹑脚地走到门边。她握住门把手,回过头说:"他正在去洛克哈特的路上等我。明天吃早餐之前,千万别告诉别人。到时我会给你寄谢礼的。拜托了,卡莉。"

这时我才明白,阿吉的未来就攥在我的手里。我只要喊一声,大声说一句话,她的计划便会付之东流。

我琢磨起来:一方面,我俩之间并没有结下什么姐妹情谊;可是另一方面,我跟她却也适应了彼此,相安无事。她还教给了我许多有用的东西。

我说:"不行,我会受牵连的。"

"不会的,假装什么都不知道就好。你可以说晚上睡得熟,没有发现我离开。"

我权衡了一下这个借口被采信的几率。"他们会骂死我的。"

"拜托了,卡莉,你可是发过重誓的。"

"那是为照片发的,不是为了这个。"

"求你了,卡莉,我的打字机归你了。"

我叹了口气,知道自己很可能会因为这次的决定后悔一辈子。"好吧,明天吃早餐以前,我什么都不说。"

"你保证?"

"我保证,阿吉。"

"我就知道你不是个坏孩子。"

"你不用把打字机留下,我不会说的。"

"太重了,不好拿。以后我再买一台。你留下吧,是你的了。再见。"

"再见,阿吉,祝你好运。"

然而此时此刻,这句告别的话显得如此苍白。她要走了,而我希望她留下,至少做个保证,保证我们不会就此永别。

"你会给我写信吧?"我小声问。

然而阿吉一言未发,只是迈步走到门口,轻轻,轻轻地推上门。她就这样走了,悄无声息地离我们,离这个家,离我而去。

你也许会以为我盯着天花板,揉着眼睛,一边为她的鲁莽惶恐不安,一边为以后会发生的事六神无主,彻夜难眠。没错。你猜等到了早上,我会不会有麻烦?当然会。

我头昏脑涨地走进餐厅,还想尽力摆出一副从容镇定的样子。妈妈正端着自己最心仪的韦奇伍德瓷杯喝咖啡。她抬起头,问:"阿吉怎么不下来吃早餐?她不舒服?"

"不……不知道。"我努力让自己的声音不要发抖,"她不在。"

妈妈皱起眉头。"不在?'不在'是什么意思?"

"这是她放在我梳妆台上的。"我把信递过去,随后就座,假装胃口跟往常一样好。如果谁要来扮演此时此刻的我,她一定会觉得这段戏难演得要命。我用瑟瑟抖动的手拿起叉子,叉起鸡蛋。

咖啡泼出妈妈的杯沿,弄脏了雪白的锦缎桌布。"阿尔弗雷德!"她大喊道,"她走了!"

风波乍起。爸爸、哈里和阿尔贝托骑着马赶去了圣马科斯、洛克哈特和卢灵,还给附近郡的警长发了电报。大人们对我威逼利诱,让我道出实情,可我咬紧牙关,只说一醒来就发现阿吉不见了。

一连几天,我们家的上空都笼罩着让人心悸的乌云。唯一的一件好事(当然,是除打字机归我之外的好事)是我睡回了自己的床。起初我还觉得它太软,竟然怀念起疙疙瘩瘩的地铺来,不过没过多久就习惯了。

尽管阿吉给格斯姨夫和索菲罗妮娅姨妈写了信,求他俩原谅自己,也不要迁怒于别人,但他们还是怒不可遏,把一切都怪在我爸爸妈妈的头上。不久之后,我们得到消息:阿吉和拉菲特在奥斯汀结了婚,又乘火车去了博蒙特,在那里租了栋小房子。阿吉用自己辛辛苦苦攒下的积蓄为拉菲特租了块地,帮他取得了石油钻探权。过了一阵,我们又听说他们的第一个宝宝即将诞生,两人开心得像涨潮时的蛤蜊。

说到蛤蜊——阿吉从来没有给我写过信,但几个月之后,一个木箱被寄到了我家,上面写的是我的名字。里面没有字条,只有一大堆包裹在细刨花中、奇形怪状、美丽精致的贝壳。我跟爷爷高高兴兴地研究了半天,给它们分类:天使之翼、水手耳、猫爪、左旋香螺——竟然还有一条干河豚。我在它的肚子上系了条蓝色的细丝带,把它吊在天花板下,让它在气流中游动,随着从窗口吹进的微风轻轻摇摆。我真是太喜欢它了!阿吉的礼物中还有一只马螺,它也是我的心头宝。它将近有一英尺长,把它放在耳边,就能听见远方澎湃的涛声。

我虽然没有去海边,可是大海的一切都来到了我的身旁。

最后,我把"我的"蝾螈放生了。其实它并不属于我,而是我向自然母亲借的。我既然已经把它研究得明明白白,就应该让它回到水沟里去,平平静静地度过余生。

那条蛇呢?嗯,它倒是来去自如,有时还在我的卧室中乱转,但我俩互不打搅。爷爷提醒我说它总有一天会长得很大很大,大得钻不进屋角的窟窿,到时得另作安排。我嘛,心里有数,一点都不慌。

鸣谢

小读者们,首先我要给你们一条忠告:不要去抱、去摸任何一只野生动物,尤其是好像受了伤,或者本该昼伏夜出、却在白天出没的那种——比如蝙蝠。这样的动物可能生了病。

我要对你们致以无尽的谢意:我的丈夫罗伯·邓肯,还有我的协作团队——奥斯汀精英:比利·考特、潘西·弗雷克、南希·戈尔、格伊伦·格里尔、基姆、科伦泽、德莱纳、米勒、黛安、欧文斯·普雷迪曼。还要感谢特雷弗·南斯、李·安、厄本、南希·曼森、安娜·德布和茱莉亚·苏维。

为了写这本书,我曾向各方面的专家咨询,但如有错误、疏漏、不实之处,完全是我本人的失误。我要特别感谢以下人士:奥斯汀酒精、烟草、枪支和爆炸物管理局特工布莱恩·圣马可、医学博士布莱恩·斯通和新墨西哥圣达菲的两位医学博士——道格·塔尔和安迪·卡梅伦。

十分感谢医学博士戴安娜·维斯、医学博士詹姆斯·塔伊、琳妮·罗伯茨和劳里·桑德曼、编织大师罗宾·艾伦,以及医学博士兼法学博士乔治·帕兹卓尔。

我还要向小邋遢大声地汪汪叫上几声表示谢意,感谢它给我的灵感。它是我家养的宠物,或许有一半土狼的血统。我们发现它时,它正在芬特雷斯的河边乱跑,无依无靠,饥肠辘辘,骨瘦如柴——而且,咳,面对现实吧——着实有些丑陋。可我们还是收养了它,现在它是我家的一份子,是我们眼中的小可爱。多谢啦,小邋遢!

1900年的加尔维斯顿飓风至今仍是美国历史上最为严重的自然

灾难之一，在其中丧生的人数以万计。如果您有意对这场风暴及其带来的悲剧多做了解，推荐您阅读艾瑞克·拉尔森的《艾萨克暴风》一书（友情提示：本书并非为年轻读者而作）。

我写这篇故事时还参考了以下书籍：《小猎犬号航海记》（查尔斯·达尔文著，1839年出版）、《特殊的医生——得克萨斯州兽医史》（亨利·C.德特洛夫和唐纳德·H.戴尔著）、《家畜疾病及最佳疗法》（威廉·B.E.米勒和劳埃德·V.泰勒著，1884年出版）——这是我在旧书店淘到的，还有《德州在线手册》（网址tshaonline.org/handbook/online）。

如果您想对被科曼奇族印第安人绑架、养大的孩子做进一步了解，我向您推荐斯科特·泽奇的《俘虏》和T.R.菲润巴赫的《科曼奇人：一个民族的毁灭》。许多年幼时被掳走、长大后回归父母身边的人都难以融入社会，有些甚至自愿回到了科曼奇家庭中。还有，对了，有些人说的确可以用熊油来预测天气（参见MountainMontly.com上G.戈登·文萨特的相关信息）。我虽想亲身一试，可惜始终未能实践，因此无法保证其真实性。

我还要向我精明能干的代理人玛茜·波斯纳和体贴负责的出版人劳拉·古德温致以衷心的谢意。

关于见面会等事宜，请访问本人网站jacquelinekelly.com。

感谢哈瑞宝的小熊软糖给我写作的动力。

图书在版编目（CIP）数据

达尔文女孩又出发/（美）杰奎琳·凯利著；蔡鑫译．—昆明：晨光出版社，2022.1
ISBN 978-7-5715-1258-3

Ⅰ.①达… Ⅱ.①杰…②蔡… Ⅲ.①儿童小说－长篇小说－美国－现代 Ⅳ.①I712.84

中国版本图书馆CIP数据核字（2021）第227565号

THE CURIOUS WORLD OF CALPURNIA TATE
© 2015 by Jacqueline Kelly. Published by agreement with Folio Literary Management, LLC and The Grayhawk agency, Ltd.
ALL RIGHTS RESERVED

著作权合同登记号 图字：23-2021-138号

DA ER WEN NÜ HAI YOU CHU FA
达尔文女孩又出发

〔美〕杰奎琳·凯利 著　蔡鑫 译

出 版 人　杨旭恒

内文绘者　三　花
选题策划　禹田文化
版权编辑　陈　甜
责任编辑　李　政　　常颖雯　　韩建凤
项目编辑　王　起
美术编辑　沈秋阳
装帧设计　张　然

出　　版	云南出版集团 晨光出版社
地　　址	昆明市环城西路609号新闻出版大楼
邮　　编	650034
发行电话	（010）88356856　88356858
印　　刷	固安兰星球彩色印刷有限公司
经　　销	各地新华书店
版　　次	2022年1月第1版
印　　次	2022年1月第1次印刷
开　　本	145毫米×210毫米　32开
印　　张	9.25
ＩＳＢＮ	978-7-5715-1258-3
字　　数	190千
定　　价	30.00元

退换声明：若有印刷质量问题，请及时和销售部门（010-88356856）联系退换。